Klarant Verlag

AF238726

Thorsten Siemens lebt mit seiner Frau und beiden Kindern in Sande / Landkreis Friesland. Als gebürtiger Ostfriese (Emden) schreibt der Autor mit Vorliebe spannende Krimis, die sowohl in seiner alten, als auch in seiner neuen Heimat spielen. Seine Begeisterung für die Bewohner der ostfriesischen Halbinsel und deren einzigartige Kulissen finden sich in seinen Friesland-Thrillern und Ostfrieslandkrimis wieder. Genau richtig für die Leser, die den ostfriesischen Charme und Lokalkolorit lieben!

Thorsten Siemens

Tod auf Langeoog

Ostfrieslandkrimi

Klarant Verlag

Copyright © 2018 Klarant GmbH, 28355 Bremen
Klarant Verlag, www.klarant.de – www.ostfrieslandkrimi.de
ISBN: 978-3-95573-861-7
1. Auflage 2018
Umschlagabbildung: Klarant Verlag
Alle Rechte vorbehalten. Das Werk darf – auch auszugsweise – nur mit
Genehmigung des Verlages wiedergegeben werden.
Alle den Roman betreffenden Figuren sind rein fiktiv und frei erfunden.
Ähnlichkeiten mit lebenden oder toten Personen wären nur zufällig und
nicht beabsichtigt.
Printed in the EU.

Kapitel 1

Ein unerwarteter Tod

Die Sonne war noch nicht aufgegangen, die Temperatur schwankte um den Gefrierpunkt, aber wenigstens war es trocken. Hedda stand frierend am Fahrradständer des Pflegeheims und fischte eine Packung Zigaretten aus ihrer Handtasche. Es befand sich nur noch ein einziger Glimmstängel darin.

Du wirst die letzte Zigarette meines Lebens!, schwor sie sich.

Sie wischte sich mit der Hand ihren langen, pechschwarz gefärbten Pony aus dem Gesicht, entzündete die Zigarette und steckte sie sich zwischen die Lippen. Während sie den Rauch inhalierte, betrachtete sie das Sturmfeuerzeug, mit dem sie den Glimmstängel entzündet hatte. Es war genau das Feuerzeug, das Willm in seinem Vorgarten vergraben hatte. Sie steckte es zurück in ihre Handtasche und holte ihr Handy hervor. Das Display zeigte ihr eine neue Nachricht von Enno an. Nachdem sie die Sprachnachricht abgehört hatte, huschte ein Lächeln über ihr Gesicht.

Hedda und Enno hatten es in den vergangenen Monaten sehr langsam angehen lassen, hatten sich hauptsächlich geschrieben und nur ab und zu miteinander telefoniert. Doch heute Abend sollte es dann endlich zu ihrem dritten Date kommen. Hedda freute sich schon seit Tagen darauf.

Sie warf die Zigarette auf den Boden, trat sie mit dem Fuß aus und ging zum Haupteingang des Pflegeheims. Im Eingangsbereich hängte sie ihren Wintermantel an die Garderobe und ging lächelnd auf ihre Kolleginnen zu. »Guten Morgen!« Sie drückte jede Einzelne zur Begrüßung und setzte sich dann an ihren Schreibtisch, um die Aufgaben des heutigen Tages zu studieren.

Seit zwei Monaten absolvierte sie jetzt ihren freiwilligen Dienst in diesem Pflegeheim. Aufgrund ihrer Verletzung und der psychischen Folgen des Erlebten, hatte sie ihre Tätigkeit erst mit zweimonatiger Verspätung beginnen können.

Sie fasste sich an ihre linke Schulter. Der glatte Durchschuss war zwar zwischenzeitlich vollständig verheilt, dennoch juckte die Narbe manchmal unerträglich. Als ob sie verhindern wollte, dass Hedda vergaß, was geschehen war. Dabei war sie sich sicher, dass sie die schrecklichen Ereignisse niemals würde vergessen können.

»Wie geht es deinem Onkel?«, fragte Waltraut, eine der älteren Kolleginnen aus dem Pflegeteam.

»Körperlich ist er schon fast wieder der Alte, aber seine seelischen Wunden werden wohl noch sehr lange brauchen, bis sie endlich verheilt sind.«

Waltraut presste ihre Lippen fest aufeinander und suchte nach den passenden Worten. Hedda hatte ihr die ganze Geschichte von Sarinya und ihrem Onkel vor dem Wochenende zum ersten Mal erzählt. Davor war es für sie noch unmöglich gewesen, über ihre schrecklichen Erlebnisse zu sprechen.

»Ein Herz, das derart brutal gebrochen wurde, heilt wahrscheinlich nie wieder ganz«, sagte Waltraut betroffen. »Ich wünsche deinem Onkel, dass er trotzdem irgendwann wieder genug Vertrauen haben wird, um eine neue Frau in sein Herz lassen zu können.«

»Das hoffe ich auch«, seufzte Hedda traurig. Sie wollte unbedingt ihren lebenslustigen Onkel wiederhaben.

»Immerhin lebt er noch. Ich musste am Wochenende immer mal wieder an die Frau seines Kollegen denken. Wie hieß er noch?«

»Brad.«

»Brad, genau. Weißt du, wie es seiner Frau geht?«

Hedda schluckte. Sie hatte schon länger nicht an Brad und Sabrina gedacht. »Ich habe sie seit der Beerdigung nicht mehr gesehen. Sie besucht Willm ab und zu, aber ich traue mich nicht, ihn nach ihrem Befinden zu fragen.«

Hedda spürte etwas Weiches an ihren Beinen entlangstreifen. »Otto!« Hedda lächelte den grau getigerten Kater an und kraulte ihn hinter den Ohren. Er war vor einigen Monaten plötzlich im Pflegeheim aufgetaucht. Jeder Versuch, ihn zu verscheuchen oder seinen Besitzer ausfindig zu machen, blieb jedoch erfolglos. Otto kam einfach immer wieder. Und obwohl Otto eine wirklich beängstigende Fähigkeit besaß, hatte ihn auch ein Großteil der Heimbewohner so tief ins Herz geschlossen, dass er schließlich im Heim bleiben durfte.

Seit er auch nachts im Heim schlief, gab es in dieser Einrichtung keinen Todesfall mehr, den Otto nicht vorhergesagt hätte. Wenige Stunden vor Eintritt des Todes sprang er zu den Betroffenen aufs Bett und kuschelte sich auf deren Decke ein. Erst nach Eintritt des Todes stand er wieder auf und ging seines Weges. Wegen dieser Eigenart hatte Otto von den Pflegern den unschönen Spitznamen "Engel des Todes" erhalten. Dennoch wussten sowohl die Angestellten als auch die Patienten Ottos Dienste zu schätzen.

»Und, hast du am Wochenende wieder jemandem auf die andere Seite geholfen?«, fragte Hedda den Kater liebevoll.

»Nein, hat er nicht«, antwortete Annegret. Sie hatte in der letzten Nacht Dienst gehabt und war gerade dabei, ihre Sachen zu packen, um nach Hause zu fahren. »Aber es ist trotzdem jemand gestorben!«

»Was?«, fragten die übrigen Kolleginnen fassungslos. Sie konnten nicht glauben, was Annegret da gerade gesagt hatte.

»Doch, es stimmt! Otto hat die ganze Nacht in seinem Körbchen gelegen und geschlafen.« Sie zeigte auf den geflochtenen Korb mit der blauen Kuscheldecke, den die Heimleitung extra für den Kater besorgt hatte.

»Und, wer ist gestorben?«, wollte Hedda wissen.

»Gerda Janssen.«

Erschrocken zuckte Hedda zusammen. »Nicht Gerda!«, sagte sie fassungslos und schlug sich die Hände vors Gesicht. Die alte Dame war ihr sehr ans Herz gewachsen. Außerdem hatte sich zwischen Hedda und Gerdas Enkeltochter eine wahre Freundschaft entwickelt. »Wie soll ich das nur Gesa beibringen?«

»Ich verstehe das auch nicht. Sie hat am Abend wirklich noch einen sehr guten Eindruck auf mich gemacht.« Betroffen zuckte Annegret mit den Schultern.

Diese Antwort setzte sofort Heddas kriminalistische Fantasie in Gang. War die alte Dame wirklich eines natürlichen Todes gestorben?

***

Als Hedda ihre Freundin Gesa am späten Vormittag zur Tür hereinkommen sah, erkannte sie sofort, dass sie geweint haben musste. Ihre großen blauen Augen waren ungewohnt klein und

7

gerötet. Zielsicher steuerte Gesa auf den Empfangstresen zu. Hedda sprang auf und eilte ihrer Freundin entgegen. Ohne ein Wort zu sagen, fielen sich die beiden in die Arme und ließen ihrer Trauer freien Lauf. Tränen rannen den jungen Frauen über das Gesicht, und auch den ein oder anderen lauten Schluchzer konnten sie nicht unterdrücken.

Sie waren so sehr mit sich selbst beschäftigt, dass sie nicht einmal bemerkten, wie Eske Oltmanns, die Leiterin des Pflegeheims, an sie herantrat. Behutsam legte sie den beiden ihre Hände auf die Schultern und wartete, bis sie sich die Tränen aus dem Gesicht gewischt hatten. Dann erst wandte sie sich Gesa zu.

»Mein herzliches Beileid!«, sagte sie und presste verlegen ihre Lippen aufeinander. »Der Verlust ihrer Großmutter kam auch für uns sehr überraschend. Ich weiß, wie viel sie Ihnen bedeutet hat. Sie hat sich immer so auf Ihre regelmäßigen Besuche gefreut. Wenn wir irgendetwas für Sie tun können, lassen Sie es uns bitte wissen.«

Gesa schluckte ihren Schmerz hinunter. »Vielen Dank«, brachte sie mühsam und mit brüchiger Stimme hervor. Erneut löste sich eine Träne und kullerte an ihrer schmalen Nase entlang.

»Gehen Sie doch in mein Büro, dort können Sie sich ungestört unterhalten.« Die Leiterin warf Hedda einen auffordernden Blick zu. Sie schien besorgt zu sein, dass die ungehemmte Trauer der beiden einen negativen Einfluss auf die übrigen Heimbewohner haben könnte.

»Vielen Dank!« Hedda nickte ihrer Chefin zu, nahm ihre Freundin sanft in den Arm und ging mit ihr in das angebotene Zimmer. Nachdem sie die Tür hinter sich geschlossen hatten, gab es für sie und Gesa kein Halten mehr. Sie lagen sich in den Armen und heulten hemmungslos.

Gesa wischte sich eine Strähne ihres schulterlangen dunkelblonden Haares hinter das rechte Ohr. »Ich verstehe das überhaupt nicht! Ich habe Oma doch gestern noch besucht! Sie hat einen guten Eindruck auf mich gemacht. Wie kann sie da nur wenige Stunden später einfach so sterben?« Ihre tränenerstickte Stimme hinterließ eine Gänsehaut auf Heddas Körper.

»Ich war auch total überrascht, als ich es heute Morgen erfahren habe«, antwortete Hedda und schüttelte ungläubig den Kopf. Dass sie kurzzeitig sogar einen Mord für möglich gehalten hatte, verschwieg sie ihrer Freundin lieber. Sie konnte sich beim besten Willen nicht vorstellen, welches Motiv jemanden dazu gebracht haben könnte, der liebenswerten alten Dame das Leben zu nehmen.

Die Freundinnen standen sich ein paar Sekunden schweigend gegenüber. Sie hatten sich gleich an Heddas erstem Arbeitstag im Pflegeheim kennengelernt und sich auf Anhieb bestens verstanden. An einen Moment wie diesen, in dem beide sprachlos beisammen waren, konnte Hedda sich jedenfalls nicht erinnern.

Ein kratzendes Geräusch veranlasste beide, ihren Kopf zur Seite zu drehen. Hedda ging auf die Bürotür zu und öffnete sie. Sofort steckte Otto seinen Kopf durch den schmalen Türspalt und zwängte sich in das Zimmer hinein. Zielstrebig ging der Kater auf Gesa zu, blieb direkt vor ihren Füßen stehen, legte seinen Kopf in den Nacken und maunzte sie an.

Gesa hockte sich hin und kraulte ihn hinter den Ohren. Otto legte seinen Kopf schief, kniff die Augen zusammen und begann genüsslich zu schnurren. Die Streicheleinheiten schienen ihm sehr zu gefallen.

»Selbst du hast Omas Tod nicht kommen sehen«, schluchzte Gesa.

Im selben Moment öffnete der Kater seine Augen wieder. Er machte zwei Schritte rückwärts und löste sich so aus Gesas Händen. Dann blieb er stehen, schaute ihr direkt in die Augen und begann lautstark zu miauen.

»Der hört ja gar nicht mehr auf«, stellte Hedda überrascht fest. »Wenn ich es nicht besser wüsste, könnte man glauben, dass er dir unbedingt etwas sagen will.«

Gesa sprang so plötzlich aus ihrer hockenden Position auf, dass Otto erschrocken zusammenzuckte und anschließend Schutz suchend unter den Schreibtisch flüchtete. »Sag so etwas nicht! Übernatürliche Ereignisse kann ich jetzt wirklich nicht gebrauchen.«

»Das war doch nicht ernst gemeint«, versuchte Hedda ihre aufgebrachte Freundin zu beruhigen. »Glaubst du etwa an so etwas?«

Gesa schüttelte verneinend den Kopf. »Eigentlich nicht, aber der Kater ist ja nun wirklich kein normales Katzenvieh«, gab sie zu bedenken. »Schau doch!« Mit ihrem ausgestreckten Arm zeigte sie auf Otto, der jetzt wieder direkt vor ihr stand und sie aufmerksam beobachtete.

»Otto!« Hedda bückte sich nach dem Kater, fasste ihn unter dem Bauch und versuchte, ihn auf den Arm zu nehmen. Aber Otto fauchte nur, holte blitzschnell mit seiner Pfote aus und schlug seine scharfen Krallen in Heddas linken Handrücken. »Ahh!« Mit schmerzverzerrtem Gesicht zog sie ihre Hände zurück und brachte sicherheitshalber etwas Abstand zwischen sich und den wildgewordenen Stubentiger. »Was ist denn mit dem los, so etwas hat er ja noch nie gemacht!« Bisher kannte sie Otto nur als sehr verschmusten Kater, der sich jederzeit widerstandslos auf den Arm nehmen ließ.

»Kannst du ihn bitte rauswerfen? Irgendwie ist er mir gerade total unheimlich.«

Hedda öffnete die Tür und scheuchte Otto hinaus auf den Flur.

»Danke!«, sagte Gesa und ließ sich erschöpft auf einen der Besucherstühle fallen.

»Ich habe keine Ahnung, was in ihn gefahren ist«, sagte Hedda, setzte sich auf den Stuhl direkt neben Gesa und legte ihr die Hände auf die Oberschenkel.

Auf der anderen Seite der Tür versuchte Otto, durch lautes Kratzen und Miauen auf sich aufmerksam zu machen. Erst als ihn Eske Oltmanns lautstark dazu aufforderte, das Weite zu suchen, stellte er seine Bemühungen ein.

»Weißt du schon, wie es jetzt weitergehen wird?«, versuchte Hedda ihre Freundin abzulenken.

»Meine Mutter und mein Onkel kommen zum Glück noch heute, um die Beerdigung zu organisieren. Sie werden aber wahrscheinlich erst mit der letzten Fähre aufs Festland kommen«, seufzte Gesa.

Ihr Vater, der leider schon vor einigen Jahren verstorben war, hatte sich als junger Mann in eine Insulanerin verliebt und war nach der Hochzeit mit ihr nach Langeoog gezogen. Kurz darauf wurde sie mit Gesa schwanger. Als Gesas Onkel Reyk – Gerdas zweiter Sohn – daraufhin zum ersten Mal zu Besuch auf Langeoog war, um seine kleine Nichte zu bewundern, verliebte er sich Hals über Kopf in Maike, die damalige beste Freundin ihrer Mutter. Und so kam es, dass Gerda Janssen innerhalb weniger Jahre gleich ihre beiden Söhne auf die ostfriesische Insel ziehen lassen musste.

Da es auf Langeoog kein Gymnasium gibt, hatte Gesa ihr Abitur auf dem Internatsgymnasium in Esens gemacht und anschließend ein Pädagogik-Studium in Oldenburg begonnen. Dies war auch der Grund, warum sie ihre geliebte Oma in den letzten Jahren viel öfter besuchen konnte als der Rest ihrer Familie. Sie besuchte sie jedes Wochenende und versuchte, wenn es ihr irgendwie möglich war, ihrer Großmutter auch innerhalb der Woche einen Besuch abzustatten.

»Ist dein Onkel eigentlich verheiratet?«, fragte Hedda.

»Nein, er ist leider auch schon verwitwet. Seine Frau ist vor zwei Jahren an einer Krebserkrankung gestorben.«

»Das tut mir leid!« Hedda musste an Gerda Janssen denken: *Die Arme! Zuerst ziehen ihre einzigen Söhne vom Festland auf die Insel, dann stirbt der eine und der andere verliert auch noch seine Ehefrau. Das muss nicht leicht für sie gewesen sein.*

»Die Beerdigung ist wahrscheinlich am Donnerstag. Übers Wochenende möchte ich gerne mit meiner Mutter auf die Insel fahren. Ich will jetzt einfach in ihrer Nähe sein. Verstehst du das?« Gesa schlug die Hände vors Gesicht und begann erneut zu weinen.

Hedda rutschte so dicht wie möglich an sie heran, legte den Arm um ihre Schultern und zog sie zu sich herüber. »Natürlich verstehe ich das.«

Gesa presste den Kopf an ihre Schulter. »Würdest du vielleicht mitkommen?«

»Ich?«

Gesa richtete sich auf, umfasste Heddas Hände und schaute sie flehend an. »Bitte, das wäre total wichtig für mich.«

»Ich würde dir wirklich gerne diesen Gefallen tun, aber ich mache mir Sorgen um meinen Onkel. Ich weiß nicht, ob ich Willm schon für mehrere Tage alleine lassen kann.«

Erschrocken schlug sich Gesa die Hand vor den Mund. »Sorry Süße, daran habe ich überhaupt nicht gedacht. Vergiss einfach, was ich gesagt habe, okay?«

Hedda nickte gedankenverloren, war sich aber immer noch unschlüssig, was sie tun sollte. *Ob ich mit Willm darüber reden kann?*

***

11

Durch den Tod von Gerda Janssen und dem Gespräch mit Gesa hatte Heddas Vorfreude auf das Date mit Enno einen erheblichen Dämpfer erlitten. Statt sich auf das gemeinsame Abendessen zu freuen, hatte sie den ganzen Tag über an den unerwarteten Tod der alten Dame und ihre traurige Freundin denken müssen.

Zum Glück waren die Vorbereitungen für den Abend nicht besonders aufwendig gewesen. Hedda und Enno hatten vereinbart, gemeinsam zu kochen. Es sollte Kartoffeln mit Grünkohl und Kohlpinkel geben. Deshalb musste Hedda sich bisher nur um den Einkauf der Zutaten kümmern.

Viel aufwendiger war es hingegen gewesen, Willm davon zu überzeugen, dass er die beiden nicht stören würde, wenn er zu Hause bliebe. Hedda hatte ihn sogar gebeten, mit ihnen zusammen zu Abend zu essen, aber er hatte dieses Angebot kompromisslos abgelehnt. „Ich werde doch die jungen Turteltauben nicht durch meine Anwesenheit stören", hatte er gesagt und dabei müde gelächelt. Er gab sich sichtlich Mühe, wieder der alte, witzige und unbeschwerte Onkel zu werden, den Hedda so schmerzlich vermisste. Dennoch hatte sie kein gutes Gefühl dabei, dass er nur wegen ihnen aus dem Haus gehen wollte. In den letzten Monaten hatte er den Schutz seiner eigenen vier Wände schließlich nur dann verlassen, wenn es wirklich nicht anders ging.

Willm kam die Treppenstufen hinunter. Er hatte sich ein frisches weißes Hemd und eine blaue Jeans angezogen. Durch den Kummer der vergangenen Zeit hatte er sichtlich abgenommen. »Ich mache mich dann auf den Weg. Enno müsste ja jede Minute hier auftauchen.«

Beim Anblick ihres Onkels musste Hedda hörbar seufzen.

»Sehe ich so schlimm aus?«, versuchte Willm sich in einem scherzhaften Kommentar.

»Nein, ganz und gar nicht«, antwortete Hedda. »Willst du nicht doch hierbleiben und mit uns zu Abend essen?«

»Du gibst auch nicht auf, was?«

»Du kennst mich doch!« Hedda zuckte entschuldigend mit den Schultern.

»Ihr zwei habt euch einen ungestörten Abend verdient. In der letzten Zeit hast du so viel für mich getan, und dein Privatleben hintangestellt, nur um für mich da sein zu können. Damit muss jetzt endlich Schluss sein!« Willm klang so entschlossen, wie lange nicht mehr.

»Aber …«, wagte Hedda einen letzten Versuch, ihren Onkel zum Bleiben zu überreden.

»Außerdem habe ich die Karten fürs Kino schon gekauft«, fiel er ihr ins Wort.

»Du gehst ins Kino? Mit wem?«

Willm neigte den Kopf zur Seite und schaute seine Nichte nachdenklich an. »Wie kommst du darauf, dass ich jemanden mitnehme?«

»Du hast gesagt, du hättest die Karten schon gekauft. Nachdem du so viel abgenommen hast, sollte dir ein einziger Kinosessel doch eigentlich reichen.« Hedda lächelte ihn frech an. Dann zuckte sie – erschrocken über sich selbst – zusammen. Wie konnte sie ihrem Onkel gegenüber nur so taktlos sein? »Das war nicht böse gemeint«, schob sie schnell entschuldigend hinterher.

Für einen kurzen Moment wirkte Willm nachdenklich, doch dann umspielte plötzlich ein breites Grinsen seine Lippen. Ein Grinsen, so herzlich und frei, wie Hedda es seit einer gefühlten Ewigkeit nicht mehr bei ihm gesehen hatte.

»Das hat mir echt gefehlt«, sagte er.

»Was meinst du?«, fragte Hedda. Das Verhalten ihres Onkels irritierte sie zunehmend.

»Na, diese Frotzelei zwischen uns. Seit dem Mordversuch behandeln mich doch alle wie ein rohes Ei. Ich merke doch genau, wie jeder zunächst einmal nachdenkt, bevor er mit mir spricht. Erst wenn sie sich sicher sind, dass ihre Worte bei mir keine negativen Erinnerungen oder Gefühle auslösen können, sprechen sie diese auch aus.« Willm machte eine kurze Gedankenpause. »Aber gerade dieses Verhalten erinnert mich doch daran, dass etwas nicht in Ordnung ist. Ich will einfach nur, dass alles wieder normal ist. Ich will, dass alle wieder normal zu mir sind!«

Mit offenstehendem Mund schaute Hedda ihren Onkel an. *Er hat recht*, dachte sie. *Wie soll er zur Normalität zurückfinden, wenn wir ihn alle so behandeln?* »Darüber habe ich noch gar nicht …«

»Da, du tust es schon wieder! Sag einfach, was du denkst, ohne lange darüber nachzudenken. Das liegt dir ohnehin viel besser«, unterbrach Willm sie erneut.

»Das sagst du so einfach. Durch mein lockeres Mundwerk habe ich schon so manchen vor den Kopf gestoßen.«

»Und genau das brauche ich jetzt. Verstehst du, ich will mein dickes Fell zurückhaben!« Er klatschte sich mit den Händen auf seinen ungewohnt flachen Bauch und lachte.

Hedda dachte nach, bevor sie ihm antwortete. Doch dieses Mal dachte sie nicht darüber nach, was sie ihm nicht sagen durfte, sondern sie überlegte, welche Worte er sich jetzt von ihr wünschen würde. »Wenn du wirklich dein dickes Fell zurückhaben möchtest, dann solltest du im Kino unbedingt die extragroße Portion Nachos mit Käse essen«, sagte sie schließlich. Der Gedanke daran, wie ihr Onkel im Kino saß und sich die leckeren Tortilla-Chips reinzog, zauberte ein zufriedenes Lächeln auf ihr Gesicht.

»Schon besser«, sagte Willm, ging zur Haustür, streifte sich eine Jacke über und zog sich die Schuhe an. »Der Film hat Überlänge, ihr müsst also nicht allzu früh mit mir rechnen.« Er zwinkerte Hedda vielsagend zu. Dann öffnete er die Tür und ging hinaus.

»Viel Spaß!«, rief Hedda ihm hinterher und beobachtete, wie er zu seinem Auto ging.

»Danke!«, rief Willm zurück und winkte ihr. Dann öffnete er die Fahrzeugtür und setzte einen Fuß in den Innenraum des Wagens. »Und übrigens, du hattest recht!«, rief er Hedda noch zu, kurz bevor er sich auf den Fahrersitz fallen ließ und die Tür hinter sich zuzog.

An seinem breiten Grinsen konnte Hedda erkennen, dass Willm ihr bewusst nicht sagen wollte, womit sie recht gehabt hatte. *Geht er etwa wirklich nicht allein ins Kino?*

Während ihr Onkel rückwärts von der Auffahrt fuhr, sah sie im selben Moment Enno auf das Grundstück einbiegen. Er schien zu Fuß gekommen zu sein. Als Willm ihn bemerkt hatte, hielt er an und ließ die Fensterscheibe hinunter. Enno bückte sich und neigte Heddas Onkel seinen Kopf entgegen. Die beiden Männer wechselten ein paar Worte miteinander, ehe Willm schließlich davonfuhr und Enno sich der Haustür näherte.

»Bist du zu Fuß?«, fragte Hedda ungläubig.

»Moin Hedda. Ja, ich … ich war viel zu früh dran, darum dachte ich, ich könnte die Zeit mit einem kleinen Spaziergang überbrücken.« Unsicher senkte er seinen Blick zu Boden.

Wie süß, er wird ja richtig rot. Wahrscheinlich war er so aufgeregt, dass er es zu Hause einfach nicht mehr ausgehalten hat. Sie umarmte ihn zur Begrüßung, verzichtete aber nach der langen Zeit darauf, ihm einen Begrüßungskuss auf die Wange zu geben.

»Komm rein, wir haben noch viel zu tun.«

Nachdem Enno seine Schuhe und die Jacke ausgezogen hatte, folgte er Hedda in die Küche.

»Möchtest du etwas trinken?«

»Gerne ein Bier, wenn du welches dahast.«

»Musst dir wohl Mut antrinken, was?« Hedda drehte sich schnell weg, um ein Bier aus dem Kühlschrank zu holen. Dabei war es ihr hauptsächlich unangenehm, dass ihr Mundwerk wieder einmal schneller gewesen war, als ihr Verstand.

»Danke!« Enno nahm die Bierflasche entgegen. Der Blick, den er ihr dabei mit seinen strahlend blauen Augen zuwarf, verursachte bei Hedda eine Gänsehaut. »Du siehst toll aus!«

Du aber auch, dachte Hedda und musterte Enno einmal von Kopf bis Fuß. Er hatte sich überhaupt nicht verändert. Sein kurzes blondes Haar hatte er wieder mit ein wenig Haargel zurechtgemacht. Die Ärmel seines T-Shirts spannten sich immer noch um seine muskulösen Oberarme, und auch wenn sie seine Kehrseite gerade nicht sehen konnte, war Hedda sich sicher, dass sein Hintern immer noch zum Anbeißen war.

Hedda spürte, wie ihr bei diesem Gedanken jetzt auch die Wärme ins Gesicht schoss. Sie wusste, dass ihn seine Worte sehr viel Überwindung gekostet haben mussten. »Danke, du aber auch!«, sprach sie ihren Gedanken diesmal laut aus. »Auf einen schönen Abend«, sagte sie, streckte ihm ihre Bierflasche entgegen und nahm anschließend einen kräftigen Schluck.

Während sie gemeinsam die Kartoffeln schälten, erzählte Hedda ihm von Gerda Janssen und von Gesas Bitte, sie nach Langeoog zu begleiten. Mit jedem Satz wurde Heddas Stimmung bedrückter und die Sorge um ihren Onkel wieder größer. Auch wenn Willm vorhin etwas ganz anderes zu ihr gesagt hatte, mochte sie ihn dennoch nicht so lange alleine lassen. Aber auch ihrer guten Freundin wollte sie in dieser schwierigen Zeit unbedingt beistehen.

»Ich weiß einfach nicht, wie ich mich entscheiden soll.«

Enno schaute sie nachdenklich an. »Wenn du willst, kann ich doch ab und zu nach Willm sehen. Und meinen Vater werde ich sicherlich auch zu einem spontanen Besuch bei seinem Freund überreden können.«

»Das würdest du für mich machen?« Hedda wischte sich den Pony aus der Stirn und lächelte Enno glücklich an. Sie würde sich wirklich deutlich besser fühlen, wenn sie wüsste, dass jemand während ihrer Abwesenheit nach ihrem Onkel schauen würde.

»Na klar!« Enno nickte. »Vielleicht tut es euch beiden sogar ganz gut, wenn ihr euch mal ein paar Tage nicht seht.«

»Wie meinst du denn das jetzt?«

»Nun ja, euch beiden verbindet die Erinnerung an ein schreckliches Ereignis. Hast du schon einmal darüber nachgedacht, dass dein Onkel sich vielleicht auch Sorgen um dich machen könnte?«

»Um mich?«, fragte Hedda ungläubig.

»Aber sicher doch. Wenn er nicht gewesen wäre, wären dir all diese Grausamkeiten nicht geschehen.«

»Aber das ist doch nicht seine Schuld!«, protestierte Hedda.

»Natürlich nicht!«, sagte Enno. »Aber versetz du dich doch mal in seine Lage. Würdest du dir nicht auch Vorwürfe machen. Immerhin war es seine Frau, die auf dich geschossen hat.«

Durch die Erinnerung an den Schuss begann die Narbe an Heddas Schulter sofort wieder zu jucken. In Gedanken versunken kratzte sie sich über die Stelle, an der die Kugel sie getroffen hatte. »Du meinst, mein Anblick erinnert ihn an seine Schuld?« Sie malte mit ihren Händen zwei Gänsefüßchen in die Luft, um durch diese Geste zu unterstreichen, dass sie Willm keinesfalls irgendeine Schuld an den Vorkommnissen gab.

Enno nickte. »Möglich wäre es. Zumindest wird er sich die Schuld dafür geben, dass du seit Monaten dein ganzes Leben nur noch danach ausrichtest, dich um ihn zu kümmern.«

Nachdenklich kaute Hedda auf ihrer Unterlippe herum. *Damit könnte er tatsächlich recht haben*, dachte sie und fragte sich gleichzeitig, ob sie in den letzten Monaten alles falsch gemacht hatte.

»Du solltest fahren!«, sagte Enno entschlossen. »Ich habe den Eindruck, dass dein Onkel sein Leben wirklich wieder in den Griff bekommen will. Ansonsten wäre er doch heute Abend nicht …« Er stockte mitten im Satz. »… ins Kino gegangen.«

Der veränderte Tonfall in der zweiten Hälfte seines Satzes war Hedda nicht entgangen. »Was hat Willm eigentlich zu dir gesagt, bevor er losgefahren ist?«, fragte sie Enno und beobachtete dabei genau seine Reaktion.

»Er hat mir nur gesagt, dass er ins Kino fährt und dass er uns einen schönen Abend wünscht.«

»Ach so«, antwortete Hedda. *Wenn du glaubst, dass du Geheimnisse vor mir haben kannst, dann hast du dich aber gewaltig geirrt. Ich bekomme schon noch heraus, was er wirklich zu dir gesagt hat.* »Würdest du den Grünkohl zusammen mit den Zwiebelwürfeln und den Speckscheiben anbraten?« Sie zeigte auf die Pfanne und die Zutaten, die direkt daneben lagen.

»Na klar!« Enno stand auf und ging zum Herd hinüber. Er schien sichtlich erfreut, über den spontanen Themenwechsel.

Während Enno damit begann, die Zutaten in den Topf zu geben, betrachtete Hedda ihn von hinten. *Mein lieber Herr Frerichs, ich hatte ja fast vergessen, was für einen knackigen Hintern Sie haben. Aber auch der wird Sie nicht davor bewahren, dass ich Ihnen noch heute die Wahrheit entlocken werde.* Mit einem zufriedenen Grinsen auf dem Gesicht stand sie auf, um sich um die Kartoffeln und die Würste zu kümmern.

I
Das Ultimatum

Zufrieden nahm er sich ein Croissant aus dem Brotkorb, versenkte sein Messer in dem Marmeladenglas und bestrich die französische Köstlichkeit mit einer dicken Schicht Erdbeerkonfitüre. Dann biss er hinein, schloss die Augen und genoss den süßlichen Geschmack auf seiner Zunge.

Zu dieser frühen Uhrzeit herrschte eine wundervolle Ruhe in der geräumigen Stadtvilla. Seine Frau lag noch im Bett und schlief, und wenn er Glück hatte, würde er das Anwesen noch vor ihrem Aufstehen verlassen können. Sie war schon immer eine Langschläferin gewesen, aber mit den Jahren ihrer Ehe hatte diese Gewohnheit sich zum Glück immer stärker ausgeprägt. Als Gründerin und einzige Eigentümerin der Firma konnte sie sich den Luxus erlauben, immer als Letzte im Büro zu erscheinen.

Seine Frau hatte das Unternehmen mit strenger Hand aufgebaut und nach und nach zum Marktführer in der Region entwickelt. Ihr beruflicher Erfolg hatte sie aber nicht nur bei der Konkurrenz unbeliebt gemacht. Auch bei ihren Mitarbeitern war sie, aufgrund ihres herrischen Führungsstils, mehr als unbeliebt. Auch er war ursprünglich einer dieser Mitarbeiter gewesen, der seine Chefin am liebsten jeden Morgen mit dem Auto überfahren hätte. Aber irgendwann hatte er erkannt, welche Vorteile eine Liaison mit der deutlich älteren Frau für ihn haben könnte. Denn durch seine Ehe war er nicht nur in die Geschäftsführung des Unternehmens aufgestiegen, sondern konnte sich privat auch endlich die Dinge erlauben, die ihm seiner Meinung nach schon immer zugestanden hatten.

Aber seine Frau war nicht dumm. Sie hatte sich nicht mit der rosaroten Brille in ihre Ehe gestürzt, sondern durch einen ausgeklügelten Ehevertrag dafür gesorgt, dass er die Privilegien, die ihr Reichtum ihm bot, nur so lange würde genießen können, wie er ihr ein guter und vor allem treuer Ehemann war.

Aus dem Schlafzimmer hörte er leise Geräusche. Schnell schob er sich das letzte Stück Croissant in den Mund und spülte es mit einem Schluck Kaffee hinunter. Dann sprang er von seinem Stuhl auf, schnappte sich seine Arbeitstasche und eilte zur Tür hinaus. Er verzichtete lieber auf das Zähneputzen, anstatt das Risiko in Kauf zu nehmen, dass seine Frau ihn zu einem morgendlichen Schäferstündchen ins Ehebett zurückbeordern könnte.

Er saß bereits hinter dem Steuer seines neuen Wagens, den seine Frau ihm erst vor einigen Wochen überlassen hatte. Das Fahrzeug hatte sie selbstverständlich auf ihren eigenen Namen angemeldet, es ihm aber bis auf Weiteres zur freien Nutzung überlassen. Der Motor heulte auf, nachdem er den Start-Knopf gedrückt und das Gaspedal leicht heruntergepresst hatte.

»FRED!« Die Stimme seiner Frau übertönte sogar das Röhren des Motors. Wenn er jetzt so tun würde, als habe er sie nicht gehört, könnte er sich in der Firma auf eine peinliche Szene einstellen.

Frustriert stieg er aus dem Wagen aus und ging auf seine Frau zu. Dabei hatte er es doch fast geschafft.

»Was ist denn, meine Prinzessin?« Der Kosename, den seine Frau sich selbst ausgesucht hatte, kam ihm nur schwer über die Lippen.

Sie war allenfalls eine abgewrackte Königin, viel eher aber noch ein altes Schlachtschiff.

»Komm doch bitte noch mal kurz rein!« Mit ihrem Zeigefinger machte sie eine lockende Bewegung und zwinkerte ihm zeitgleich verführerisch zu.

Ihm war klar, was das zu bedeuten hatte. Wenn ihm nicht schnell eine Ausrede einfallen würde, müsste er in wenigen Minuten nackt auf ihr liegen. »Prinzessin, ich würde ja wirklich gerne …«, druckste er herum, »… aber ich muss jetzt wirklich ganz schnell ins Büro.«

Ihre Lippen formten ein unanständiges Grinsen. »Ich bin deine Chefin, schon vergessen?«, sagte sie, drehte sich um und ging ins Haus zurück. Als sie gerade hinter der Türschwelle verschwunden war, ließ sie ihren Bademantel zu Boden sinken, drehte ihren Kopf über die Schulter und zwinkerte ihm lasziv zu.

Der Anblick ihres nackten faltigen Hinterteils löste bei ihm einen Würgreflex aus. Mit gesenktem Kopf schlich er zurück ins Haus und folgte ihr in das eheliche Schlafzimmer.

***

Eine Viertelstunde später lagen sie beide nackt und verschwitzt auf dem Bett, hatten jeder eine Zigarette in der Hand und starrten, jeweils in ihre Gedanken versunken, vor sich hin.

»Fred, ich glaube, du musst jetzt ins Büro«, sagte sie, nahm einen tiefen Zug an ihrer Zigarette und ließ den Rauch aus ihren gespitzten Lippen wieder geräuschvoll entweichen.

Er hasste es, wenn sie ihn so nannte. Seinen Spitznamen aus Grundschultagen hatte er einer leichten Ähnlichkeit mit dem Familienoberhaupt der Steinzeitfamilie Feuerstein zu verdanken. In einem unbedachten Moment hatte er ihr leider davon erzählt und bekam ihn seither öfter zu hören, als seinen eigentlichen Vornamen.

Schweigend schwang er sich aus dem Bett, las seine Unterwäsche und seinen Anzug vom Fußboden auf, um damit ins Badezimmer zu verschwinden. Er hatte den Raum bereits verlassen, als seine Frau ihn noch einmal zurückbeorderte.

»Da ist noch etwas, was ich dir sagen muss«, sagte sie, als er wieder vor dem Bettende stand.

Verängstigt schaute er sie an. Meistens, wenn sie diesen Tonfall benutzte, bedeutete das für ihn nichts Gutes.

»Ich habe gestern bei der Bank deine Kontovollmacht streichen lassen«, sagte sie ihm derart beiläufig, als habe sie ihm gerade den aktuellen Wetterbericht mitgeteilt.

Erschrocken schaute er seine Frau an. »Wieso?«, fragte er fassungslos. Damit hatte er nun wirklich nicht gerechnet.

Sie lachte. »Du kennst mich doch, ich habe halt gerne die Kontrolle über alles. Außerdem sind mir da in den letzten Monaten ein paar unangemessene Ausgaben aufgefallen. Wenn du Geld brauchst, sagst du mir zukünftig einfach wofür, und ich überweise es dir dann.«

Er nickte verlegen. »Danke, Prinzessin.« Am liebsten hätte er ihr die Worte vor die Füße gespuckt, wäre auf sie gesprungen und hätte seine Daumen so lange gegen ihren Kehlkopf gepresst, bis sämtliches Leben aus ihr gewichen wäre. Stattdessen quälte er sich zu einem möglichst natürlich wirkenden Lächeln.

»Jetzt aber los, du bist schon viel zu spät dran!«

Als ob das meine Schuld ist, dachte er, ging auf sie zu, gab ihr einen Kuss und verabschiedete sich mit einem seiner einstudierten Liebesbekenntnisse.

Auf dem Weg zum Auto liefen seine Gedanken Amok. *Verdammte Scheiße, wenn ich nicht schnell wieder Zugriff auf das Konto bekomme, fliegt in wenigen Wochen alles auf! Dann ist alles umsonst gewesen!* Im Bruchteil einer Sekunde reihten sich die Erinnerungen an sämtliche Liebesakte mit seiner Frau in seinem Kopf zu einem abstoßenden Pornofilm zusammen. *Ich muss unbedingt etwas unternehmen, bevor es zu spät ist!*

Kapitel 2

Langeoog

Gesa saß mit ihrer Mutter, ihrem Onkel und Hedda im Auto. Sie waren unterwegs nach Bensersiel, um von dort aus mit der Fähre nach Langeoog überzusetzen. Während der ganzen Fahrt herrschte im Wagen ein bedrücktes Schweigen. Die Beerdigung von Gerda Janssen, die am Vortag stattgefunden hatte, schlug allen noch aufs Gemüt. Zudem schienen sich Dagmar Janssen – Gesas Mutter – und deren Schwager Reyk irgendwie zerstritten zu haben. Hedda hatte nicht mitbekommen, worum es bei ihrem Zwist ging, aber dass die beiden gerade nicht einer Meinung waren, war mehr als offensichtlich.

Gesa hatte Hedda schon oft von ihrer Mutter erzählt und dabei offensichtlich nie übertrieben. Dagmar Janssen konnte, obwohl sie bereits 47 Jahre alt war, durchaus auch als Gesas ältere Schwester durchgehen. Sie hatte eine sportliche Figur, kaum Falten im Gesicht und trug fast die gleiche Frisur wie ihre Tochter.

Reyk Janssen hingegen war das männliche Abbild seiner verstorbenen Mutter. Vor allem die Augenpartie von Gesas Onkel erinnerte Hedda sehr an die verstorbene Gerda Janssen. Zudem war er ein großer und für sein Alter recht durchtrainierter Mann.

Sie parkten das Auto in einer der zahlreichen bewachten Garagen, die direkt am Fähranleger für Besucher und Insulaner bereitstanden. Denn Langeoog ist, wie fast alle Ostfriesischen Inseln, vollkommen autofrei. Nachdem sie ihre Gepäckstücke aufgegeben und ihre Tickets gekauft hatten, warteten sie auf die Fähre.

Etwa zwanzig Minuten später legte das weiße Schiff am Bensersieler Hafen an und spuckte die Fahrgäste aus, die die Insel noch vor dem Wochenende verlassen wollten. Zu dieser Jahreszeit waren nicht besonders viele Touristen auf den Ostfriesischen Inseln und daher verließen hautsächlich Handwerker das Schiff, die über die Woche damit beschäftigt gewesen waren, die Renovierungsarbeiten an den zahllosen Ferienwohnungen durchzuführen.

Um der miesen Stimmung zu entgehen, die Gesas Mutter und deren Schwager verbreiteten, setzten Hedda und ihre Freundin sich alleine auf das Oberdeck des Schiffes. Der Wind war zwar eisig kalt, aber die Wolldecke, die Gesa extra mit auf die Fähre genommen hatte, machte es einigermaßen erträglich. Zudem war der Ausblick auf die vor ihnen liegende Nordsee einmalig.

»Schau mal!«, sagte Gesa und zeigte auf die Sonne, die gerade am Horizont im Wasser unterzugehen schien. Eingerahmt vom leicht welligen Wasser und den am Himmel vorbeiziehenden Wolken, wirkte der orange leuchtende Himmelskörper wie ein kleines Lagerfeuer, das in der Ferne vor sich hin loderte.

Beim Anblick des romantischen Sonnenuntergangs musste Hedda an ihr Date mit Enno denken. Sie hatten viel Spaß gehabt, hatten viel gelacht und sich angeregt miteinander unterhalten. Mit jeder Minute hatte das Knistern zwischen ihnen mehr und mehr zugenommen. Zudem hatte Hedda fast alles versucht, um Enno die Wahrheit darüber zu entlocken, was Willm aus dem Auto heraus zu ihm gesagt hatte. Aber selbst der Abschiedskuss, den Hedda ihm für das Herausrücken dieser Information angeboten hatte, konnte Enno nicht überzeugen. Dabei konnte sie ihm genau ansehen, wie schwer es ihm gefallen war, ihr Angebot auszuschlagen. Aber zumindest hatte er in diesem Moment erstmalig zugegeben, dass er Willm versprochen hatte, Hedda nicht zu sagen, worum es in ihrem Gespräch gegangen war. Sie lag mit ihrer Vermutung also richtig: Die beiden Männer hatten ein Geheimnis.

Hedda dachte an das Küsschen, das sie Enno als Entschädigung auf die Wange gegeben hatte und an sein breites Grinsen, nachdem sie ihm gesagt hatte, wie schön sie den gemeinsamen Abend fand. Sie freute sich schon jetzt auf ihr nächstes Date und war fest entschlossen, dabei wenigstens den ausgelassenen Kuss nachzuholen.

»Erde an Hedda!« Gesa fuchtelte mit ihrer Hand direkt vor Heddas Gesicht herum.

Erschrocken schaute Hedda ihre Freundin an. »Was ist?«, fragte sie verunsichert.

»Wo warst du denn mit deinen Gedanken? Ich rede mit dir, aber du starrst nur auf den Sonnenuntergang und hörst mir überhaupt nicht zu.«

»Entschuldige bitte, ich musste gerade an Enno denken«, gestand Hedda.

»Stimmt ja!« Gesa schlug erschrocken die Hände vors Gesicht. »Ich habe dich ja überhaupt noch nicht gefragt, wie euer Date gelaufen ist.«

»Ist schon gut«, sagte Hedda. »Du hattest nun wirklich andere Sorgen!«

»Und?«

»Was und?«, fragte Hedda. Sie wusste natürlich genau, worauf Gesa hinauswollte.

»Na, was ist jetzt mit dir und Enno? Hat die sexy Jungfrau endlich den ersten Schritt gemacht?«

»Nenn ihn nicht so!«, protestierte Hedda.

»Sorry! Aber wenn der Typ nur halb so gut aussieht, wie du ihn beschrieben hast, dann ist das echt unglaublich.«

»Nenn ihn bitte trotzdem nicht so. Er möchte bestimmt nicht, dass alle darüber Bescheid wissen.«

»Er kennt mich doch nicht einmal. Aber okay, ich werde ihm einen neuen Spitznamen suchen. Der alte ist ja ohnehin bald passé, oder habt ihr etwa schon?«

»Nein!«, verneinte Hedda energisch. »Aber ich hätte ihn fast geküsst.«

»Fast?« Gesa verzog fragend das Gesicht.

Hedda erzählte ihr alles über ihr Date mit Enno, das Geheimnis, das er mit Willm hatte und darüber, dass er aus Loyalität zu ihrem Onkel sogar auf einen innigen Kuss verzichtet hatte. Zum ersten Mal seit Tagen sprachen die beiden Freundinnen wieder so unbeschwert miteinander, wie sie es vor Gerda Janssens Tod immer getan hatten.

»Wir sind gleich da!« Gesa zeigte auf die Hafeneinfahrt ihrer Heimatinsel. »Komm, wir gehen runter zu Mama und Reyk!« Sie packte Hedda am Arm und zog sie mit sich unter Deck.

Von der Fähre aus ging es direkt zum wenige Meter entfernten Bahnhof, in dem die Inselbahn bereits auf die Ankömmlinge wartete. Hedda gefielen die unterschiedlich farbigen Waggons. Sie folgte Reyk, Gesa und ihrer Mutter, die schließlich in ein knallgelbes Abteil einstiegen und auf zwei gegenüberliegenden Holzbänken Platz nahmen.

Während der Zug im gemächlichen Tempo über die Insel tuckerte, war die unangenehme Stille, die weiterhin zwischen Dagmar und ihrem Schwager herrschte, fast greifbar. *Ob sie sich vielleicht wegen der Erbschaft verkracht haben*, überlegte Hedda und schaute zum bewölkten Himmel hinauf. Sie stellte sich vor, wie Gerda Janssen da oben sitzen und auf sie hinabschauen würde. Es würde ihr sicher nicht gefallen, wenn ihre Angehörigen nichts Besseres zu tun hätten, als sich über ihre Hinterlassenschaft zu streiten.

Nachdem sie am Bahnhof angekommen waren, holten alle ihre Koffer und gingen langsam Richtung Straße.

»Ist es eigentlich weit bis zu euch nach Hause?«, fragte Hedda.

Gesa schüttelte den Kopf. »Sind nur ein paar Minuten zu Fuß.«

»Ich muss in die entgegengesetzte Richtung«, sagte Reyk und verabschiedete sich von Gesa und Hedda. Seine Schwägerin hingegen ignorierte er, drehte sich um und ließ die drei Frauen alleine zurück.

Gesas Mutter schaute ihm nachdenklich, aber auch irgendwie wütend hinterher. »Kannst du meinen Koffer mitnehmen? Ich will versuchen, doch noch einmal mit deinem Onkel zu reden«, sagte sie schließlich zu ihrer Tochter.

»Na klar«, antwortete Gesa.

»Hast du einen Haustürschlüssel?«

Gesa öffnete ihre Handtasche, wühlte darin herum und beförderte schließlich einen Schlüsselbund ans Tageslicht. »Alles dabei!«

»Okay, dann bis später!« Mit großen Schritten eilte Dagmar Janssen ihrem Schwager hinterher.

»Komm, wir müssen hier entlang!« Gesa schnappte sich die beiden Trolleys und zog sie hinter sich her.

Hedda folgte ihr. Auf der Straße liefen bereits einige Touristen, die ihr Gepäck hinter sich herzogen oder in einem Bollerwagen transportierten. Einige wenige gönnten sich sogar den Luxus, sich von einer Pferdekutsche zu ihren Unterkünften chauffieren zu lassen. Nach einigen Metern fiel Hedda ein Wegweiser auf, der ihr nicht nur die Richtung zum nahegelegenen Wattenmeer, sondern auch die Entfernung zum *Great Barrier Reef,* dem *Grand Canyon* und den *Rocky Mountains* anzeigte. Hedda fand es eine coole Idee, den Touristen auf diese Art vor Augen zu führen, dass es sich bei allen vier Orten um UNESCO-Weltnaturerbestätten handelte. Denn im Vergleich mit den anderen drei Naturwundern, wirkte das Wattenmeer auf den ersten Blick doch eher unscheinbar. Um seine Einzigartigkeit tatsächlich zu erkennen, muss man wirklich schon etwas genauer hinsehen. *Das Wattenmeer ist quasi das*

Aschenputtel der Weltnaturerben, dachte Hedda schmunzelnd. Als sie wieder auf die Straße schaute, bemerkte sie, dass Gesa bereits einige Meter zurückgelegt hatte. Sie hatte offensichtlich nicht bemerkt, dass Hedda vor dem Straßenschild stehen geblieben war.

Mit wenigen schnellen Schritte konnte Hedda jedoch wieder zu ihrer Freundin aufschließen. Zwei Wegkreuzungen später blieben die beiden vor einem etwas abgelegenen Haus stehen. Es war aus großen, unförmigen grauen Steinen gemauert worden, wie Hedda es sonst nur schon einmal bei einer alten Kirche gesehen hatte. Das Reetdach reichte an manchen Stellen fast bis zum Boden. Neben den modernen Neubauten der Nachbarn wirkte das Haus auf sie, als wäre es in einer anderen Zeit erbaut worden. Lediglich der zur Straße ausgerichtete Wintergarten war eindeutig der modernen Baukunst zuzuschreiben. Im Inneren des verglasten Anbaus waren mehrere Bilder auf Staffeleien ausgestellt worden, die zudem kunstvoll von auf dem Boden stehenden Halogenstrahlern angeleuchtet wurden.

»Hat deine Mutter alle diese Bilder gemalt?«, fragte Hedda erstaunt. Aus Gesas Erzählungen wusste sie bereits, dass Dagmar Janssen als Künstlerin auf Langeoog arbeitete. Aber sie hatte bisher noch kein einziges Gemälde von ihr gesehen. Neugierig trat sie dichter an die Glasscheibe heran und betrachtete die ausgestellten Stücke. Es war eine interessante Mischung aus ostfriesischen Landschaftsbildern und Aktmalereien.

»Ja, im Haus gibt es sogar noch einen ganzen Raum voll mit Bildern, die sich bisher nicht verkaufen ließen«, antwortete Gesa.

Hedda schaute auf die Preisschilder, die unter den Ausstellungsstücken angebracht worden waren. Die Preisspanne lag zwischen mehreren Hundert und einigen Tausend Euro. *Ein stolzer Preis*, dachte sie, wollte sich Gesa gegenüber aber nicht anmerken lassen, dass sie niemals so viel Geld für ein solches Gemälde ausgeben würde. »Und davon kann man leben?«, fragte sie stattdessen.

Gesa zuckte mit den Schultern. »Keine Ahnung! Meine Mutter bekommt ja außerdem auch noch eine kleine Witwenrente. Aber über Finanzen hat sie noch nie gerne gesprochen.« Sie packte Hedda am Arm. »Nun lass uns endlich reingehen, ich erfriere sonst noch.«

Nachdem die beiden Freundinnen ihre Sachen ausgepackt hatten, gingen sie hinunter in die Küche.

»Soll ich uns einen Tee kochen?«, fragte Gesa.

»Gute Idee«, murmelte Hedda, während sie neugierig durch sämtliche Räume streifte und sich alles genau anschaute.

Plötzlich klingelte es an der Haustür.

»Kannst du bitte aufmachen?«, rief Gesa aus der Küche zu Hedda hinüber. Sie hatte ihren Kopf gerade in einem der Küchenschränke vergraben und suchte verzweifelt nach einem Wasserkocher.

Hedda ging zur Haustür und öffnete sie. Vor ihr stand eine sehr kleine Frau in einem dicken schwarzen Wintermantel. Auf ihrem Kopf trug sie eine schwarze Wollmütze, die selbst gemacht aussah. An ihrem von unzähligen Falten zerfurchten Gesicht war abzulesen, dass sie bereits sehr alt sein musste. »Hallo«, begrüßte Hedda die alte Dame freundlich. »Was kann ich für Sie tun?«

Die Besucherin musterte sie mit tiefblauen Augen, die so gar nicht zu ihrem gealterten Körper passen wollten. Sie strahlten eine Neugierde und Lebensfreude aus, wie Hedda sie bisher nur selten gesehen hatte. »Moin«, sagte die Alte schließlich. »Ich bin Digna und wohne gegenüber.« Sie zeigte auf ein kleines Häuschen, das auf der anderen Straßenseite stand. »Kann es sein, dass ich gerade Gesa gesehen habe?«

Noch ehe Hedda ihr antworten konnte, stürmte Gesa an ihr vorbei und fiel der Frau so schwungvoll um den Hals, dass Hedda für einen Moment befürchtet hatte, die Wucht der Begrüßung würde beide zu Fall bringen.

»Didi«, juchzte Gesa vor Freude. »Ist das schön, dich zu sehen. Komm doch rein!« Sie legte ihren Arm um die Schultern der kleinen Frau unter und zog sie mit sich in den Hausflur. »Das ist übrigens Hedda«, erklärte sie im Vorbeilaufen. »Eine sehr gute Freundin von mir. Sie kommt vom Festland, ist aber immerhin eine geborene Ostfriesin.« Gesa zwinkerte Hedda zu.

»Was soll das denn heißen?«, protestierte Hedda und stemmte zur Untermalung ihrer gespielten Empörung die Hände in die Seiten.

»Digna ist auf Langeoog geboren und hat die Insel ihr Leben lang nicht verlassen. Weil meine Großmutter mütterlicherseits schon gestorben war, als ich geboren wurde, war sie hier auf der Insel immer so etwas wie meine Ersatzoma. Da ich als Kleinkind ihren Namen nicht richtig aussprechen konnte, habe ich sie immer Didi genannt. Sie hat immer auf mich aufgepasst, wenn Papa arbeiten und Mama malen musste. Dass sie überhaupt hochdeutsch sprechen kann, hat mich Jahre meiner Kindheit gekostet.« Gesa lachte.

»Nun werde mal nicht frech!«, sagte Digna und gab ihr einen freundschaftlichen Klaps auf den Po. »Die Touristen hätten ja schließlich auch mal Plattdeutsch lernen können.«

»Für Didi ist Plattdeutsch die Hauptsprache. Sie glaubt immer noch, dass die Mehrheit der Deutschen das genauso sieht«, scherzte Gesa weiter. »Ich wollte uns gerade einen Tee machen. Du trinkst doch einen mit uns?« Ohne eine Antwort abzuwarten, half sie der alten Dame aus dem Mantel und hängte ihn an die Garderobe.

Während Gesa und Hedda wieder in die Küche gingen, verschwand Digna kurz auf die Toilette. Als sie zurückkam, schlug sie schockiert die Hände vors Gesicht. »Wat makt ji daar?«, rief sie. Sie war so entsetzt, dass sie sogar vergaß, Hochdeutsch mit den beiden zu sprechen.

Erschrocken schaute sich Gesa zu ihrer Ersatzoma um. »Wir machen Tee«, antwortete sie verunsichert.

»Aber doch nicht so!«, sagte Digna, jetzt wieder in Hochdeutsch. Sie stellte sich neben Gesa an die Küchenablage und schubste sie mit der Hüfte zur Seite. »Setz dich, ich mache das schon!« Sie stellte die drei Becher mitsamt den darin befindlichen Teebeuteln zurück in den Hängeschrank und holte stattdessen eine weiße Porzellankanne mit einem rötlichen Blumenmotiv hervor. Erst nachdem sie das Wasser erneut gekocht hatte, goss sie den Tee auf. »Nur wenn das Wasser gerade gekocht hat, kann der Tee wirklich seine feinen Geschmacksstoffe freisetzen«, erklärte Digna.

Während die Aromastoffe des Tees sich in dem heißen Wasser ausbreiteten, deckte Digna den Tisch mit flachen Teetassen, die mit dem gleichen Motiv verziert waren, wie die Kanne. »Man kann doch Tee nicht aus einem Becher trinken«, sagte sie kopfschüttelnd, als sie Gesas Tasse auf den Tisch stellte.

»Es geht einfach schneller. Und während des Studiums fehlt manchmal einfach die Zeit ...«, versuchte Gesa sich zu rechtfertigen.

Aber Digna duldete keinen Widerspruch. »Für eine ordentliche Tasse Tee wird ja wohl immer Zeit sein!« Mit einer kleinen Zange nahm sie jeweils einen Kluntje aus dem passenden Porzellan-Pott und gab ihn in die Teetassen. Die Zuckerdiamanten knackten laut, als Digna sie schließlich mit dem heißen Tee übergoss. Mit einem kleinen Schöpflöffel träufelte sie dann noch etwas Sahne in den Tee. Sofort bildeten sich auf der Oberfläche hübsch anzusehende weiße Wölkchen.

Hedda stand auf und öffnete eine der Küchenschubladen.

»Was hast du vor?«, fragte Digna sie argwöhnisch.

»Sie haben die Teelöffel vergessen«, antwortete Hedda.

Digna schüttelte theatralisch den Kopf. »Ihr jungen Leute versteht auch überhaupt nichts von Traditionen.«

»Den Tee umzurühren ist in Ostfriesland verpönt«, erklärte Gesa. »Man trinkt ihn quasi in drei Phasen. Erstens: Tee mit Sahnewölkchen; zweitens: purer Tee; und zuletzt: der gesüßte Tee vom Tassenboden.« Stolz schaute Gesa zu Digna hinüber.

Die alte Frau lächelte sie an. »Dann hast du ja doch noch nicht alles vergessen, was ich dir beigebracht habe.«

Während die drei Frauen ihren Tee tranken, gab Digna noch einiges von ihrem umfangreichen Wissen zum Besten. Sie erzählte den beiden zum Beispiel, dass der Tee vor über 300 Jahren nach Deutschland gekommen ist, dass er in Ostfriesland so gut schmeckt, weil das Trinkwasser hier besonders weich ist und dass die Ostfriesen Weltmeister im Teetrinken sind. Pro Kopf trinkt ein Ostfriese nämlich mehr als 300 Liter schwarzen Tee pro Jahr.

Gebannt lauschte Hedda den Erzählungen der alten Frau. Sie konnte sich nicht vorstellen, dass dieser lebenslustige Mensch in ein paar Jahren wahrscheinlich nicht mehr existieren würde. Eigentlich musste sie ganz dringend zur Toilette, immerhin war sie zuletzt auf dem Festland auf dem Klo gewesen. Aber sie hing so sehr an Dignas Lippen, dass sie dem Druck ihrer Blase noch solange standhielt, bis die alte Dame sich von ihnen verabschiedet und das Haus verlassen hatte. Erst dann eilte sie wie von der Tarantel gestochen ins Badezimmer.

»Deine Ersatz-Omi ist ja wirklich noch topfit, aber die Toilettenspülung hat sie trotzdem vergessen«, schmunzelte Hedda, als sie wieder zu Gesa in die Küche kam.

Gesa runzelte die Stirn. »Das glaube ich nicht, Digna ist bei dem Thema nämlich selbst total pingelig. Außerdem habe ich die Spülung gehört, nachdem sie im Bad war.«

»Dann ist eure Klospülung kaputt«, mutmaßte Hedda. »Das Wasser war jedenfalls gerade noch etwas gelblich.«

28

»Ach so«, lachte Gesa und machte eine wegwerfende Handbewegung. »Du warst ja noch nie auf Langeoog.«

»Was soll das denn heißen? Ist es bei euch etwa Brauch, das Pipi nicht vollständig wegzuspülen?«

»Nein, das Wasser hat bei uns immer einen leichten Gelbstich. Das kommt von irgendwelchen Stoffen, die im Wasser sind. Da das aber gesundheitlich vollkommen unbedenklich ist, wird es nicht extra chemisch gereinigt.«

»Du willst mich auf den Arm nehmen, oder?«, fragte Hedda.

»Das stimmt wirklich. Wenn ich dir morgen die Insel zeige, machen wir einen kurzen Abstecher ins alte Wasserwerk, da kannst du es dann nachlesen, wenn du mir nicht glaubst.«

»Schon gut, ich glaube dir. Aber bitte keine klassische Touristenführung, okay?«

»Versprochen!«

Die beiden Freundinnen schauten sich an, dann prusteten sie vor Lachen laut los. Im selben Moment kam Gesas Mutter zur Tür herein. Ihrem Gesicht nach zu urteilen, hatte ihr Schlichtungsversuch jedoch keinen Erfolg gehabt. Wütend knallte sie die Haustür ins Schloss.

»Hallo Mama!«, rief Gesa ihr entgegen. Dem überraschten Gesichtsausdruck ihrer Mutter war zu entnehmen, dass sie die beiden noch gar nicht wirklich bemerkt hatte.

»Hallo ihr zwei«, antwortete sie, sichtlich bemüht, wieder etwas freundlicher zu gucken.

»Du hast dich nicht mit Reyk vertragen, oder?«, fragte Gesa.

»Noch nicht, aber das wird schon wieder«, stöhnte Dagmar erschöpft. Sie streichelte ihrer Tochter über den Hinterkopf. »Was haltet ihr davon, wenn wir uns zum Abendessen Pizza bestellen?«

Gesa war begeistert. In ihrer Studentenzeit war das italienische Nationalgericht nicht nur zu ihrer Hauptmahlzeit, sondern auch zu ihrem absoluten Lieblingsessen geworden.

II
Die Affäre

Mit schweißnassen Händen stand *Fred* vor der Bankfiliale und ging in Gedanken noch einmal den Plan durch, den er sich gemacht hatte. Er musste endlich die Person finden, die seit Monaten seine

Ehe und damit auch gleichzeitig seinen gehobenen Lebensstil bedrohte. Er würde sich die teuren Autos, die exklusiven Urlaube und die übrigen Annehmlichkeiten nicht wieder nehmen lassen, auch wenn nichts davon offiziell ihm gehörte. Er war der Meinung, dass er sich all das hart erarbeitet hatte. Immerhin schien seine Frau noch nicht bemerkt zu haben, welche Überwindung es ihn jedes Mal gekostet hatte, wenn er wieder einmal mit ihr das Bett teilen musste.

Jetzt musste er nur noch hoffen, dass die Frau, die er vor einigen Wochen zufällig bei der Feier eines Kunden kennengelernt hatte, ihn nicht angelogen hatte. Sie hatte damals heftig mit ihm geflirtet, und er hatte den Spaß gerne mitgemacht. Sie war zwar nicht gerade sein Typ, aber hässlich war sie nun wahrlich auch nicht gewesen. Er hatte ihre knisternden Blicke und ihre versteckten, aber offensichtlichen Anspielungen sehr genossen, war aber letztlich ohne sie von der Party verschwunden. Niemals hätte er zu diesem Zeitpunkt mit einem One-Night-Stand oder gar einer Affäre seine Ehe riskiert. Da bevorzugte er doch eher die Anonymität der käuflichen Liebe, die in dieser Hinsicht deutlich mehr Diskretion versprach.

Aber jetzt hatte sich die Situation geändert. Er brauchte diese Frau, um endlich die Person ausfindig zu machen, die sein Wohlstandsleben bedrohte. Doch dafür würde sie ihren Job riskieren müssen, und das würde sie mit Sicherheit nicht nur für ein paar Komplimente machen.

Er schloss die Augen, zählte in Gedanken bis drei und betrat dann entschlossen die Bankfiliale. In der Schalterhalle schaute er sich suchend um, konnte seine Zielperson aber nirgendwo entdecken. Stattdessen kam eine junge, dunkelhaarige Schönheit auf ihn zu und fragte, ob sie ihm weiterhelfen könne.

Unauffällig ließ er seinen Blick über ihren Hals und ihre Hände gleiten. *Keine Kette mit Liebesanhänger, kein Freundschafts- oder gar Ehering. Ob ich mein Glück bei ihr versuchen soll? Das könnte mir sogar richtig Spaß machen.* In Gedanken hatte er die junge Bankangestellte bereits vollständig entkleidet, als er aus dem Augenwinkel plötzlich sein ursprüngliches Ziel die Schalterhalle durchqueren sah.

Es kostete ihn ein wenig Überwindung, sich von seinem erotischen Tagtraum zu verabschieden, aber die Erfolgschancen bei seiner Partybekanntschaft schienen ihm dann doch deutlich größer. Es stand einfach zu viel auf dem Spiel.

»Entschuldigen Sie«, sagte er zu der jungen Angestellten »Aber ich muss mein Anliegen mit ihrer Kollegin besprechen.« Er zeigte mit dem Finger auf die Mitarbeiterin, die gerade in einem der Büros verschwunden war.

Die hübsche Angestellte lächelte ihn verständnisvoll an. »Kein Problem«, sagte sie. »Ich werde mal nachfragen, ob Frau Müller Zeit für Sie hat.« Sie ging zu der Bürotür, klopfte an und verschwand im selben Augenblick ebenfalls in dem kleinen Raum.

Kurze Zeit später sah er die junge Frau in Begleitung ihrer älteren Kollegin wieder aus dem Büro herauskommen. Während die attraktivere Bankmitarbeiterin jedoch gleich nach links abbog, hielt ihre ältere Kollegin direkt auf ihn zu. Ihr verdutzter Gesichtsausdruck war nicht zu übersehen.

»Das ist aber eine Überraschung!« Sie strahlte über das ganze Gesicht und ihre Augen funkelten schon fast wieder genauso, wie damals auf der Party. Sie zeigte genau die Reaktion, die er sich erhofft hatte.

»Können wir uns irgendwo ungestört unterhalten?«

»Na klar!« Ihr Lächeln wurde jetzt noch breiter. »Wir können in mein Büro gehen.« Sie ging voraus, und er folgte ihr. »Setz dich doch!« Sie zeigte auf einen der Stühle, die um einen runden Beratungstisch herum angeordnet worden waren.

Er setzte sich. Sie nahm direkt neben ihm Platz, schlug ihre Beine übereinander und neigte ihren Oberkörper so weit zu ihm nach vorne, dass er zwangsläufig einen Blick in ihren Ausschnitt werfen musste.

»Du fragst dich sicher, warum ich hier bin, oder?«

Sie legte den Kopf leicht schief, schaute ihm tief in die Augen und lächelte ihn vielsagend an. »Eigentlich frage ich mich mehr, warum du damals einfach so heimlich verschwunden bist. Ich dachte eigentlich, dir hätte der Abend mit mir auch gut gefallen.«

Er schluckte. Ihre Körpersprache, ihr fordernder Blick, der Tonfall ihrer Stimme, alles eindeutige Zeichen. Sollte er es riskieren und sofort zum Angriff übergehen? »Ich fand es auch sehr schön mit dir. Zu schön, wenn du verstehst, was ich meine.«

Sie lehnte sich zurück, verschränkte die Arme vor ihrer Brust und bedachte ihn mit einem überlegenen Lächeln. »Zu schön?«, fragte sie.

»Ja, zu schön«, wiederholte er. »Ich habe dir an diesem Abend verschwiegen, dass ich …«

»Verheiratet bin«, setzte sie seinen Satz fort.

»Du wusstest es?«, fragte er überrascht.

»Nein, aber nachdem du einfach so verschwunden warst, habe ich mich ein wenig über dich informiert.«

Mit leicht zusammengekniffenen Augen musterte er seine Gesprächspartnerin. Eigentlich sollte sie ja seine Beute sein, aber irgendwie entwickelte sich das gerade alles ganz anders. Die Überlegenheit, die sie ausstrahlte, verunsicherte ihn.

»Und, bist du jetzt nicht mehr verheiratet?«, fragte sie, mitten in seine Gedankenpause hinein.

Er schüttelte den Kopf. »Doch, daran hat sich nichts geändert«, sagte er kleinlaut.

»Was hat sich dann geändert?« Es war ihr anzusehen, dass sie ihre Provokationen genoss.

Vielleicht ist das mein Schlüssel zum Erfolg, überlegte er. Vielleicht gefällt es ihr, wenn die große attraktive Partybekanntschaft, die sie beim letzten Mal noch verschmäht hat, plötzlich reumütig bei ihr angekrochen kommt.

»Ich kriege dich einfach nicht aus meinem Kopf«, log er sie daher an.

Das triumphierende Lächeln, das jetzt auf ihrem Gesicht erstrahlte, verriet ihm, dass seine neue Strategie die richtige zu sein schien.

Kapitel 3

Der unerwartete Tod

Nach einem ausgedehnten Frühstück machte Gesa den Vorschlag, das herrliche Wetter zu nutzen, um einen Spaziergang am Strand zu machen. Die Temperaturen lagen zwar nur knapp über dem Gefrierpunkt, aber die Sonne strahlte von einem nahezu wolkenfreien Himmel auf die ostfriesische Insel hinab, und machte die Entscheidung dadurch um einiges leichter.

Kurz vor den Dünen überragte ein großes weißes Bauwerk alle anderen Gebäude.

»Ist das ein Leuchtturm?«, fragte Hedda.

»Nein, das ist der Wasserturm, das Wahrzeichen von Langeoog«, lachte Gesa. »Wollen wir mal rauf gehen?«, fragte sie. »Von da oben hat man einen unbeschreiblichen 360°-Grad-Panoramablick.« Sie schnappte Hedda bei der Hand und zog sie zu den Treppenstufen, die zum Wasserturm hinaufführten.

Hedda fielen sofort die vielen bunten Vorhängeschlösser ins Auge, die überall an dem metallischen Treppengeländer befestigt waren. »Das ist ja wie auf der *Hohenzollernbrücke* in Köln«, stellte sie fest, nahm ein besonders schönes Stück in die Hand und las die darauf geschriebenen Namen sowie das Datum. *Cathrin und Thorsten, 05.09.2009, ob die wohl noch verheiratet sind?*, fragte sie sich.

»Nun komm endlich!« Gesa winkte ihr vom oberen Ende der Treppe aus zu.

Mit kurzen, schnellen Schritten bewältigte auch Hedda die letzten Stufen und stand dann ebenfalls auf dem Plateau, auf dem das 18 Meter hohe Bauwerk vor über 100 Jahren errichtet worden war. Schon von hier aus hatte man einen tollen Blick über die vor ihnen liegende Dünenlandschaft.

»Wusstest du eigentlich, dass die Arbeiter, die den Turm Anfang des 20. Jahrhunderts erbaut haben, im Schnitt elf Stunden am Tag schuften mussten und dafür nicht einmal eine Mark pro Stunde bekommen haben?«, fragte Gesa, als sie den Turm gerade betreten hatten.

Hedda schmunzelte ihre Freundin an. »Das lernt hier jedes Kind auf der Inselschule im Geschichtsunterricht, oder?«

Nach einer kurzen Wartezeit durften sie die steile und sehr enge Wendeltreppe nach oben klettern. Die Konstruktion bot so wenig Platz, dass man auf den Zwischen-Ebenen immer wieder warten musste, um die Touristen, die wieder nach unten wollten, vorbeizulassen. Nachdem sie aber endlich oben angekommen waren, entschädigte der fantastische Ausblick für alles. Man hatte von hier aus nicht nur eine einzigartige Übersicht über die gesamte Insel und die Nordsee, sondern konnte sogar die Leuchttürme der benachbarten Inseln erkennen.

Als auch Gesa und Hedda den Abstieg irgendwann wieder geschafft hatten, wanderten sie durch die Dünen zum Strand hinunter. Nach der Ebbe war das Wasser noch nicht wieder vollständig zurückgekehrt, sodass die beiden ein ganzes Stück laufen mussten, bis sie schließlich direkt am Wasser standen.

»Komm, wir machen ein Selfie!«, schlug Hedda vor, kramte ihr Smartphone aus ihrer Handtasche heraus, nahm ihre Freundin in den Arm und schoss ein Erinnerungsfoto, mit der Nordsee als Hintergrund. Als sie sich das Ergebnis auf dem Display ansah, überkam sie kurz der Gedanke, das Bild an Enno zu schicken. Sie konnte es kaum glauben, aber sie vermisste ihn bereits jetzt. Doch dann erinnerte sie sich daran, warum sie überhaupt hierher mitgekommen war. Sie hakte sich bei ihrer Freundin unter und schritt mit ihr am Wasser entlang. »Musst du eigentlich oft an deine Oma denken?«

Gesa schluckte. »Es geht«, antwortete sie. »Hier auf der Insel erinnert mich vieles an früher. Da meine Oma aber in den letzten Jahren aus gesundheitlichen Gründen nicht mehr hier war, haben diese Erinnerungen zum Glück nicht viel mit ihr zu tun.« Sie machte eine kurze Pause, um sich eine Träne aus dem Augenwinkel zu wischen. »Aber natürlich denke ich doch immer wieder an sie.«

Hedda suchte nach den passenden Worten, um ihre Freundin zu trösten, begnügte sich dann aber damit, ihr ein mitleidiges Lächeln zu schenken und ihr sanft über den Oberarm zu streicheln. Ihrer Erfahrung nach konnten Worte ohnehin in den seltensten Fällen einen so tiefen Schmerz heilen. Bei ihrem Onkel hatte sie in den vergangenen Monaten mit liebevollen Gesten auf jeden Fall mehr erreicht, als mit bloßem Gerede.

Schweigend marschierten sie den Strand entlang und schauten auf die Wellen der Nordsee. Der Begriff *Unendlichkeit* bekam auf dieser Insel eine ganz eigene Bedeutung. Außer ihnen waren kaum andere Menschen am Strand. Nur ein paar wenige gingen ebenfalls spazieren oder spielten mit ihren Hunden.

»Wollen wir Muscheln sammeln?«, fragte Hedda, nachdem sie bereits eine ganze Weile still nebeneinander hergegangen waren. Sie hatte das unbestimmte Gefühl, Gesa irgendwie ablenken zu müssen.

»Das habe ich schon ewig nicht mehr gemacht«, strahlte Gesa, bückte sich, hob eine besonders schöne Muschel vom Boden auf und streckte sie Hedda stolz entgegen. »Sie mal!« Die Schale der Muschel glänzte im Sonnenlicht in den unterschiedlichsten Farben.

Jetzt begann auch Hedda damit, Muscheln vom Boden aufzusammeln und ehe sie sich versahen, hatten die Freundinnen die Jackentaschen voll davon. Plötzlich entdeckte Hedda etwas im Sand, das irgendwie nicht hierher zu gehören schien. Neugierig ging sie auf das Objekt zu, das von einer Seite bereits fast vollständig mit Sand bedeckt worden war. Der stets frische Küstenwind hatte hier bereits ganze Arbeit geleistet.

Ist das eine tote Möwe?, fragte Hedda sich und hockte sich direkt neben den Schädelknochen. Dann wanderte ihr Blick den leblosen Körper hinunter, der im Gegensatz zum Kopf noch relativ unversehrt schien. *Eine Robbe*, stellte sie traurig fest. *Wahrscheinlich haben die Möwen ihr zuerst die Augen ausgepickt und sind dann Stück für Stück über den Rest des Körpers hergefallen.*

»Was ist das denn?«, schrie Gesa erschrocken. Sie klang, als würde sie sich vor dem Kadaver ekeln.

»Das war mal eine Robbe«, antwortete Hedda trocken, schnappte sich einen Stock, der in ihrer unmittelbaren Nähe im Sand lag, und versuchte, den toten Robbenkörper damit umzudrehen.

»Bitte lass das!«, schrie Gesa, dieses Mal fast schon hysterisch. Panisch fuchtelte sie mit ihren Händen in der Luft herum und entfernte sich ein paar Schritte. »Ich ertrage das gerade wirklich nicht.«

Enttäuscht ließ Hedda den Stock fallen. Sie hätte den Kadaver wirklich zu gerne noch weiter untersucht. Aber wenn der Anblick für Gesa aktuell wirklich unerträglich war, wollte sie ihre Freundin auf keinen Fall damit belasten. Schließlich war sie mit ihr auf die

Insel gekommen, um ihr dabei zu helfen, den Tod ihrer geliebten Großmutter zu verarbeiten.

»Mir wird auch langsam kalt. Was hältst du davon, wenn wir zurückgehen?«, fragte Gesa.

Hedda nickte, hakte sich wieder bei Gesa unter und ging mit ihr zurück zu den Dünen. Auf dem Rückweg zu Gesas Elternhaus, kamen sie noch am Meerwasserhallenbad und dem ausgestellten Rettungsschiff *Langeoog* vorbei. »Wofür braucht ihr denn ein Hallenbad auf der Insel?«, fragte Hedda ungläubig.

»Nun ja, die Touristen brauchen auch bei schlechtem Wetter eine Anlaufstelle«, erklärte Gesa. »Oder hättest du bei diesen Temperaturen etwa Lust, in der Nordsee zu baden?«

Bei dem Gedanken an das eiskalte Wasser schüttelte es Heddas ganzen Körper. »Ne, danke!«, winkte sie ab.

»Wir haben sogar ein Kino auf der Insel«, berichtete Gesa stolz.

»Echt? Ich liebe Kino. Wollen wir da heute Abend hin?«, fragte Hedda aufgeregt. Sie hielt es außerdem für eine gute Gelegenheit, ihre Freundin auf andere Gedanken zu bringen.

Gesa nickte ihr zu. »Klingt nach einer guten Idee! Aber jetzt gehen wir erst einmal nach Hause und wärmen uns bei einer Tasse Tee wieder richtig auf.«

»Können wir vorher noch einen kurzen Umweg zum Rathaus machen? Ich muss noch meine Kurtaxe bezahlen. Sonst vergesse ich das bestimmt noch.«

Während die beiden gemütlich zum Rathaus spazierten, erzählte Gesa ihrer Freundin noch, wie die Insel überhaupt entstanden war. »Heute beträgt die mittlere Tiefe der Nordsee circa 70 Meter. Nach der letzten Eiszeit war das Meer aber noch sehr flach. Durch Ebbe und Flut wurde dann der Sand zusammengespült, und der Wind hat diesen dann schließlich zu Dünenbergen aufgetürmt. Aber erst die Besiedlung durch Pflanzen, machte aus einem instabilen Sandhaufen ein Eiland, das Wind und Wellen dauerhaft trotzen konnte.«

»Jetzt weiß ich also auch, wie bei euch der Biologieunterricht ausgesehen hat«, lachte Hedda. »Aber mal ehrlich, ich habe mir tatsächlich noch nie Gedanken darüber gemacht, wie so eine Insel entstanden sein könnte. Bei Bergen weiß man ja, dass sich da die Kontinentalplatten gegeneinander aufgetürmt haben. Aber bei Inseln …«

»Wenn ich nicht auf einer Insel geboren worden wäre, wüsste ich das wahrscheinlich auch nicht. Weißt du denn eigentlich, woher unser Trinkwasser kommt?«

»Oje, Ihr Pädagogik-Studium steigt Ihnen langsam aber echt zu Kopf, Frau Lehrerin«, sagte Hedda und tat so, als würde sie genervt die Augen verdrehen. In Wirklichkeit fand sie aber auch diese Frage sehr spannend. »Reinigt ihr das Nordseewasser?«, wagte sie daher einen Rateversuch.

Gesa schüttelte mit gespielter Verzweiflung den Kopf. »Das wird jetzt auch mein letzter Lehrer-Monolog, versprochen!«, schickte sie vorweg, bevor sie sich ihre Frage selbst beantwortete. »Nur 2,6 Prozent der Wasservorräte auf unserem Planeten sind Süßwasser. Und davon ist auch noch der größte Teil in Schnee und Eis an den Polkappen gebunden. Lediglich 0,3 Prozent befinden sich in Flüssen, Seen und im Grundwasser.«

»Und die Nordsee gehört zu diesen 0,3 Prozent?«, unterbrach Hedda den Monolog ihrer Freundin. Ihr kamen jetzt doch arge Zweifel an ihrem zuvor abgegebenen Tipp.

»Nein.« Gesa schüttelte den Kopf. »Die Nordsee ist salzig, da sie eine recht breite Verbindung zu den Ozeanen hat. Wir gewinnen unser Trinkwasser aus einer Süßwasserlinse, die sich unter den Dünen gebildet hat. Das Regenwasser ist dort versickert und hat das unter der Insel befindliche Salzwasser verdrängt, da es leichter ist und wie eine Art Fettauge auf dem schwereren Salzwasser schwimmt.«

»Das vermischt sich nicht miteinander?«, fragte Hedda ungläubig.

»Nein«, bestätigte Gesa. »Im alten Wasserwerk gibt es dazu ein tolles Experiment. Das zeige ich dir bei nächster Gelegenheit noch. Jetzt habe ich aber genug Vorträge gehalten. Wir sind schon beim Rathaus.« Sie zeigte auf ein Gebäude auf der gegenüberliegenden Straßenseite.

Ohne sich umzusehen, machte Hedda einen Schritt auf die Straße. Im letzten Moment hielt Gesa sie am Jackenärmel fest und zog sie ruckartig zurück auf den Bürgersteig. Um ein Haar wäre Hedda direkt vor einen Lieferwagen der *Deutschen Post* gelaufen.

Ungläubig und mit klopfendem Herzen schaute Hedda dem gelben Fahrzeug hinterher. »Ich dachte, auf der Insel gibt es keine Autos?«

»Nun ja, ein paar Elektrofahrzeuge gibt es schon. Die sind nur so verdammt leise, dass man sie kaum hört. Man muss sich also unbedingt angewöhnen, trotzdem zu gucken, bevor man über die Straße geht.«

»Okay, mit diesem Vortrag über Verkehrserziehung beenden wir dann den heutigen Unterrichtstag«, scherzte Hedda ein wenig verkrampft. Der Schrecken saß ihr noch immer in den Gliedern.

Nachdem sie ihre Kurtaxe entrichtet hatten, gingen sie zurück zum Haus von Dagmar Janssen. Hedda schaute auf ihre Armbanduhr, als sie die Haustür betraten. »Wir waren aber ganz schön lange unterwegs.«

Sie hängten ihre Jacken auf und streiften sich die Winterstiefel von den Füßen. Dann gingen sie gemeinsam in die Küche, um sich einen heißen Tee zu machen.

»Gesa!« Die Stimme von Dagmar Janssen kam aus dem Badezimmer. Sie klang brüchig und kraftlos, ganz so, als ob sie geweint hätte.

Irritiert schaute Gesa ihre Freundin an. »Ich geh mal kurz nachsehen, okay?«

Hedda nickte und versuchte sich abzulenken, indem sie den Tisch weiter deckte. *Ob Gesas Mutter sich schon wieder mit ihrem Schwager gestritten hat?*

Es vergingen endlose Minuten, bis Gesa schließlich, in Begleitung ihrer Mutter, zurück in die Küche kam. Beide Frauen waren ganz blass um die Nase und hatten rotunterlaufene Augen.

»Oh mein Gott, was ist denn nur passiert?«, fragte Hedda aufgelöst und rückte beiden einen Stuhl zurecht. »Setzt euch doch erst mal!«

Mutter und Tochter setzten sich und starrten geistesabwesend auf die vor ihnen stehenden Teetassen. Erst als Hedda ihnen einen Kluntje in die Tasse getan, den Tee aufgegossen und einen Löffel Sahne dazugegeben hatte, schienen sie langsam wieder in die Realität zurückzufinden. *Digna wäre jetzt sicher stolz auf mich*, dachte Hedda, unterdrückte aber das in ihr aufsteigende Schmunzeln. Sie spürte, dass etwas geschehen sein musste, was absolut nicht zum Lachen war.

Gesa nahm einen zaghaften Schluck Tee und fixierte im gleichen Moment ihre Freundin mit den Augen. Ihr war anzusehen, dass ihr genau in diesem Augenblick aufgefallen war, dass sie Hedda eine Erklärung für die aktuelle Situation schuldete. Behutsam stellte sie die Tasse wieder ab. »Meine Mutter hat heute Vormittag meinen Onkel gefunden. Er lag tot in seinem Haus.«

»WAS?« Mit weit aufgerissenen Augen schaute Hedda zunächst Gesa und dann Dagmar Janssen an.

»Das Haus war total verwüstet. So wie es aussieht, ist Reyk wohl mit einem schweren Gegenstand der Schädel eingeschlagen worden«, erzählte Gesa weiter.

Vor Heddas geistigem Auge tauchte der tote Körper von Gesas Onkel auf. Deutlich konnte sie die klaffende Wunde an seinem Hinterkopf erkennen, aus der Unmengen an Blut ausgetreten waren. *Wer könnte ihn ermordet haben?*, fragte sie sich und schaute dabei unbewusst Dagmar Janssen an. Erst als diese verschämt den Kopf senkte, wurde Hedda klar, dass für sie bisher nur Gesas Mutter als Tatverdächtige infrage kommen konnte. Schließlich hatte sie sich in den letzten Tagen oft mit Reyk gestritten. Aber diesen Verdacht wollte sie natürlich keinesfalls laut aussprechen. Der wahre Täter hatte mit Sicherheit ein viel schwerwiegenderes Motiv. »Weiß man denn schon, wer es war?«, fragte sie, rechnete aber nicht damit, dass der Mörder bereits gefunden worden war.

»Die Polizei hat erst einmal den Tatort gesichert. Für Mordfälle sind die Beamten auf der Insel nicht ausgebildet. Sie warten jetzt auf die Verstärkung vom Festland«, sagte Dagmar Janssen und stellte dabei einen direkten Augenkontakt zu Hedda her.

Irgendetwas in ihrem Blick ließ Hedda kurz erschaudern. *Ob sie es vielleicht doch ...?* Sie schüttelte sich. Ihre kriminalistische Fantasie durfte nicht schon wieder mit ihr durchgehen. Schließlich hatte sie damals sogar ihren Onkel Willm zeitweise in den Kreis der Verdächtigen aufgenommen. »Gibt es denn wenigstens schon einen Verdacht?«

Dagmar Janssen senkte ihren Blick erneut und sah damit wieder genauso unschuldig und verletzlich aus, wie zuvor. »Die Polizisten konnten keine Einbruchspuren feststellen, aber mein Schwager hat ohnehin nie die Haustür abgeschlossen.«

»Das war aber leichtsinnig«, kommentierte Hedda.

»Viele Insulaner schließen ihre Haustüren nicht ab. Es gibt nur wenig Einbruchdiebstähle auf der Insel, da die Diebe es natürlich ungemein schwer hätten, die geklauten Waren unauffällig verschwinden zu lassen.«

Nachdenklich runzelte Hedda die Stirn. *Das stimmt natürlich. Außerdem ist es ja auch viel aufwendiger, überhaupt erst auf die Insel zu kommen. Warum sollte ein Einbrecher extra mit der Fähre übersetzen, wenn er auf dem Festland doch viel einfacher und risikoärmere Beutezüge machen kann?*

»Es scheint auch nichts Wertvolles entwendet worden zu sein. Vielleicht hat Reyk den Eindringling überrascht und es kam zunächst zu einem Kampf. Das würde dann zumindest das Chaos erklären.« Dagmar Janssen zuckte unwissend mit den Schultern.

Hedda schloss die Augen und versuchte, sich das Ganze vorzustellen. In diesem Augenblick bedauerte sie wirklich, dass sie den Tatort nicht mit eigenen Augen sehen konnte. Besonders die Leiche von Gesas Onkel hätte sie gerne genauer untersucht.

»Dabei gab es bei meinem Onkel ohnehin kaum etwas zu holen. Seit seine Frau Maike gestorben ist, war er doch eigentlich immer chronisch pleite.« Mit zusammengepressten Lippen schüttelte Gesa verzweifelt den Kopf. »Hätte er den Einbrecher einfach gewähren lassen, wäre er vielleicht noch am Leben.« Sie wischte sich eine Träne aus dem Gesicht.

»Und wenn es überhaupt kein Einbrecher war?«, sprach Hedda ihre Gedanken laut aus und sicherte sich so schlagartig die Aufmerksamkeit von Gesa und ihrer Mutter.

»Du meinst, es war Mord?« Entsetzt schlug Gesa sich die Hände vor den Mund.

»Das glaube ich nicht!« Dagmar Janssen legte ihrer Tochter die Hand auf den Oberschenkel. »Dein Onkel zählte zwar noch nie zu den beliebtesten Inselbewohnern, aber kannst du dir irgendeinen Insulaner vorstellen, der ihn deshalb getötet haben könnte?«

Gesa schaute ihre Mutter nachdenklich an. »Eigentlich nicht. Aber welchem Mörder hätte man eine so grausame Tat im Vorfeld schon zugetraut«, gab sie zu bedenken.

Ungläubig schüttelte Dagmar Janssen den Kopf und machte eine wegwerfende Handbewegung. »Das mag stimmen. Aber für meine Insulaner lege ich die Hand ins Feuer. Die meisten kenne ich, seit ich ein kleines Baby war.«

»Könnte es vielleicht auch ein Tourist gewesen sein?«, brachte Hedda eine neue Variante ins Spiel, von der sie selbst nicht überzeugt war. Aber sie spürte, dass Gesas Mutter an dieser Stelle einfach nicht weiter spekulieren wollte. Und ein Familienstreit, war nun wirklich das Letzte, was sie gebrauchen konnten.

»Ein Tourist?« Gesa verzog das Gesicht und verschränkte die Arme vor der Brust. »Warum sollte ein Tourist Reyk getötet haben?«

Auch Dagmar Janssen fand Heddas neue Theorie absurd. »Das glaube ich auch nicht. Gegenüber den Touristen hat sich mein Schwager eigentlich immer sehr vorbildlich verhalten. Sonst wäre er seinen Job in der Gastronomie auch schnell losgewesen.«

»Wir haben also weder eine Vermutung, wer ihn umgebracht haben könnte, noch warum. Trotzdem ist er tot«, fasste Hedda die bisherigen Erkenntnisse zusammen.

Betroffen schauten Gesa und ihre Mutter zu Boden. Dann sprang Dagmar Janssen plötzlich auf, ging eiligen Schrittes in den Flur hinaus und kam mit ihrer Jacke im Arm wieder zurück. »Ich brauche dringend etwas frische Luft. Ich werde einen kleinen Spaziergang machen«, sagte sie und war wenige Augenblicke später aus der Haustür verschwunden.

Gesa schaute Hedda verdutzt an. »Was war das denn jetzt?«

Hedda zuckte mit den Schultern. »Der Tod deines Onkels scheint sie ziemlich mitzunehmen. Der Anblick eines Mordopfers ist nun auch wirklich schwer zu verkraften.«

»Wie ging es dir denn damals? Ich meine, kurz nachdem ... du weißt schon.«

»Du meinst, kurz nachdem ich den Mann mit der aufgeschnittenen Kehle und dem abgetrennten Genital gefunden habe?«, sagte Hedda, ohne dabei auch nur eine Miene zu verziehen.

Diese Worte ließen Gesa zusammenzucken. Alleine die Vorstellung war für sie kaum zu ertragen. »Wie hast du diesen Anblick verarbeitet?«

Hedda überlegte kurz. »Ich glaube, das kann man nicht miteinander vergleichen. Erstens hatte ich keine familiäre Verbindung zu dem Opfer und zweitens habe ich irgendwie ...« Sie machte eine kurze Pause, um nach den richtigen Worten zu suchen. Sie hatte Gesa zwar erzählt, dass ihr die Gegenwart von toten Menschen nichts ausmachte, aber dass sie der Anblick von übel zugerichteten Mordopfern eher faszinierte, anstatt sie anzuekeln, hatte sie bisher lieber noch für sich behalten. Schließlich wollte sie ihre noch frische Freundschaft nicht unnötig belasten. »... und zweitens habe ich irgendwie ein eher unnormales Verhältnis zum Tod«, setzte sie schließlich ihren Satz fort.

»Ob ich meiner Mama hinterhergehen sollte?«, fragte Gesa und schaute Richtung Haustür.

Verneinend schüttelte Hedda den Kopf. »Ehrlich gesagt, habe ich das Gefühl, dass sie der Gedanke daran, dass ein Insulaner Reyk ermordet haben könnte, sehr belastet. Vielleicht ist sie auch nur abgehauen, weil sie sich nicht eingestehen wollte, dass dies die einzig logische Erklärung für seinen Tod ist.«

Gesa schluckte. »Ich befürchte, du hast recht.«

»Du hast gesagt, bei ihm gab es nichts zu holen. Aber welchen anderen Grund könnte es für den Täter gegeben haben, ihm den Schädel einzuschlagen?«

Gesa senkte nachdenklich ihren Blick. »Mein Onkel wollte auf der Insel ein Fish-Spa eröffnen. Da er aber kein Geld besaß, hat er nach einem finanzstarken Geschäftspartner gesucht.«

»Fish-Spa? Sind das diese Läden, wo man seine Füße in ein Aquarium steckt, um sich von kleinen Fischlein die Hautschuppen abknabbern zu lassen?«

»Ja, genau!« Gesa nickte. »Einige Monate später hat dann Hauke Eckhoff einen solchen Laden eröffnet. Mein Onkel hat ihm daraufhin vorgeworfen, ihm seine Idee geklaut zu haben. Es gab wohl einen unschönen Streit zwischen den beiden, aber das ist schon Monate her.«

»Aber das ist zumindest ein erster Ansatz«, sagte Hedda. »Hatte er sonst noch mit irgendwem Ärger?«

Wieder dachte Gesa angestrengt nach. »Etwa ein Jahr nachdem meine Tante gestorben war, gab es Gerüchte, dass Reyk eine Affäre mit einer Nachbarin gehabt haben soll. Nach dem Tod von Tante Maike hatte sie sich um ihn gekümmert, ihm ab und zu etwas gekocht und regelmäßig seine Hemden gebügelt. Nachdem aber die ersten Gerüchte auf der Insel kursierten, hatte sie den Kontakt dann aber abrupt eingestellt. Das war schon irgendwie verdächtig, aber das ist ja noch viel länger her, als der Streit mit Hauke Eckhoff.«

»Kennst du ihren Namen?«

»Na klar! Langeoog hat nicht einmal 2.000 Einwohner. Da kennt wirklich jeder jeden. Sie heißt Tomma Smid. Ihr Mann und sie wohnen direkt neben meinem Onkel.«

Hedda machte ein nachdenkliches Gesicht.

»Was hast du vor?«, fragte Gesa skeptisch. Ihr gefiel der Gesichtsausdruck ihrer Freundin ganz und gar nicht.

»Ich überlege, ob wir diesem Fish-Spa-Betreiber und der vermeintlichen Ehebrecherin nicht vielleicht einen Besuch abstatten sollten«, sprach Hedda ihre Gedanken jetzt laut aus.

»Spinnst du! Das ist ja wohl die Aufgabe der Polizei.«

Beim Stichwort *Polizei* musste Hedda an Enno denken. »Warte mal kurz!«, sagte sie zu Gesa, zückte ihr Handy und wählte Ennos Nummer aus dem Kontaktspeicher aus. Dann berichtete sie Enno von dem vermeintlichen Mord an Gesas Onkel und befragte ihn nach dem weiteren Vorgehen der Polizei. Erst nachdem sie ihm versprochen hatte, sich aus den Ermittlungen herauszuhalten, beendete sie das Telefonat wieder.

»Und?« Gesa platzte fast vor Neugierde.

»Nun, er kennt sich mit der Polizeiarbeit auf der Insel nicht so gut aus. Außerdem gibt es ja auch keine Erfahrung mit Mordfällen auf den Ostfriesischen Inseln. Enno geht aber davon aus, dass die Polizei zunächst einmal den Fährverkehr kontrollieren wird.«

»Und was bedeutet das?«

»Das bedeutet, dass jeder, der die Insel verlassen will, ab sofort genaustens kontrolliert wird. Außerdem werden sie sich die Personalien aller Übernachtungsgäste besorgen. Denn eines ist ja ganz klar, neben den Einwohnern der Insel kommen nur noch die Urlauber als Täter infrage.«

»Und was ist mit den Tagesgästen und denen, die zum Beispiel mit dem Inselflieger von Wangerooge hierhergekommen sind?«, fragte Gesa skeptisch nach.

»Dazu hat er jetzt nichts gesagt, aber er meinte noch, dass man sicherlich kontrollieren wird, ob am Fähranleger in Bensersiel Kameras installiert sind. Denn sollte der Mörder nicht mehr auf der Insel sein, hat er höchstwahrscheinlich eine Fähre am frühen Vormittag genommen.«

Gesa stützte den Kopf auf ihre Hände und massierte sich mit den Fingerkuppen die Schläfen. Sie fühlte sich so unglaublich müde und erschöpft, außerdem verursachten ihr die wilden Spekulationen ihrer Freundin Kopfschmerzen. »Ich glaube, ich muss mich ein wenig hinlegen.«

»Mach das! Ich gehe in der Zeit dann auch noch mal ein wenig vor die Tür.«

Gesa beäugte ihre Freundin skeptisch. »Hedda, du wirst doch nicht etwa …« Das Funkeln in ihren Augen gefiel Gesa überhaupt nicht.

»Ich gehe nur spazieren!«, beruhigte Hedda sie.

»Denk daran, was du Enno versprochen hast!«, mahnte Gesa. Sie war sich nicht sicher, ob sie Hedda wirklich glauben konnte.

***

Ein böiger Wind peitschte Hedda immer wieder leichten Nieselregen ins Gesicht. Die Sonne, die am Vormittag noch am nahezu wolkenfreien Himmel gestrahlt hatte, war kaum noch zu erkennen. Das Wetter hatte genauso schnell umgeschlagen wie ihre Stimmung. Beim Insel-Spaziergang mit Gesa war sie noch in einer Art Urlaubsstimmung gewesen. Doch die Nachricht vom Tod von Reyk Janssen hatte alles schlagartig geändert.

Der Supermarkt an der Hauptstraße hatte geöffnet. Hedda ging hinein, nahm sich eine Laugenstange und eine kleine Flasche Mineralwasser und stellte sich an der einzigen geöffneten Kasse an. Ganz vorne stand eine ältere Dame, die in aller Seelenruhe in ihrem Portemonnaie nach den passenden Münzen suchte. Zwischen ihr und Hedda standen zwei Männer mittleren Alters, die jeweils einen Sixpack Bier in der Hand hielten. Hedda ging davon aus, dass es sich bei den beiden um Insulaner handelte.

Die beiden Männer sprachen so laut miteinander, dass Hedda jedes Wort verstehen konnte. Dabei schien ihnen weder die Anwesenheit der übrigen Kunden noch ihr heikles Gesprächsthema in irgendeiner Form unangenehm zu sein.

»Um das Arschloch tut es mir nicht leid, aber ich hoffe trotzdem, dass die Polizei den Mord schnell aufklärt. Nachher hat sein Tod noch negative Folgen für den Tourismus«, sagte der größere der beiden Männer. »In der *Düne 13* soll es ja gestern Nacht auch zu einer Auseinandersetzung zwischen Reyk und Marten gekommen sein.«

»Ach was? Hat Marten etwa wieder behauptet, Reyk hätte was mit seiner Frau gehabt?«, fragte sein Gesprächspartner neugierig. Er trug eine Seemannsmütze aus schwarzer Schurwolle auf dem Kopf.

»Reyk war wohl ziemlich betrunken und hat sich an der Theke direkt neben Tomma gesetzt. Marten saß auf der anderen Seite und

44

hat ihn wohl zunächst nur fassungslos angestarrt. Als Reyk dann aber auch noch versucht hat, ein Gespräch mit seiner Frau anzufangen, ist Marten wohl explodiert.«

Ein schepperndes Geräusch ließ alle Anwesenden erschrocken zusammenzucken. Der alten Dame war ihr Portemonnaie aus den Händen gefallen und alle Münzen rollten jetzt kreuz und quer über den Boden. Während die Kassiererin und Hedda ihr halfen, das Hartgeld wieder aufzulesen, taten die beiden Männer nur so, als würden sie ebenfalls behilflich sein. Tatsächlich setzen sie ihr Gespräch einfach nur in hockender Position fort.

»Marten ist aufgesprungen, hat Reyk vom Barhocker gezerrt und zu Boden geworfen. Und jetzt rate mal, wer dazwischen gegangen ist und so gerade noch verhindert hat, dass Marten ihm eine reinhaut.«

»Wer?«

»Hauke!«

»Ausgerechnet Hauke? Das dürfte Reyk ganz schön gestunken haben.«

»Und wie! Er hat Hauke ohne Vorwarnung eine reingehauen. Dann haben ihn die übrigen Männer gepackt und vor die Tür gesetzt. Also wenn du mich fragst, hat ihm einer von den beiden aufgelauert und ihn im Streit erschlagen. Vielleicht waren es ja auch beide zusammen.«

Der Mützenträger legte seine Stirn in Falten und kratzte sich nachdenklich unter seiner Kopfbedeckung. »Ich kenne Marten und Hauke seit der Kindheit. Ich kann mir das bei beiden nicht vorstellen. Wenn es einer der beiden wirklich gewollt hätte, dann hätte er es doch vor Monaten schon getan.«

Die beiden Männer machten zwei Schritte vorwärts, nachdem die alte Dame endlich ihren Einkauf bezahlt hatte.

»Aber es kann doch kein Zufall sein, dass er nur wenige Stunden nach dem Streit tot aufgefunden wurde. Wer soll es denn sonst gewesen sein?«, fragte der Größere der beiden, während er sich seine Geldbörse aus der Gesäßtasche zog, um sein Sixpack zu bezahlen.

»Also, wenn du mich fragst, dann war das die verrückte Janssen. Ich wusste ja schon immer, dass mit der was nicht stimmt. Du musst dir doch nur die komischen Nacktbilder angucken, die sie immer malt. Das ist doch nicht normal. Und dann diese Preise. Zeig mir einen, der heutzutage noch so viel Geld für ein Nacktgemälde zahlt, wo du im Internet doch haufenweise nackte Weiber ansehen kannst, die zudem noch viel geiler aussehen.« Er lachte so schmutzig auf, dass die alte Frau, die noch immer neben der Kasse stand, um ihre Einkäufe in einem Trolley zu verstauen, aufschaute und die Männer mit einem entrüsteten Gesichtsausdruck bedachte.

Der Mützenträger ignorierte sie jedoch und erzählte stattdessen ungehemmt weiter. »Hast du schon gehört, dass Dagmar sich mit ihrem Schwager auf der Fähre heftig gestritten haben soll? Soll wohl unter anderem auch um die Erbschaft von Reyks Mutter gegangen sein.«

»Von wem hast du das denn?«, fragte der Größere interessiert.

»Der alte Erich saß während der Überfahrt nur zwei Sitzreihen hinter den beiden. Er hat mir erzählt, dass die sich so richtig miteinander in der Wolle hatten. Anscheinend wollte Reyk das Haus seiner Mutter so schnell wie möglich verkaufen, aber Dagmar war wohl total dagegen.«

»Das passt zu Reyk. Der Spinner war doch ohnehin immer pleite. Und wenn er mal Geld hatte, hat er es gleich wieder versoffen. Weiß der Teufel, was Maike an dem gefunden hat. Aber glaubst du wirklich, dass die zierliche Dagmar ihren Schwager erschlagen hat? Andersherum wäre es doch viel logischer.«

»Wollen *Columbo* und *Quincy* denn heute noch bezahlen oder soll ich zuerst die junge Dame abkassieren?« Die Kassiererin schaute an den beiden Männern vorbei und zwinkerte Hedda zu.

»Nun lass uns doch!«, lachten beide im Chor. »So etwas Aufregendes passiert hier ja nun wirklich nicht alle Tage. Da wird man sich ja wohl ein wenig das Maul zerreißen dürfen.« Der Größere zückte einen Geldschein aus seinem Portemonnaie und reichte ihn der Frau an der Kasse.

»Als ob ihr euch sonst nie das Maul zerreißen würdet«, lachte sie, steckte den Schein in ihre Kassenschublade und gab ihm das Wechselgeld heraus.

Nachdem auch der Mützenträger bezahlt hatte, war endlich Hedda an der Reihe.

»Die dürfen Sie nicht so ernst nehmen. Wenn die Hochsaison vorbei ist und Touristen zur Mangelware werden, saufen hier einige rund um die Uhr«, sagte die Kassiererin, während sie Heddas Einkäufe über den Scanner zog. »Das macht dann 2,98 Euro.«

In Gedanken versunken, wühlte Hedda in ihrem Kleingeldfach herum. *Ob die beiden recht haben könnten? Ob Gesas Mutter vielleicht wirklich ihren Schwager umgebracht hat?*

Kapitel 4

Verdächtige

Hedda hatte Gesa von dem gestrigen Gespräch im Supermarkt erzählt, dabei aber alle Einzelheiten bezüglich ihrer Mutter sorgsam ausgespart. Auch wenn keine der beiden es bisher ausgesprochen hatte, so war ihnen doch klar, dass auch Dagmar Janssen zum engeren Kreis der Tatverdächtigen gehörte.

Die beiden Freundinnen saßen daher schweigend am Frühstückstisch und schauten immer wieder verlegen aneinander vorbei. Gesas Mutter hatte sich bereits vor mehreren Minuten in ihr Atelier zurückgezogen, um den Kopf freizubekommen, wie sie selbst sagte.

Gesa wusste genau, was Hedda vorhatte. Sie wusste aber noch nicht, was sie davon halten sollte. Sie wollte nicht, dass ihre Freundin sich in Gefahr begab, während sie auf eigene Faust nach dem Mörder ihres Onkels fahndete. Aber sie wollte andererseits auch, dass der Verdacht, der auf ihrer Mutter lastete, so schnell wie möglich widerlegt werden würde.

»Was wollen wir heute machen?«, durchbrach Hedda schließlich die unangenehme Stille. Sie hatte die Frage extra offen formuliert, damit ihre Freundin sich aus ihrer sicheren Reserve heraus begeben musste.

Bewusst langsam kaute Gesa auf dem letzten Bissen ihres Brötchens herum und schaute Hedda dabei prüfend an. »Ich habe mir noch keine Gedanken darüber gemacht. Hast du einen Vorschlag?«, gab sie den Ball an ihre Freundin zurück, nachdem ihr endlich eine ausweichende Antwort eingefallen war.

Jetzt beäugte auch Hedda ihre Freundin nachdenklich. Dann verzogen sich ihre Lippen plötzlich zu einem leichten Schmunzeln.

»Was ist?«, fragte Gesa verunsichert.

»Was hältst du davon, wenn du mir heute noch ein paar Orte auf der Insel zeigst, die ich bisher noch nicht gesehen habe?«

Gesas Augen verengten sich zu schmalen Schlitzen. Sie fragte sich, was ihre Freundin wohl vorhatte. »Du meinst, noch einen Spaziergang?«, fragte sie daher misstrauisch nach.

Hedda lächelte vielsagend. »Ja, was denn sonst?«

***

Etwa zwanzig Minuten später waren Hedda und Gesa aufbruchbereit. Ehe sie das Haus verließen, schauten sie noch kurz im Atelier von Dagmar Janssen vorbei. Als sie den Raum betraten, fanden sie Gesas Mutter gedankenverloren auf einer Holzkiste sitzend. Sie hielt einen Pinsel in den Händen und starrte wie gebannt auf eine vollkommen unbenutzte Leinwand. Erst als Gesa sich absichtlich räusperte, bemerkte sie, dass sie nicht mehr alleine im Raum war. Erschrocken wandte sie sich den beiden Freundinnen zu.

»Ihr habt mich aber erschreckt!«, sagte sie vorwurfsvoll und hielt sich die flache Hand vor die Brust.

»Sorry, Mum. Hedda und ich wollten noch ein wenig spazieren gehen. Können wir dich so lange alleine lassen?«

»Was soll das denn heißen?« Dagmar Janssens Gesichtszüge verfinsterten sich. »Habt ihr etwa Sorge, dass ich abhaue?« Ihre Stimme zitterte vor Wut.

»Nein, so war das nicht ...«, begann Gesa einen Erklärungsversuch.

»Ich habe deinen Onkel nicht umgebracht!«, sagte Dagmar Janssen so nachdrücklich, dass auch der letzte Zweifler ihr geglaubt hätte.

Mit dieser emotionalen Aussage hatte Gesa nicht gerechnet. Unfähig etwas zu erwidern, stand sie mit leicht offenstehendem Mund vor ihrer Mutter.

»So war das auch nicht gemeint«, sprang Hedda ihrer Freundin zur Seite. »Wir machen uns halt nur Sorgen um Sie. Erst der unerwartete Tod Ihrer Schwiegermutter und noch der Mord an Ihrem Schwager Reyk. Man merkt Ihnen doch an, wie sehr Sie das Ganze belastet.«

Dagmar Janssen schaute zu Hedda hinüber, hielt den Blickkontakt aber nur kurz und guckte dann wieder ihre Tochter an. Es war ihr anzusehen, wie sehr sie mit ihren eigenen Gedanken zu kämpfen hatte. »Sorry Mädels, es ist wirklich gerade alles etwas viel für mich«, sagte sie schließlich und senkte erschöpft den Blick zu Boden. »Geht ruhig spazieren, ich male noch ein bisschen, um mich abzulenken.«

Als Hedda und Gesa das Haus verließen, waren sie beide in Gedanken noch bei Dagmar Janssen. *Die Arme, das muss wirklich schrecklich für sie sein*, dachte Hedda, die soeben ihren letzten Zweifel an der Unschuld von Gesas Mutter begraben hatte. Sie sah zu ihrer Freundin hinüber. Der niedergeschlagene Auftritt ihrer Mutter schien Gesa sehr mitgenommen zu haben.

Hedda versuchte sie abzulenken, indem sie das Gespräch auf die Bilder von Dagmar Janssen lenkte. »Deine Mutter kann echt toll malen.«

Gesa lächelte traurig. »Ja, das finde ich auch. Wusstest du eigentlich, dass sie sogar eine eigene Facebook-Seite hat, auf der sie ihre Gemälde zeigt und Fotos aus Ostfriesland postet?« Sie holte ihr Smartphone aus der Tasche und zeigte Hedda voller Stolz die beschriebene Seite.

»Die werde ich gleich mal liken.« Auch Hedda nahm ihr Handy zur Hand.

»Was möchtest du dir heute ansehen?«, fragte Gesa, nachdem sie beide ihre Mobiltelefone wieder weggesteckt hatten. Ihre Stimme klang wieder bedrückt. Heddas Ablenkungsmanöver hatte nicht lange gewirkt. Dass es ihrer Mutter schlecht ging, belastete Gesa einfach zu sehr.

»Am Strand waren wir gestern. Zeig mir doch heute mal den Ortskern mit seinen Geschäften«, schlug Hedda, nicht ohne Hintergedanken vor.

»Aber heute ist Sonntag und wir haben Nebensaison. Da wird kaum ein Geschäft geöffnet sein«, gab Gesa zu bedenken. Sie hatte eigentlich fest damit gerechnet, dass Hedda mit ihr zur *Düne 13* gehen wollte, um ihre eigenen Ermittlungen zu starten.

Hedda tat so, als würde sie über den Einwand nachdenken. In Wirklichkeit wusste sie aber ganz genau, warum sie sich die Hauptgeschäftsstraße ansehen wollte. »Trotzdem. Ich stöbere auch gerne in den Schaufenstern.«

»Wie du meinst!«, sagte Gesa. Sie war irgendwie doch erleichtert, dass Hedda nicht in die *Düne 13* wollte.

Während die beiden die Straße entlang gingen, fasste Hedda plötzlich nach Gesas Hand. Sie war mit ihrer Freundin noch nie händchenhaltend gelaufen, aber sie hoffte, dass diese Geste Gesa ein gutes Gefühl geben würde. Wenn es Hedda oder ihrer ehemaligen besten Freundin Vanessa früher schlecht ging, hatten sie es auch immer genauso gemacht. Im ersten Moment zuckte Gesa leicht zusammen. Dann warf sie einen kurzen Blick zu Hedda hinüber, lächelte und drückte wie zur Bestätigung leicht ihre Hand.

Gemütlich bummelten die Freundinnen die Straße entlang, blieben vor Schaufenstern stehen, spähten neugierig hinein und unterhielten sich dabei über die angebotenen Produkte. Es war schon manchmal zum Schmunzeln, was die Touristen alles kauften, nur weil der Name *Langeoog* auf die Ware gedruckt worden war.

Als sie eine kleine Kreuzung überqueren wollten, warf Hedda einen Blick in die Seitenstraße. Vor dem Schaufenster eines Ladens kniete ein Mann und kehrte mit einem Handfeger etwas zusammen. In der Scheibe klaffte ein großes Loch, das notdürftig mit einem großen Stück Pappe abgedichtet worden war.

»Schau mal! Da drüben scheint jemand das Schaufenster eingeschlagen zu haben.« Hedda zeigte mit ausgestrecktem Arm auf den am Boden knienden Mann.

Als Gesa ihn auch sah, packte sie Hedda am Arm und zog sie unsanft über die Kreuzung.

»Aua, was sollte das denn?«, protestierte Hedda und rieb sich den schmerzenden Oberarm.

»Sorry, aber das ist Hauke Eckhoff – der Typ, der meinem Onkel die Geschäftsidee geklaut hat. Dem muss ich nun wirklich nicht begegnen«, erklärte Gesa ihr ungewöhnliches Verhalten.

Nachdenklich legte Hedda ihre Stirn in Falten. *Der war doch in den Vorfall mit Reyk in der Düne 13 verwickelt. Und jetzt hockt er vor seinem Laden und fegt die letzten Reste seines Schaufensters zusammen. Das kann doch kein Zufall sein.*

»HEDDA!« Gesa gab dem Namen ihrer Freundin einen herausfordernden Klang. »Was hast du vor?«

»Warte hier, ich bin gleich wieder da!« Hedda war so schnell in die Seitenstraße abgebogen, dass Gesa keine Chance hatte, sie aufzuhalten. Scheinbar willkürlich schlenderte sie die schmale Gasse entlang und begutachtete dabei die Schaufenster. Aus ihrer Handtasche hatte sie sich einen Notizblock geholt und kritzelte etwas darauf herum. Ab und zu machte sie auch ein Foto von den Geschäften.

Kurz vor dem Fish-Spa von Hauke Eckhoff blieb sie stehen. »Mein Gott, wer tut denn so etwas?«, sagte sie voller Empörung.

Hauke Eckhoff blickte zu ihr auf. Er hatte sie erst jetzt bemerkt. Sorgsam klopfte er sich die Hände ab, erhob sich und lächelte Hedda gequält an. »Das wüsste ich auch gerne!«

»Und ich dachte immer, so etwas wie Kriminalität gibt es auf dieser Insel nicht.« Kopfschüttelnd schrieb Hedda etwas in ihren Notizblock. »Darf ich ein Foto davon machen?«, fragte sie, nachdem sie wieder von ihrem Zettel aufgeblickt hatte.

»Von dem kaputten Schaufenster? Wieso?«

»Entschuldigen Sie, ich habe mich ja noch überhaupt nicht vorgestellt. Mein Name ist Jutta Müller, ich bin Reporterin bei den *Ruhr Nachrichten*.« Sie streckte ihm die Visitenkarte entgegen, die sie sich damals in Neermoor angefertigt hatte, um den Hotelbesitzer interviewen zu können. Sie hatte die Karte sicherheitshalber in ihrem Portemonnaie gelassen, für den Fall, dass sie sie vielleicht irgendwann noch einmal brauchen könnte. »Ich schreibe gerade an einer Reportage über die Ostfriesischen Inseln.«

Hauke Eckhoff nahm die Visitenkarte entgegen und überflog kurz die darauf gedruckten Informationen. »Hm«, brummte er nachdenklich.

»Passt es Ihnen nicht? Ich würde bei der Gelegenheit natürlich auch ihr tolles Geschäft erwähnen. Fish-Spas sind ja zurzeit voll im Trend, aber ich habe auf den anderen Ostfriesischen Inseln noch kein vergleichbares Geschäft gesehen. Ich bin mir sicher, dass einige unserer Leser sehr gerne in Ihren Laden kommen werden, um das einmal auszuprobieren.«

»Sind Sie nicht ein bisschen jung für eine Reporterin?«

Hedda zuckte zusammen und sah ihren Gesprächspartner aus schreckgeweiteten Augen an. Da dieser aber erneut die Visitenkarte studierte, bemerkte er glücklicherweise nichts von der Unsicherheit, die er bei ihr erzeugt hatte. *Jetzt brauche ich ganz schnell eine schlagfertige Antwort*, dachte sie. Um Zeit zu gewinnen, strich sie betont langsam ihren langen schwarzen Pony aus der Stirn. Dann begann sie urplötzlich mädchenhaft zu kichern. »Sie sind mir aber ein Charmeur!« Sie neigte ihren Kopf leicht zur Seite und schenkte ihm das bezauberndste Lächeln, das sie trotz ihrer Anspannung zustande brachte.

Ihre Antwort zeigte Wirkung. Hedda konnte deutlich sehen, wie Haukes Wangen erröteten und er verschüchtert zu Boden schaute. Er wollte offensichtlich etwas erwidern, aber ihm fielen anscheinend nicht die passenden Worte ein. *Wahrscheinlich ist er nicht besonders geübt darin, mit Frauen zu flirten*, dachte Hedda und versuchte, diesen Vorteil für sich zu nutzen. Im gleichen Moment erinnerte sie sich an eine Geschichte, die ihr eine Mitarbeiterin aus dem Pflegeheim einmal erzählt hatte.

»Ich sah schon immer jünger aus, als es mein Personalausweis besagt. Als ich gerade 20 Jahre alt war, wollte mir ein Verkäufer sogar mal kein Eis verkaufen, nur weil die Sorte Alkohol enthielt. Können Sie sich das vorstellen?« Herzhaft lachend ging Hedda auf Hauke Eckhoff zu und legte ihm eine Hand auf den Oberarm. Dabei konnte sie förmlich spüren, wie eine Art elektrischer Impuls durch seinen ganzen Körper jagte.

Hedda fand langsam richtig Gefallen daran, den schüchternen Mann mit ihren weiblichen Waffen zu attackieren. *Jetzt gebe ich dir den Rest!*, begann sie innerlich zu grinsen. Dann griff sie nach dem Reißverschluss ihrer Jacke und zog ihn gerade so weit herunter, dass ihr Dekolleté zu sehen war. *Zum Glück habe ich heute Morgen den Push-up-BH angezogen.*

Hauke Eckhoffs Blick landete genau dort, wo Hedda ihn haben wollte. Es war ihm deutlich anzusehen, dass er mit seinen Gedanken gerade etwas ganz anderes tat, als sich auf das Gespräch mit ihr zu konzentrieren. Es war der ideale Zeitpunkt, um zuzuschlagen.

»Würden Sie mir den Laden vielleicht auch einmal von innen zeigen?«

Ertappt blickte Hauke Eckhoff auf und schaute Hedda jetzt wieder direkt an. Sein Gesicht war schlagartig knallrot angelaufen. »Okay«, brachte er mühsam hervor, zog einen Schlüssel aus seiner Hosentasche und öffnete damit die Tür zum Fish-Spa.

Hedda folgte ihm und schaute sich dabei suchend in dem Ladenlokal um. Aber außer ein paar schlichten, weiß lackierten Holzbänken und mehreren Aquarien, in denen sich die kleinen Fische tummelten, entdeckte sie nichts, was ihre Neugierde befriedigen konnte. *Ich muss unbedingt noch etwas Zeit gewinnen.*

»Die sind ja so niedlich!«, jauchzte sie. »Darf ich es vielleicht mal ausprobieren?« Mit ihren großen grünen Augen schaute sie den Ladenbesitzer auffordernd an.

»Na klar! Sie müssen nur ihre Schuhe, die Strümpfe und ihre Hose ausziehen«, antwortete Hauke Eckhoff.

Bei der Vorstellung, wie ihr Gesprächspartner wohl reagieren würde, wenn sie tatsächlich ihre Hose vor ihm ausziehen würde, huschte ein breites Grinsen über Heddas Gesicht. Doch noch bevor sie zu Ende darüber nachdenken konnte, ob ihr dieser Spaß vielleicht sogar zum Vorteil gereichen konnte, hatte Hauke Eckhoff seinen Fehler schon selbst bemerkt.

»Ihre Hose müssen sie natürlich nur hochkrempeln, auch wenn ich gegen die andere Variante auch nichts einzuwenden hätte«, lachte er über sich selbst.

Sehr gut!, dachte Hedda. *Er wird langsam lockerer. In der Verfassung kann ich ihm schon eher ein Geheimnis entlocken.*

»Das hätten Sie wohl gerne!«, lachte jetzt auch Hedda und duschte ihre Füße ab. Dann setzte sie sich auf eine der hohen Sitzgelegenheiten, um sich ihres Schuhwerks zu entledigen. »Und jetzt?«, fragte sie, nachdem sie unterhalb der Waden vollkommen unbekleidet war.

»Sie müssen einfach nur Ihre Füße ins Wasser halten!«

Hedda rutschte auf die Mitte der Bank und ließ ihre Füße ins Becken gleiten. Sofort machten sich unzählige der Aquariumsbewohner daran, die Haut an ihren Füßen zu bearbeiten. Als die ersten Fische sich dann auch zwischen ihre Zehen vorgearbeitet hatten, begann sie verlegen zu kichern. Nirgendwo war sie kitzeliger als genau an dieser Stelle.

Hauke Eckhoff erklärte ihr, dass es sich bei den Fischen um rötliche Saugbarben handele, die im Fachbereich auch als *Garra rufa* bezeichnet werden. Er selbst würde aber die Bezeichnung Knabberfische bevorzugen, da es seiner Meinung nach alles über die Tiere aussagte und gleichzeitig auch leichter zu merken war. Zudem wusste er zu berichten, dass die Fische zehn Zentimeter groß und bis zu fünf Jahre alt werden konnten.

Hedda tat die ganze Zeit so, als würde sie ihm interessiert zuhören. Dabei überlegte sie aber eigentlich nur, wie sie das Gesprächsthema wieder auf die zerbrochene Scheibe lenken konnte. »Haben Sie einen Verdacht, wer das mit der Scheibe gewesen sein könnte?«, entschied sie sich schließlich für den direkten Weg.

Der Ladenbesitzer hielt kurz inne. Er schien darüber nachzudenken, ob er wirklich sagen sollte, wen er in Verdacht hatte. »Ja, den habe ich!«, antwortete er schließlich.

»Und, haben sie den Mistkerl schon bei der Polizei angezeigt?«

Wieder machte er eine Denkpause. »Das geht leider nicht mehr.«

Jetzt wurde Hedda neugierig. »Wieso?«

»Weil er ermordet wurde.« Hauke Eckhoffs Stimme klang niedergeschlagen, als er diese Worte aussprach.

»Was?« Hedda schlug die Hand vor den Mund, um möglichst schockiert zu wirken. »Das ist ja schrecklich!«

Stumm nickend setzte sich Hauke Eckhoff auf den freien Platz neben Hedda. Ein lauter Seufzer entfuhr seinen Lippen. »Wir haben uns kurz vor seinem Tod heftig gestritten, dabei wollte ich ihm doch nur helfen. Wissen Sie, wir waren mal Freunde, aber dann hat ein blödes Missverständnis einen Keil zwischen uns getrieben. Ich habe immer wieder versucht, mich mit ihm zu versöhnen, aber er hat mir keine Chance gegeben.« Mit jedem weiteren Wort war seine Stimme brüchiger geworden. »Und jetzt ist es für immer zu spät!« Die letzten Worte würgte er nahezu heraus, als ob sie ein dicker Klumpen wären, der ihn fast erstickt hätte. Dann schlug er sich seine Hände vors Gesicht und schluchzte laut auf.

Hilflos schaute Hedda auf den Mann neben sich. Entweder war er ein oscar-reifer Schauspieler oder der Tod von Reyk Janssen machte ihn wirklich unendlich traurig. Behutsam legte sie ihm eine Hand auf die Schulter und streichelte ihn sanft.

Nach einem kurzen Moment nahm Hauke Eckhoff wieder die Hände vom Gesicht. Seine Augen waren gerötet, und man konnte deutlich erkennen, dass er tatsächlich geweint hatte. »Entschuldigen Sie, ich wollte nicht …«, begann er sich zu erklären. Sein Gefühlsausbruch schien ihm sehr unangenehm zu sein.

Wann werden Männer wohl endlich verstehen, dass sie sich für ihre Gefühle nicht schämen müssen? Die denken immer, sie müssen vor uns Frauen den starken Max markieren, dabei kenne ich keine einzige Frau, die sich nicht einen Partner an ihrer Seite wünschen würde, der seine Gefühle sowohl zeigen, als auch darüber sprechen kann. Bei diesem Gedanken schüttelte Hedda innerlich mit dem Kopf. »Das muss furchtbar für Sie sein. Aber Sie dürfen sich das nicht vorwerfen, Sie haben doch wenigstens versucht, sich mit Ihrem Freund zu versöhnen«, sagte sie stattdessen zu Hauke Eckhoff.

»Ich glaube, Sie können Ihre Füße jetzt aus dem Wasser nehmen. Die Fische scheinen satt zu sein.«

Hedda schaute in das unter ihr befindliche Aquarium. Tatsächlich schwammen die meisten Knabberfische ziellos im Becken umher, und nur noch ein paar wenige kümmerten sich um ihre Füße. Vorsichtig hob sie ihre Beine an und stellte ihre Füße auf dem Handtuch ab, das der Ladenbesitzer für sie bereitgelegt hatte. Während sie sich abtrocknete und ihre Strümpfe und Schuhe wieder anzog, stand ihr Gesprächspartner still und geistesabwesend neben ihr.

»Kann ich mal ihre Toilette benutzen?« Hedda ging an Hauke Eckhoff vorbei und steuerte auf die einzige Tür zu, die sich – abgesehen von der Ladentür – noch in dem kleinen Geschäft befand. Sie wollte unbedingt wissen, ob sich dahinter wirklich nur eine Toilette versteckte.

»Halt!«, schrie Hauke Eckhoff energisch, hatte sie mit wenigen schnellen Schritten eingeholt und packte sie unsanft am Oberarm. »Das geht leider nicht.«

»Wieso nicht?« Hedda legte die Stirn in Falten und schaute ihr Gegenüber fragend an.

»Die ... die Toilette ist leider verstopft.«

Wer's glaubt, wird selig!, dachte Hedda. War er vielleicht doch nicht so unschuldig, wie sie bis gerade eben noch geglaubt hatte. Was hatte er nur zu verbergen? Leider hatte sie keine Zeit mehr, es herauszufinden, denn jetzt musste sie wirklich ganz dringend zur Toilette. »Dann muss ich Sie jetzt leider zügig verlassen. Vielen Dank, dass ich die Fische ausprobieren durfte. Ich werde auf jeden Fall etwas über ihren Laden schreiben«, sagte sie hastig, während sie schon auf den Ausgang zusteuerte. »Und noch mal: Das mit Ihrem Freund tut mir wirklich leid! Auf Wiedersehen!«

Nachdem sie den Fish-Spa nahezu fluchtartig verlassen hatte, rannte sie zurück zu der Weggabelung, an der sie Gesa zurückgelassen hatte.

»Wo warst du denn so lange? Ich habe mir echt Sorgen gemacht!«, rief ihr Gesa entgegen. Sie hatte sich in dem Hauseingang eines Souvenirladens versteckt, der geschlossen hatte.

»Erkläre ich dir gleich! Aber jetzt muss ich erst einmal ganz dringend zur Toilette.«

Nachdem Gesa sie zu einem geöffneten Café gelotst hatte, in dem Hedda die Waschräume aufsuchen konnte, erzählte sie ihrer

Freundin alles von ihrem Gespräch mit Hauke Eckhoff und seinem verdächtigen Verhalten.

»Komisch«, sagte Gesa. »Die Toilette im Fish-Spa wurde erst vor einem Monat erneuert. Das weiß ich ganz genau, weil es ein alter Schulfreund von mir gemacht hat, mit dem ich in regelmäßigem Kontakt stehe.«

Nachdenklich kaute Hedda auf ihrer Unterlippe herum. »Irgendetwas stimmt mit dem Typen nicht!«

Als Hedda gerade überlegte, wie sie ihre Freundin in Richtung *Düne 13* lotsen könnte, um dort ihre Ermittlungen fortzusetzen, hörten sie plötzlich hinter sich einen Mann schreien.

»Hey, bleibt stehen! Habt ihr mir etwa die Bullen auf den Hals gehetzt?«

Verunsichert blickten Hedda und Gesa sich um. Ein schmächtiger Mann mit ungepflegtem Bart kam ihnen entgegengetorkelt.

»Ist der betrunken?«, fragte Hedda ihre Freundin.

Gesa nickte. »Das ist Marten Smid. Der Mann, mit dessen Frau Reyk eine Affäre gehabt haben soll.«

Als Marten Smid nur noch etwa einen Meter von den jungen Frauen entfernt war, stoppte er abrupt. Er war so betrunken, dass es ihm sogar schwerfiel, einfach nur aufrecht zu stehen. »Dein Onkel …«, lallte er und zielte dabei mit seinem ausgestreckten Arm auf Gesa, als wolle er mit einer Pistole auf sie anlegen. »Dein Onkel war ein mieses Arschloch und er hat den Tod wahrlich verdient. Aber ich …« Er machte einen Ausfallschritt und verhinderte so gerade noch, dass er zu Boden stürzte. »Aber ich habe den Mistkerl nicht umgebracht. Und das sieht die Po… Polizei übrigens ganz genauso.«

Während Marten Smid erneut mit seinem Gleichgewichtssinn kämpfte, schauten Hedda und Gesa sich hilfesuchend an. Was sollten sie jetzt tun? Weglaufen? Um Hilfe rufen? Oder den betrunkenen Mann einfach ausreden lassen?

»Mei… Meine Frau ist zwar eine Hure, die mit deinem O… Onkel gefickt hat, aber sie hat der Polizei auch erzählt, dass ich nach dem Streit in der *Düne 13* die ganze Nacht bei uns Zu… Zuhause war.«

Nachdem der Volltrunkene dies mit großer Mühe gesagt hatte, torkelte er einfach weiter und ließ die Freundinnen stehen, als wären sie zwei Fremde, die er bis dahin noch nie in seinem Leben gesehen hatte.

»Glaubst du ihm?«, fragte Hedda schließlich, als er längst außer Hörweite war. Sie hielt sein Alibi durchaus für möglich, konnte sich aber genauso gut auch vorstellen, dass seine Frau für ihn gelogen hatte.

Gesa schüttelte verzweifelt den Kopf. »Ich weiß nicht, was ich noch glauben soll.«

III
Der Einbruch

Fred war noch am gleichen Abend mit der Bankangestellten im Bett gelandet. Danach hatte er sich noch ein paar Male mit ihr getroffen, war gelegentlich mit ihr Essen und einmal sogar ins Kino gegangen. Die meiste Zeit waren sie aber einfach nur hemmungslos übereinander hergefallen, und er hatte sich dabei noch darüber gewundert, wie sehr ihm das gefallen hatte. Anscheinend hatte er nach der langen Zeit, in der er entweder nur abstoßenden Sex mit seiner Frau oder professionellen Verkehr ohne echte Leidenschaft gehabt hatte, genau so etwas gebraucht.

Sein eigentliches Ziel hatte er aber dabei nie aus den Augen verloren. So sehr ihm der Sex auch gefiel, er diente letztlich nur dem einen Zweck: Er musste Vertrauen zu seiner Gespielin aufbauen, damit sie ihm irgendwann die Information geben würde, die er so dringend benötigte.

Und bereits eine Woche später hatte er sie bekommen, die Adresse der Person, die glaubte, ihm das Leben schwer machen zu können. Dabei hatte seine Affäre ihn nicht einmal nach dem Grund gefragt. Er hatte sie lediglich darum gebeten, ihm die Adresse zu der Kontonummer zu geben, auf die er immer wieder das Schweigegeld überweisen musste, und bereits am nächsten Tag hatte sie ihm einen Zettel mit der gewünschten Information zugesteckt.

Jetzt parkte er seinen Wagen in der Nebenstraße, stieg aus und ging die verbliebenen Meter zu Fuß. Bei dem Beruf, den die gesuchte Person ausübte, musste er davon ausgehen, dass sie tagsüber zu Hause war. Er wollte sich aber zunächst alleine in ihrem Haus umsehen. Vielleicht würde er auf diese Weise finden, wonach er suchte. Er war zwar auch bereit Gewalt anzuwenden, um der Erpressung ein für alle Mal ein Ende zu setzen, aber wenn es auch ohne gehen würde, wäre ihm das sogar noch etwas lieber.

Wachsam ging er die Straße entlang, immer bereit, sich wegzudrehen oder im nächsten Hauseingang zu verschwinden, sollte ihm die gesuchte Person unvorbereitet entgegenkommen. Er musste den Überraschungseffekt unbedingt auf seiner Seite behalten, solange sie noch nicht ahnen konnte, dass er ihren Wohnsitz ausfindig gemacht hatte.

Zielstrebig steuerte er das Nachbargrundstück an und klingelte an der Haustür. Eine junge Frau öffnete ihm. Sie trug ein Kleinkind auf der Hüfte. Im Hintergrund hörte er ein weiteres Kind lautstark schreien.

»Guten Tag, ich würde gerne Ihren Strom- und den Gaszähler ablesen«, sagte er und lächelte so freundlich, wie er nur konnte.

»Jetzt?«, fragte die Frau überrascht. Sie schien mit ihren Nerven völlig am Ende zu sein.

»Geht auch ganz schnell!«, versprach er ihr.

»Okay, kommen Sie rein.«

Er folgte der Frau und schloss die Tür hinter sich. Er war erstaunt, wie leichtfertig manche Leute waren. Er könnte jetzt doch schließlich alles Mögliche mit ihr und ihren kleinen Kindern anstellen. Aber zu ihrem Glück waren sie ja nicht im Fokus seiner Pläne, sondern lediglich ein Mittel zum Zweck.

Nachdem die Frau ihm die Tür zum Versorgungsraum geöffnet hatte, tat er so, als würde er sich die Zählerstände in seinem Handy notieren. Da die junge Mutter aber ohnehin damit beschäftigt war, ihren etwa vierjährigen Sohn zu beruhigen, hätte er auch ebenso gut eine Runde *Angry Birds* auf seinem Smartphone spielen können.

Er folgte der unüberhörbaren Lärmquelle, steckte seinen Kopf durch die Wohnzimmertür und sagte: »Ich bin fertig!«

»Oh, kleinen Moment, ich komme«, sagte die Frau. »Und du lässt jetzt endlich die Fernbedienung in Ruhe. Wenn du so weiter machst, darfst du heute bestimmt nicht mehr fernsehen«, schimpfte sie mit ihrem Sohn, ehe auch sie das Wohnzimmer verließ. »Kinder!«, seufzte sie schwer und zuckte entschuldigend mit den Achseln.

»Ach, ich kenne das!« Er machte eine wegwerfende Handbewegung. »Wir haben auch drei von der Sorte. Alles Jungs! Sie können sich vorstellen, was bei uns zu Hause los ist«, log er.

Sie lächelte ihn müde an. »Oh ja, das kann ich.«

»Auch wenn man sie manchmal am liebsten zur Adoption freigeben möchte, liebt man sie doch abgöttisch. Und für meinen Beruf sind die kleinen Racker Gold wert.«

»Wieso denn das?«

»Nun ja, es gibt heute so viele kinderlose Paare, bei denen dann beide voll berufstätig sind. Bei denen stehe ich dauernd vor verschlossener Tür«, spann er sein Lügenkonstrukt weiter.

»Ach so!«, lächelte sie verständig und öffnete ihm die Haustür.

Er machte einen Schritt hinaus, drehte sich dann aber noch einmal zu der jungen Mutter um. »Wissen Sie zufällig, ob ihre Nachbarn auch Kinder haben?« Er zeigte auf das Haus, deren Adresse ihm seine Geliebte besorgt hatte.

»Gerda Janssen. Ja, die hat zwei Söhne, einer ist aber glaube ich schon gestorben. Der andere ist aber schon längst erwachsen und lebt schon lange nicht mehr hier. Das Haus steht ohnehin leer, seit die alte Dame vor einigen Monaten in ein Pflegeheim umziehen musste.«

Irritiert schaute er die junge Mutter an. Diese Informationen passten so gar nicht zu der Person, die er eigentlich suchte. »Dann werde ich dort wohl niemanden antreffen, oder?«, fragte er verunsichert.

»Ich glaube nicht.« Sie schüttelte verneinend den Kopf. »Früher habe ich ihre Schwiegertochter ab und zu hier gesehen, aber das ist auch schon lange her. Also ich an deren Stelle würde das Haus ja verkaufen, bevor es noch weiter verwahrlost.«

»Ich auch«, sagte er geistesabwesend und ging unsicher auf das Gartentor zu. »Moment noch!« Ein plötzlicher Geistesblitz ließ ihn herumwirbeln, gerade noch rechtzeitig, bevor die junge Mutter die Haustür wieder hinter sich geschlossen hatte. »Wissen Sie zufällig, in welchem Pflegeheim Frau Janssen jetzt lebt?«

Die Frau öffnete die Tür wieder einen Spaltbreit. »Ich glaube, in dem Pflegeheim hier gleich um die Ecke. Wieso fragen Sie?«

»Ach, nur so. Ich kenne da einen sehr guten Immobilienmakler, der vielleicht Interesse an dem Objekt haben könnte.«

Kapitel 5

Verschwunden

»Mama ist weg!«, rief Gesa aufgeregt und riss so Hedda aus dem Schlaf. Unruhig lief sie am Fußende des Bettes auf und ab.

»Was ist los?«, brummte Hedda verschlafen. Gesa hatte sie aus einem schönen Traum mit Enno gerissen. Unglücklicherweise hatte ihre Freundin genau den Augenblick erwischt, in dem es zwischen den beiden gerade endlich etwas intimer zu werden schien. Zu Heddas Leidwesen war Enno nämlich auch in ihren Träumen nicht gerade der stürmische Eroberer.

»Hier!« Gesa streckte ihrer Freundin einen kleinen gelben Zettel entgegen, auf dem etwas mit Kugelschreiber notiert worden war.

Mühsam setzte Hedda sich auf, rieb sich den Schlaf aus den Augen und las den Zettel laut vor. »Ich habe etwas Dringendes auf dem Festland zu erledigen. Mach dir keine Sorgen! Ich bin bald wieder zurück! Kuss. Mama.« Hedda legte den Zettel zur Seite und schaute Gesa fragend an.

»Du verstehst es nicht, oder?«

Hedda schüttelte zögerlich den Kopf. Sie verstand in diesem Moment wirklich nicht, was ihre Freundin ihr mitteilen wollte.

»Meine Mutter ist eine der Verdächtigen im Mordfall meines Onkels. Was glaubst du, welchen Eindruck es auf die Polizei macht, wenn sie nachts klammheimlich von der Insel verschwindet und nicht einmal mir erzählt, wohin sie so dringend muss?«

»Aber vielleicht hat sie sich ja bei der Polizei abgemeldet.«

»Das glaube ich nicht«, seufzte Gesa und setzte sich auf die Bettkante.

Hedda robbte zu ihr hinüber, setzte sich hinter sie und legte ihr die Arme um die Schultern. »Vielleicht ist sie ja auch noch auf der Insel. Die Polizei kontrolliert doch bestimmt noch immer den Fährverkehr und den Flughafen.«

Gesa drehte ihren Kopf über die Schulter und versuchte Hedda anzusehen. »Im Yachthafen liegen viele Boote von eingefleischten Junggesellen. Glaube mir, wenn meine Mutter heimlich von der Insel verschwinden wollte, dann hat sie auch einen Weg gefunden.«

Hedda dachte kurz darüber nach. Die Vorstellung, dass auch ihre eigene Mutter ihre weiblichen Reize einsetzen könnte, um davon zu profitieren, fand sie irgendwie befremdlich, auch wenn sie generell nichts dagegen einzuwenden hatte, wenn Frauen ihre Weiblichkeit zu ihrem Vorteil nutzten.

»Hast du schon versucht, sie anzurufen?«, fragte Hedda, nachdem sie noch ein wenig darüber nachgedacht hatte, wie sie ihrer Freundin helfen könnte.

Gesa löste sich aus ihrer Umarmung und starrte sie verwirrt an. »Auf die Idee bin ich ja noch gar nicht gekommen!« Sie schlug sich mit der flachen Hand symbolisch vor die Stirn. Dann stand sie auf und holte ihr Smartphone.

Gespannt beobachtete Hedda ihre Freundin dabei, wie sie die Nummer ihrer Mutter aus dem Kontaktspeicher auswählte und sich anschließend nervös das Handy ans Ohr hielt. Dann hörte sie plötzlich ein verdächtiges Geräusch aus der Küche. Ohne zu zögern sprang sie vom Bett auf und eilte aus dem Zimmer.

Verwundert, aber viel zu sehr mit sich selbst beschäftigt, verharrte Gesa auf dem Bett und lauschte weiterhin dem Freizeichen. Dann plötzlich knackte es in der Leitung. »Mama? Mama, wo bist du?«, rief sie aufgeregt.

»Ich bin es, Hedda«, ertönte Heddas Stimme am anderen Ende der Leitung.

»Hedda?« Gesa verstand nicht, wie das möglich sein konnte. Erst als Hedda wieder im Türrahmen auftauchte und ihr das vergoldete Smartphone ihrer Mutter entgegenstreckte, fiel bei ihr der Groschen. Wie in Zeitlupe nahm sie ihr Handy vom Ohr und beendete die Verbindung. »Sie hat ihr Handy vergessen.« Ungläubig schüttelte Gesa mit dem Kopf. Wie konnte ein erwachsener Mensch nur so schusselig und unvernünftig sein.

»Oder sie hat es mit Absicht liegen gelassen«, stellte Hedda eine Gegentheorie auf.

»Warum sollte sie das getan haben?«

»Vielleicht, weil sie nicht gefunden werden will. Handys sind über GPS oder Mobilfunksignale schnell zu orten. Deine Mutter wollte eventuell so verhindern, dass ihr jemand folgt.«

Mit schreckgeweiteten Augen schaute Gesa sie an. »Du meinst, die Polizei?«

Hedda zuckte mit den Schultern. »Wäre möglich«, antwortete sie zögerlich. Ihr war durchaus bewusst, welche Schlüsse Gesa aus ihrer Vermutung ziehen musste.

»Du glaubst, sie hat meinen Onkel umgebracht und ist jetzt auf der Flucht?«

»Das habe ich nicht gesagt!«, widersprach Hedda sofort.

»Aber gedacht!«, erwiderte Gesa.

Hedda holte tief Luft. *Was soll ich ihr nur antworten?* Doch noch bevor sie die richtigen Worte gefunden hatte, ergriff Gesa bereits wieder das Wort.

»Wir müssen meine Mutter finden, bevor es die Polizei tut. Egal, ob sie Reyk getötet hat oder nicht. Sie muss zurückkommen und sich ihrer Verantwortung stellen. Ich werde schnell ein paar Sachen packen und mit der nächsten Fähre aufs Festland übersetzen«, sagte Gesa entschlossen. Sie sprang vom Bett auf und öffnete ihren Kleiderschrank.

»Warte!« Hedda lief ihr hinterher und klappte die Schranktüren wieder zu. »Wo willst du denn anfangen zu suchen?«

Hilfesuchend schaute Gesa sie an. Ihre Augen glitzerten bereits von der Feuchtigkeit, die sich darin gesammelt hatte. »Ich habe schon meine Oma und meinen Onkel verloren. Ich kann nicht auch noch meine Mutter verlieren«, sagte sie mit brüchiger Stimme. Dann brachen alle Dämme, und die ersten Tränen flossen über ihre Wangen.

Hedda zog sie an sich heran, legte ihre Hand in Gesas Nacken und drückte den Kopf ihrer Freundin behutsam gegen ihre Schulter. »Wir kriegen das schon alles wieder hin. Ich helfe dir«, flüsterte sie und rieb ihr dabei sanft über den Rücken.

Plötzlich klingelte es an der Tür. Gesa richtete sich auf und schaute Hedda hoffnungsvoll an. »Ob das …?« Sie stürmte zur Haustür und riss sie auf. Doch vor der Tür stand nicht ihre Mutter, sondern ein ziviler Polizeibeamter, den sie noch nie zuvor gesehen hatte. Die beiden diensthabenden Polizisten der Insel kannte Gesa bereits seit ihrer Kindheit. Dieser hier musste daher vom Festland nach Langeoog beordert worden sein. Enttäuscht und gleichzeitig angespannt begrüßte sie ihn. »Moin! Was kann ich für Sie tun?«

»Ich bin auf der Suche nach Dagmar Janssen. Ist sie zu Hause?«

»Sie … sie ist …«, stotterte Gesa vor sich hin. Sie war noch nicht darauf vorbereitet, ihrer Mutter mit einer Notlüge Zeit verschaffen zu müssen.

Hedda, die das ganze Gespräch heimlich belauscht hatte, kam ihrer Freundin zur Hilfe. »Moin!«, begrüßte sie den Beamten flüchtig und wandte sich dann Gesa zu. »Ich habe deine Mutter gerade von deinem Handy aus angerufen. Sie will noch einen längeren Strandspaziergang machen. Wir sollen mit dem Frühstück nicht auf sie warten.«

»Dann richten Sie Ihrer Mutter bitte aus, dass sie sich so schnell wie möglich auf der Polizeiwache melden soll«, brummte der Polizeibeamte unzufrieden. Dann zog er wieder von dannen.

»Spinnst du?«, fragte Gesa entgeistert, nachdem sie die Haustür wieder geschlossen hatte. »Du kannst doch nicht die Polizei anlügen.«

»Ich wollte dir doch nur helfen!«, verteidigte sich Hedda, holte ihre Jacke von der Garderobe und streifte sie schnell über.

»Wo willst du denn jetzt hin?«, fragte Gesa verwirrt.

»Ich renne jetzt schnell zum Strand.« Sie wedelte mit dem Mobiltelefon von Dagmar Janssen direkt vor Gesas Nase herum. »Sollten die Polizisten die Verbindungen überprüfen, sieht es wenigstens so aus, als habe ich die Wahrheit erzählt«, erklärte Hedda ihren Plan. »Ich werde das Handy dort irgendwo in den Dünen verstecken. Dann sieht es so aus, als habe deine Mutter es dort verloren. Bis die Polizei das gefunden hat, wird es sicherlich ein wenig dauern. Bis dahin ist uns hoffentlich eine bessere Ausrede eingefallen oder noch besser, wir haben deine Mutter gefunden.«

Um Gesa keine Zeit zum Nachdenken zu lassen, drehte sie sich schnell um und rannte los. Sie wollte nicht, dass ihre Freundin sie aus Vernunftgründen von ihrem Plan abbrachte. In diesem Moment wollte sie Dagmar Janssen und besonders Gesa einfach nur helfen.

Mit brennenden Lungen und völlig außer Puste kam sie am Strand an. Sie zückte das goldene Mobiltelefon aus ihrer Jackentasche. Genau in diesem Moment dachte sie zum ersten Mal darüber nach, ob bei der Vorratsdatenspeicherung eigentlich auch die Gespräche an sich aufgezeichnet wurden. *Jetzt ist es ohnehin zu spät!*, schob sie den Gedanken schnell zur Seite. Plötzlich spürte sie ein merkwürdiges Gefühl auf ihrer Schulter. Sie drehte ihren Kopf zur Seite und erkannte sofort den riesigen Vogelschiss, der sich dort und auf der rechten Vorderseite ihrer Jacke verteilt hatte. Ein Blick nach oben entlarvte den verantwortlichen Attentäter.

»Du blöde Möwe!«, schrie sie wütend. Doch der Vogel schien davon überhaupt keine Notiz zu nehmen. Vergeblich suchte sie in ihren Taschen nach einem Tuch oder irgendeinem anderen Gegenstand, mit dem sie den gröbsten Dreck entfernen könnte. *Man sollte halt als Frau niemals ohne Handtasche aus dem Haus gehen*, seufzte Hedda, nachdem sie ihre Suche schließlich aufgegeben hatte. Mit dem Ärmel ihrer Jacke versuchte sie, das Schlimmste zu beseitigen, erreichte damit jedoch nur, dass der Vogelkot sich großflächig verteilt hatte.

Verärgert stapfte Hedda wieder zurück. Auf ihrem Weg machte sie einen kleinen Abstecher in die Dünen und versteckte das Handy von Dagmar Janssen unter ein paar Steinen, die sie im Sand gefunden hatte.

Als Gesa ihr die Tür öffnete, erkannte sie sofort, was geschehen war. »Luftangriff?«, fragte sie, mit einem leichten Grinsen auf den Lippen.

Hedda nickte und musste dabei ebenfalls lächeln. »Wenn es dich zum Lachen bringt, war es die Sache wert.«

»Gib her, die müssen wir waschen.« Gesa half Hedda aus der Jacke und brachte sie sofort in den Hauswirtschaftsraum. »Auf dem Dachboden hat meine Mutter noch ein paar Klamotten gelagert. Vielleicht ist auch eine Jacke dabei, die du übergangsweise anziehen kannst.«

Hedda folgte Gesa die Treppenstufen hinauf. Der Dachboden war staubig und mit allerlei Kisten und Kartons vollgestellt. In der hintersten Ecke befanden sich zwei mobile Kleiderschränke. Gesa öffnete den Reißverschluss des linken Schrankes und fing an, in den Kleidungsstücken herumzuwühlen.

»Nimm du dir mal den anderen vor«, murmelte Gesa beschäftigt und zeigte mit dem ausgestreckten Arm auf den danebenstehenden Schrank.

Hedda öffnete den Reißverschluss, steckte beide Arme zwischen die dicht an dicht hängenden Kleidungsstücke und schlug so eine Schneise in den vor ihr liegenden Stoffdschungel.

Was ist das? Ihr Blick fiel auf einen Karton, der auf dem Boden des Schrankes lag. Die seltsame Aufschrift auf dem Deckel, machte die ansonsten unscheinbare Pappverpackung besonders interessant. Sie bückte sich, packte ihn mit beiden Händen und zog ihn hervor.

»Was hast du da?«, fragte Gesa neugierig.

Achselzuckend schaute Hedda auf den vor ihr liegenden Karton.

»Bitte nicht öffnen! Dieser Karton ist im Falle meines Todes ungeöffnet zu vernichten.«

Hedda und Gesa schauten sich unsicher an. Beide brannten darauf, zu erfahren, was sich Geheimnisvolles im Inneren der Verpackung befand. Aber beide spürten auch, dass es irgendwie nicht richtig war, ihrer Neugierde einfach so nachzugeben.

»Wir sollten ihn besser wieder zurücklegen, oder?«, fragte Hedda unsicher.

Nachdenklich kaute Gesa auf ihrer Unterlippe herum. »Und wenn uns der Inhalt vielleicht hilft, meine Mutter zu finden? Vielleicht hat sie viel mehr Geheimnisse, als ich bisher dachte.« Sie hockte sich neben den Karton und legte ihre Hände an den Deckel.

»Dann lass ich dich mal lieber alleine«, sagte Hedda und wandte sich zum Gehen.

»Bitte bleib!« Gesa packte sie am Handgelenk.

»Aber was ist, wenn da ... na du weißt schon, was drin ist?«

»Du meinst Dildos, Sexvideos und Handschellen?«, fragte Gesa unerwartet gelassen.

Hedda war überrascht. Sie hatte immer geglaubt, in diesem Punkt wäre sie deutlich offener als ihre Freundin. Darum war sie davon ausgegangen, dass ein derartiger Fund Gesa peinlich sein würde.

»Als mein Vater noch gelebt hat und ich alt genug war, haben meine Eltern irgendwann damit aufgehört, ihr Sexleben vor mir zu verstecken«, erklärte Gesa ihre Gelassenheit.

»Sie haben was?«, fragte Hedda schockiert. Die Vorstellung, ihre eigenen Eltern hätten es vor ihren Augen getrieben, jagte ihr einen unangenehmen Schauer durch den ganzen Körper.

»Nicht was du denkst!« Gesa winkte lachend ab. »Sie haben nur einfach damit aufgehört, Ausreden zu erfinden. Wenn die Schlafzimmertür abgeschlossen war, haben sie mir hinterher offen gestanden, dass sie einfach mal ungestört sein wollten. Und wenn ein Paket mit dem Absender eines Erotikversandhauses kam, haben sie es nicht sofort im Schlafzimmerschrank vor mir versteckt. Ich war ungefähr 16 Jahre alt, als sie damit anfingen. Natürlich wusste ich zu diesem Zeitpunkt, was sie taten, auch wenn sie es nie direkt angesprochen haben.«

In Heddas Erinnerungen tauchten in diesem Moment mehrere Erlebnisse auf, in denen sie ebenfalls den Verdacht gehabt hatte, ihre Eltern gerade bei etwas erwischt zu haben. Aber im Gegensatz zu Gesas Eltern, waren ihre Erzeuger stets bei ihrem Ausredenprogramm geblieben.

»Wenn deine Eltern beim Thema Sex nicht gerade verschwiegen waren, warum sollten sie dann auf ihr privates Schatzkästchen einen solchen Vermerk kleben?«, überlegte Hedda laut. »Meinst du, da sind auch Videos von deinem verstorbenen Vater drin?«

Gesa holte tief Luft und riss dann mit einem Ruck den Deckel vom Karton.

Instinktiv schlug sich Hedda die Hand vor die Augen. Dabei wollte sie doch auch unbedingt wissen, was sich in der geheimnisvollen Verpackung befand. »Warum hast du das gemacht?« Sie hörte, wie Gesa in dem Karton herumwühlte.

»Du kannst ruhig wieder gucken. Der Inhalt dürfte dich nicht wirklich schockieren.«

Hedda nahm ihre Hand aus dem Gesicht und starrte neugierig auf den geöffneten Karton. »Darf ich?«, fragte sie und streckte vorsichtig ihre Hand aus.

Gesa nickte, und die beiden Freundinnen begutachteten gemeinsam den Inhalt. Sie fanden einige Dessous, ein Krankenschwesternoutfit und eine Polizeiuniform. Außerdem einen Vibrator, eine lederne Maske, dazu passende Reizwäsche sowie eine Peitsche.

»Scheint so, als hätten meine Eltern ein abwechslungsreiches Liebesleben gehabt«, seufzte Gesa traurig. Sie musste an ihren viel zu früh verstorbenen Vater denken.

»Hoffentlich merkt deine Mutter nicht, dass wir an der Kiste waren.«

»Ach was, damit musste sie doch rechnen. Das wäre so, als ob man einem Kleinkind erzählt, im Nebenraum wäre gerade der Weihnachtsmann, es dürfe aber nicht nachgucken gehen. Ist doch klar, dass wir da rein sehen mussten.« Gesa begann damit, die einzelnen Gegenstände wieder in den Karton zurückzulegen.

»Warte!«, schrie Hedda so plötzlich, dass ihre Freundin erschrocken zusammenzuckte. Sie hatte am Boden des Kartons etwas entdeckt, was ihnen beiden vorher überhaupt nicht aufgefallen war. »Da ist noch etwas drin.« Sie griff hinein und holte eine Visitenkarte heraus, deren Rückseite nahezu die gleiche Farbe hatte, wie der Innenteil des Kartons.

»Was steht drauf?«, fragte Gesa neugierig.

»*Come2Gether*«, las Hedda die Aufschrift vor, die in leuchtend roten Buchstaben auf die ansonsten schwarze Visitenkarte gedruckt worden waren. »Unten rechts steht noch eine Zahl. Sieht aus wie eine Mitgliedsnummer oder so.«

»Come together«, überlegte Gesa laut. »Hatten die *Beatles* nicht mal einen Song mit diesem Titel?«

»Mag sein, aber ich glaube nicht, dass deine Mutter in ihrer geheimen Sexkiste eine Visitenkarte versteckt hat, auf der ein Titelsong der *Beatles* aufgedruckt wurde.« Sie grinste Gesa vielsagend an.

»Du meinst, meine Eltern sind früher zusammen in einen Swingerclub gegangen?« Gesa schnappte vor Empörung nach Luft. Dass ihre Eltern ihren Spaß zusammen gehabt hatten, war eine Sache, aber diese Information war gerade eindeutig zu viel für sie.

»Das werden wir herausfinden.« Hedda packte ihre Freundin am Handgelenk und zog sie hinter sich her. Im Wohnzimmer schnappte sie sich den Laptop, klappte ihn auf und aktivierte den Internet-Browser. Dann tippte sie *Come2Gether* in die Suchleiste ein und drückte den ENTER-Knopf. Neben einem Musikfestival in Witzenhausen und einer Firma, die unter diesem Namen Personalberatung anbot, zeigte ihr die Ergebnisliste auch die Homepage eines Swingerclubs im ostfriesischen Esens an. Neben einigen allgemeinen Informationen zu dem Etablissement gab es auch einen Log-in für registrierte Mitglieder, für den allerdings eine Passwort-Eingabe notwendig war.

Hedda schaute nachdenklich auf die Visitenkarte in ihrer Hand. »Die Mitgliedsnummer haben wir, aber wie sollen wir denn auf das Passwort kommen?« In Gedanken versunken tippte sie die Nummer der Visitenkarte in das Anmeldefenster ein.

»Meine Mutter verwendet eigentlich immer das gleiche Kennwort. Aber ich weiß nicht, ob wir das wirklich tun sollten.« Es war Gesa anzusehen, dass ihr nicht wohl dabei war, derart aktiv in der Intimsphäre ihrer Mutter herumzustöbern.

Über sich selbst schockiert, schlug Hedda die Hand vor den Mund. Wie konnte sie nur so unsensibel sein. »Sorry, ich habe überhaupt nicht nachgedacht. Irgendwie ist meine Neugierde wohl mit mir durchgegangen«, entschuldigte sie sich. Als sie gerade ihre Hand auf den Laptop legen und das Gerät wieder zuklappen wollte, hielt Gesa sie jedoch zurück.

»Warte«, sagte sie und legte ihre Hand auf Heddas. »Ich kann es nicht erklären, aber ich habe das Gefühl, dass wir über diesen Weg meine Mutter finden werden. Ich glaube nämlich, dass es keine Zufälle gibt, sondern dass alles im Leben seinen Sinn hat. Verstehst du?« Unsicher schaute sie Hedda an.

Hedda nickte ihr verständig zu. »Also, sollen wir?«

»Wir machen es so, ich gebe das Passwort ein und du schaust nach. Und wenn du nichts Interessantes findest, sprechen wir nie wieder darüber. Okay?« Ohne eine Antwort abzuwarten, tippte Gesa auf der Tastatur herum, stand auf und verließ anschließend sofort den Raum.

Aufgeregt zog Hedda den Laptop zu sich herüber und betätigte erneut die Enter-Taste. *Der Log-in war tatsächlich erfolgreich*, dachte sie und betrachtete den Menübaum, der ihr jetzt verschiedene Optionen anbot, den Club genauer kennenzulernen. Hedda entschied sich für den Punkt *Aktuelle Neuigkeiten*. Der oberste Artikel trug das heutige Datum. Er musste also gerade erst eingestellt worden sein. *Um Mitternacht feierte der Come2Gether-Club seinen 5. Geburtstag mit einem Maskenball,* las sie die Überschrift. Neben dem dazugehörigen Artikel fand sie ein Foto, auf dem fünf leicht bekleidete Leute zu sehen waren. Ihre Gesichter waren durch Masken verhüllt, wie man sie vom Karneval in Venedig kannte. *Ob eine der Frauen Dagmar Janssen ist?*

Sie zoomte das Foto heran und betrachte die Gesichter der drei Frauen genauer. Aber sie kannte Gesas Mutter einfach noch nicht gut genug, um sie trotz Maske erkennen zu können. »Gesa!«, rief sie daher ihre Freundin um Hilfe.

»Hast du was gefunden?« Gesa war derart schnell im Wohnzimmer aufgetaucht, dass Hedda vermutete, sie habe die ganze Zeit über direkt hinter der Tür auf sie gewartet.

»Ich weiß es nicht. Hier ist ein Foto von gestern Nacht, aber ich kann nicht erkennen, ob deine Mutter darauf zu sehen ist.«

»Ist sie nackt oder gar schlimmeres?« Gesa verzog ihr Gesicht, als habe sie gerade in eine saure Zitrone gebissen.

Hedda schaute sich das Foto noch einmal flüchtig an. »Freibadtauglich, würde ich sagen.«

Zögerlich setzte Gesa sich neben Hedda aufs Sofa und wagte zunächst nur einen flüchtigen Blick auf den Bildschirm. Dann legte sie ihre Stirn in Falten, kniff die Augen zusammen und dachte nach.

»Warte mal«, murmelte sie, übernahm die Kontrolle über das Touchpad und vergrößerte den Schulterbereich der Damen.

»Wonach suchst du?«

»Da, sie ist es!« Gesa zeigte auf das stark vergrößerte Bild.

»Was ist das?«, fragte Hedda und ging mit ihrem Gesicht ganz dicht an den Monitor heran.

»Meine Mutter hat ein Mal auf ihrer Schulter, dass ein wenig an die Umrisse von Langeoog erinnert.«

Mit diesem Hintergrundwissen betrachtete Hedda das Foto erneut.

»Du hast recht, das könnte sie sein. Aber warum geht sie das Risiko ein, als Tatverdächtige die Insel zu verlassen, nur um einer Feier im Swingerclub beizuwohnen?«

IV
Der erste Mord

Fred hockte in seinem Versteck und beobachtete von dort aus das Pflegeheim. Mit Sicherheit würden bald die meisten Mitarbeiter nach Hause gehen und nur ein oder zwei von ihnen würden für die Nachtschicht vor Ort bleiben. Das war der Moment, auf den er wartete. Da er nach dem Einbruch in das Haus von Dagmar Janssen nichts Brauchbares gefunden hatte, hoffte er, dass die alte Dame ihm persönlich die gewünschten Antworten geben würde.

Am Nachmittag hatte er noch im Heim angerufen und sich als Mitarbeiter einer Bank ausgegeben. Er hatte behauptet, einen Brief für Gerda Janssen zurückerhalten zu haben und so getan, als wolle er aus diesem Grund die Zimmernummer der alten Dame erfragen. Die Pflegekraft war dabei ebenso wenig argwöhnisch, wie die junge Mutter, die ihn einfach so in ihr Haus gelassen hatte. Hatten denn die Menschen den Glauben an das Böse verloren?

Sein Smartphone vibrierte und ließ ihn erschrocken zusammenzucken. Hektisch zog er es aus seiner Hosentasche und warf einen prüfenden Blick auf das Display. Es war bereits der dritte Anruf seiner Frau in den letzten dreißig Minuten. Seine ständige Abwesenheit in den vergangenen Tagen schien zumindest sie langsam argwöhnisch werden zu lassen. Erneut drückte er das Gespräch weg und hoffte, dass seine Frau ihm noch dieses eine Mal das Märchen vom Neukunden abkaufen würde, das er in der letzten Zeit einfach schon zu oft als Ausrede benutzt hatte.

Als er sein Handy wieder in seiner Hosentasche verstaut und seinen Blick erneut aufgerichtet hatte, sah er gerade eine größere Gruppe Menschen auf den Parkplatz strömen. Sie trugen alle weiße Hosen und blaue Oberteile.

Schichtwechsel, dachte er zufrieden und wartete noch so lange, bis auch der Letzte von ihnen das Gelände verlassen hatte. Dann zückte er erneut sein Handy und wählte die Nummer des Pflegeheimes.

»Guten Abend, ich habe hier gerade einen alten Mann mit einem Rollator getroffen. Er wirkte etwas verwirrt und gab an, er wolle seine Mutter besuchen. Kann es sein, dass der zu Ihnen gehört?«

»Hat er Ihnen seinen Namen verraten?« Die Frau am anderen Ende der Leitung klang besorgt.

»Ich habe ihn danach gefragt, aber er konnte sich nicht mehr daran erinnern.«

»Wo ist der Mann jetzt?«

Er gab den Namen einer Parallelstraße an. »Beeilen Sie sich bitte!«

»Okay, lassen Sie ihn bitte nicht aus den Augen, ich komme gleich vorbei.«

Zufrieden steckte er sein Smartphone zurück und fokussierte den Haupteingang. Nur wenige Augenblicke später sah er eine kleine, stark übergewichtige Frau auf den Vorplatz hetzen. Auch sie trug die blau-weiße Arbeitskleidung des Pflegeheims. Sie war nicht besonders schnell unterwegs, gab sich aber sichtlich Mühe, zügig vorwärtszukommen. Die Sorge um den vermeintlich abhandengekommenen Bewohner stand ihr deutlich ins Gesicht geschrieben.

Kaum war sie aus seinem Blickfeld verschwunden, traute er sich aus seinem Versteck heraus und huschte in gebückter Körperhaltung zum Haupteingang. Vorsichtig warf er einen Blick in die Eingangshalle, entdeckte aber weder eine Mitarbeiterin noch irgendeinen Bewohner. Geräuschlos huschte er zum Treppenhaus hinüber. Wenn er mit seiner Vermutung richtig lag, musste das Zimmer von Gerda Janssen im dritten Stock liegen.

Oben angekommen schritt er den Flur entlang und begutachtete dabei die kleinen Schilder neben den jeweiligen Türen. *301, 302, 303, 304*, las er in Gedanken die Zahlen. Vor der nächsten Tür blieb er stehen. Seine Theorie war richtig gewesen. Er hatte sein Ziel erreicht. *Zimmer 305, Gerda Janssen*, stand auf dem Schild neben der Tür.

Aus dem Inneren hörte er Stimmen. War die alte Dame etwa nicht alleine? Hatte sie vielleicht sogar Besuch von der Familie oder anderen Bewohnern? Vorsichtig legte er sein Ohr an die Tür und horchte ins Innere des Raumes hinein. Schnell war er sich sicher, dass es sich bei den vermeintlichen Gästen nur um einen viel zu laut eingestellten Fernsehapparat handelte.

Langsam presste er die Türklinke hinunter, öffnete die Tür einen Spalt breit und schlüpfte schnell hinein. Eine alte Frau mit silbergrauen Haaren saß in ihrem Sessel und starrte gebannt auf den Fernseher. Sie hatte noch nicht einmal bemerkt, dass jemand ihr Zimmer betreten hatte.

Er stand jetzt direkt hinter ihr. Seine Atmung beschleunigte sich und sein Herz schlug ihm bis zum Hals. Es wäre ein leichtes gewesen, die alte Dame jetzt von hinten zu erwürgen, aber das war es nicht, was er wollte – er wollte eine Information. Aber wie sollte er nur vorgehen, um diese zu bekommen?

Mutig machte er einen Schritt nach vorne, legte seine Hand auf die Schulter von Gerda Janssen und sprach sie dabei direkt an. »Guten Abend, Frau Janssen. Schön, dass Sie noch wach sind«, schrie er ihr direkt ins Gesicht. Bei der Lautstärke des TVs musste er schließlich annehmen, dass seine Gesprächspartnerin schwerhörig war.

»Wer sind Sie?« Gerda Janssen kniff die Augen zusammen und beäugte den Mann, den sie noch nie zuvor gesehen hatte.

»Ich bin der neue Geschäftsführer. Ich habe heute meinen ersten Tag. Frau Janssen, ich benötige ganz dringend die Adresse Ihrer Angehörigen. Können Sie mir die bitte geben?«

»Neuer Geschäftsführer, warum hat man uns davon denn noch nichts erzählt?«

»Ach«, antwortete er mit einem gespielten Lächeln. »Das haben Sie bestimmt nur schon wieder vergessen.«

Die Miene der alten Dame verfinsterte sich. »Ich bin vielleicht alt, aber nicht senil.« Sie machte eine gedankenschwere Pause, in der sie ihren Gegenüber erneut intensiv musterte. »Sie sind überhaupt nicht der neue Geschäftsführer, stimmts?« Schwerfällig erhob sie sich aus ihrem Sessel und wankte mit gebeugtem Rücken zu ihrem Bett hinüber.

Sprachlos verfolgte er sie mit seinen Blicken. Er wusste weder, was er jetzt sagen sollte, noch was die alte Dame genau vorhatte. Wollte sie sich jetzt etwa wirklich ins Bett legen?

Gerda Janssen hatte sich bereits auf ihrer Bettkante niedergelassen, als er plötzlich die kleine Schnur am Kopfende des Bettes bemerkte. *Eine Alarmklingel*, schoss es ihm durch den Kopf. *Die Alte wird doch nicht etwa?*

Als Gerda Janssen den Eindringling auf sie zustürzen sah, ließ sie ihren Oberkörper rücklings auf die Matratze sinken und versuchte, im Fallen nach der Klingel zu greifen. Doch ihre Reflexe waren in den letzten Jahren immer schwächer geworden und so ging ihr Griff ins Leere.

Er schwang sich auf den Bauch der Frau, hielt mit der einen Hand ihren Arm fest und presste ihr die andere auf den Mund. Aus weit aufgerissenen Augen schaute ihn die alte Dame an und versuchte gleichzeitig um Hilfe zu rufen. Die Furcht in ihren Augen schrie ihm förmlich ins Gesicht. »Ich will nur die Adresse ihres Sohnes und die ihrer Schwiegertochter. Wenn Sie mir die sagen, bin ich gleich wieder verschwunden und Ihnen wird nichts geschehen. Haben Sie das verstanden?« Er versuchte seine Stimmer ruhig und bedrohlich klingen zu lassen, konnte seine eigene Unsicherheit aber dennoch nicht unterdrücken.

Gerda Janssen nickte und stellte ihre Versuche, um Hilfe zu rufen, ein.

»Ich werde jetzt die Hand von Ihrem Mund nehmen, damit Sie mir die Adresse verraten können. Machen Sie bloß keinen Unsinn!« Er warf ihr einen letzten mahnenden Blick zu, dann nahm er die Hand von ihrem Mund.

Gerda Janssens Atmung klang wie das Schnaufen einer altersschwachen Dampflokomotive. Sie brauchte ein paar Sekunden, bis sie sich wieder ein wenig gefasst hatte. Zaghaft öffnete sie die Lippen, riss sie dann aber plötzlich weit auf und schrie so laut sie konnte um Hilfe.

Sofort presste er ihr erneut die Hand vor den Mund, aber das konnte die alte Dame dieses Mal nicht stoppen. Er hatte das Gefühl, als würde sie mit jeder Sekunde lauter werden. Panisch blickte er sich um. Stand da etwa schon jemand in der Tür? Als er seinen Blick wieder auf sein schreiendes Opfer richtete, bemerkte er das Kopfkissen unter ihrem Hinterkopf. Ruckartig riss er es an sich und drückte es auf das Gesicht von Gerda Janssen. Ihr Schreien klang jetzt dumpfer, war aber immer noch zu hören. Er presste das Kissen noch fester auf ihr Gesicht, so lange, bis es endlich mucksmäuschenstill war.

Erst jetzt bemerkte er, dass sich auch der Körper der alten Dame nicht mehr wehrte. Ihre Beine zappelten nicht mehr, ihre Arme versuchten nicht mehr nach der Klingel zu greifen, ihr Oberkörper zuckte nicht mehr unter der Last seines Gewichtes. Erschrocken zog er das Kissen weg. Gerda Janssens Augen waren noch immer weit aufgerissen, schauten ihn jetzt aber nicht nur panisch, sondern zudem auch leblos an.

Kapitel 6

Lola Mathieu

Hedda hatte kein gutes Gefühl dabei, Gesa auf Langeoog zurückzulassen. Dennoch war sie überzeugt davon, dass es die richtige Entscheidung gewesen war, die Insel alleine zu verlassen. Ihre Freundin musste sich um die Beerdigung ihres Onkels kümmern und zeitgleich die Fragen der Polizei über den Verbleib ihrer Mutter beantworten. Außerdem war es besser, wenn sie zu Hause war, für den Fall, dass Dagmar Janssen kurzfristig wieder dort auftauchen sollte.

Mit dem Taxi hatte sie sich vom Fähranleger in Bensersiel nach Esens bringen lassen. Wie sie später von hier aus zurück nach Neermoor kommen sollte, wusste sie zu diesem Zeitpunkt zwar noch nicht, aber sie war sich sicher, dass sie mit genügend Geduld auch die passenden öffentlichen Verkehrsmittel finden würde. Der Taxifahrer war ein ungepflegter, stark übergewichtiger Mann. Er hatte Hedda zunächst ein wenig verwundert angesehen, als sie ihm ihr Ziel mitgeteilt hatte, um ihr während der Fahrt dann aber doch viele neugierige Fragen zu stellen.

Am Vortag hatte Hedda bereits telefonisch einen Termin mit dem Inhaber des *Come2Gether*-Clubs vereinbart. Auch ihm gegenüber hatte sie sich als Reporterin ausgegeben und behauptet, sie würde für ein bekanntes Erotikmagazin an einer Reportage über das sündige Ostfriesland arbeiten. Sie hatten sich daraufhin für den heutigen Tag um 14:00 Uhr direkt vor dem Club verabredet.

Mit einer Mischung aus Angst und Neugierde im Bauch stieg Hedda aus dem Taxi aus. Der Club-Betreiber, ein durchtrainierter Mann mittleren Alters, schien bereits auf sie gewartet zu haben. Er lehnte lässig an der Mauer neben dem Haupteingang und rauchte eine Zigarette. Sein Kopf war kahlrasiert und seine vom Solarium gebräunte Haut passte so gar nicht zum norddeutschen Schietwetter.

Und mit dem soll ich gleich alleine da rein gehen? Hedda schluckte ihre Angst hinunter, drückte ihren Rücken durch und ging direkt auf den Mann zu.

Als dieser bemerkte, dass es sich bei der jungen Frau, die energischen Schrittes auf ihn zukam, offenbar um seine

Verabredung handelte, warf er die Zigarette schnell zu Boden und trat sie mit seinem Schuh aus. Dann setzte er ein breites, unnatürlich wirkendes Lächeln auf und ging Hedda entgegen. »Guten Tag, Sie müssen Frau Müller sein.« Er reichte ihr zur Begrüßung seine Hand.

»Nennen Sie mich Jutta. Zu viel Förmlichkeit passt doch irgendwie nicht zu unserem Gesprächsthema, oder?« Hedda hoffte, auf diese Art eine persönlichere Bindung zu dem Clubbesitzer aufbauen zu können. Schließlich wollte sie ihm ja im Verlaufe des Gespräches auch noch einige private Informationen über Gesas Mutter entlocken.

»Das gefällt mir!« Sein Lächeln wurde noch breiter. »Mein Name ist Michael. Wollen wir gleich reingehen?«

»Gute Idee!« Hedda nickte und folgte Michael, der ihr bereits wie ein Gentleman die Tür zum Club offenhielt.

»Wartet!«, rief plötzlich eine männliche Stimme hinter ihnen.

Verwundert schaute der Swingerclub-Betreiber in die Richtung, aus der der Ruf gekommen war. Auch Hedda drehte sich erstaunt um. Sie war sich sicher, den Ankömmling bereits an seiner Stimme erkannt zu haben.

Enno, was macht der denn hier?

»Sorry, Schatz, ich bin sehr spät dran, aber ich habe es doch noch rechtzeitig geschafft!«

Hedda schaute Enno fragend an. *Was hat er vor?*

Ohne Vorwarnung drückte Enno ihr einen flüchtigen Kuss auf den Mund und erhöhte ihre Verwunderung dadurch noch einmal zusätzlich. Dann wandte er sich Michael zu, reichte ihm die Hand und stellte sich ihm als Onno vor.

Über die Auswahl seines Fake-Namens musste Hedda schmunzeln. *Sehr kreativ, Herr Kommissar*, dachte sie und vergaß dabei sogar für einen Moment ihre Verwunderung über seine Anwesenheit und den Begrüßungskuss.

»Tut mir leid!«, erklärte Enno dem Clubbesitzer seinen unangekündigten Auftritt. »Meine Freundin hat mich gebeten, sie zu dem Interviewtermin zu begleiten, weil wir beide privat auch unbedingt mal so einen Club testen wollten. Eigentlich hätte ich aber jetzt noch arbeiten müssen. Als sich mir dann aber spontan die Möglichkeit bot, früher Schluss zu machen, wollte ich sie gerne überraschen.«

Das ist dir allerdings gelungen!, dachte Hedda und hoffte, dass ihr Mund vor Staunen nicht so weit offenstand, wie es sich in diesem Moment für sie anfühlte.

»Na wunderbar! Dann bekomme ich heute nicht nur kostenlose Werbung für meinen Club, sondern vielleicht sogar noch zwei zukünftige Stammkunden dazu«, scherzte Michael und versuchte, dadurch seine Enttäuschung zu verbergen. Er hätte Hedda viel lieber alleine durch seine Lustgrotte geführt.

Enno packte Hedda bei der Hand, zwinkerte ihr verschwörerisch zu und zog sie mit sich in den Club.

Hedda fragte sich derweil erneut, warum der draufgängerische Zwilling von Enno genau zu diesem Zeitpunkt vor dem Club aufgetaucht war. Woher wusste er überhaupt, was sie vorhatte? Esens gehörte schließlich weder beruflich noch privat zu den Gebieten, in denen er sich regelmäßig aufhielt. *Gesa*, schoss es ihr durch den Kopf. *Sie muss Enno von meinem Plan erzählt haben. Bestimmt hat sie sich Sorgen um mich gemacht.*

Gerührt von der Fürsorge ihrer Freundin, aber auch ein wenig verärgert, folgte sie den beiden Männern. Das Innere des Clubs war sehr dunkel gehalten, und nur einige rote Lampen und kitschige elektrische Kerzen erhellten die Szenerie. Als Hedda die mit Leder bezogene Streckbank und die dazugehörigen Fesseln und Peitschen entdeckte, war sie doch froh, Enno an ihrer Seite zu haben. Schutzsuchend umklammerte sie seinen Arm und drückte sich an ihn.

»Ein bisschen wie bei *Shades of Grey*, oder was denkst du, Schatzi?«, scherzte Enno.

Hedda kicherte leicht verlegen. »Ja, hier könntest du mir mal so richtig den Arsch versohlen!«, antwortete sie. *Habe ich das gerade wirklich zu Enno gesagt?* Sie war mit der Situation jetzt doch hoffnungslos überfordert. Auf der einen Seite spielte sie die abgeklärte Reporterin eines Erotik Magazins und auf der anderen die Rolle der liebestollen Freundin. Aber welche Rolle Enno gerade spielte, vermochte sie schon gar nicht mehr einzuschätzen. Irgendwie war es schon skurril, dass sie gerade mit dem Mann, der ihr seit Monaten total schüchtern und zurückhaltend begegnete, einen Swingerclub besichtigte.

»Wenn euch das hier schon gefällt, dann werdet ihr unseren Darkroom lieben. Seid ihr denn auch offen für Partnertausch?«, fragte der Clubbetreiber so trocken, als würde er sie gerade fragen, ob sie statt Wurst auch manchmal Käse essen würden.

Während Hedda noch über eine Antwort nachdachte, die zu ihrer Rolle passen würde, hatte Enno sie bereits gefunden.

»Wir beide haben schon oft darüber gesprochen, es mit anderen Partnern zu treiben. Die Fantasie, mit mehreren Personen gleichzeitig intim zu sein, haben wir schon sehr lange. Ein Darkroom wäre für uns also genau das Richtige, stimmt's, Schatz?« Mit einem provozierenden Pokerface lächelte Enno Hedda an.

Das hat er nicht wirklich gerade gesagt, oder? Ich träume bestimmt nur, und wenn es gleich zur Sache gehen soll, weckt Gesa mich bestimmt wieder auf. Hedda schüttelte kaum merklich den Kopf.

»Ich sehe schon, ihr wäret wirklich eine tolle Bereicherung für unsere intime Gruppengemeinschaft.« Michaels Augen fixierten Heddas Körper und strahlten regelrecht vor Vorfreude.

Enno war dieser Blick nicht entgangen. Wie ein Schutzschild stellte er sich vor Hedda und demonstrierte so eindrucksvoll seinen Besitzanspruch. »Gibt es noch mehr, was du uns zeigen kannst?«

»Ja ... klar«, stotterte der Clubbetreiber. Er brauchte einen Moment, um von seiner schmutzigen Fantasiewelt wieder in die Realität zurückzukehren. »Aber willst du denn eigentlich überhaupt keine Fotos machen?« Er machte einen Seitenschritt und schaute verwundert zu Hedda hinüber.

So ein Mist! Hedda ärgerte sich. Ennos merkwürdiges Verhalten hatte sie total aus dem Konzept gebracht. Wenn der Clubbesitzer herausfand, dass sie in Wirklichkeit überhaupt keine Reporterin war, würde sie hier mit Sicherheit nichts mehr über den Verbleib von Dagmar Janssen erfahren. »Aber klar doch! Ich war durch die erotische Atmosphäre so abgelenkt, dass ich ganz vergessen habe, warum ich eigentlich hier bin.« Symbolisch schlug sie sich mit der flachen Hand vor die Stirn und kramte anschließend ihr Smartphone aus der Handtasche, um damit einige Fotos zu schießen.

Anschließend zeigte ihnen Michael noch die übrigen Räumlichkeiten. Es gab eine große Spielwiese, die im Prinzip nichts anderes war, als ein Darkroom ohne Dunkelheit. In einem anderen Zimmer hingen gleich mehrere Liebesschaukeln von der Decke. Außerdem gab es noch einen Raum, der einer

Frauenarztpraxis nachempfunden war. Als der Swingerclub-Betreiber ihnen zum Schluss noch demonstrieren wollte, wofür man die kreisrunden Löcher benutzen konnte, die in einer nur wenige Zentimeter dünnen Trennwand angebracht worden waren, fand Hedda, der Zeitpunkt wäre gekommen, um die Besichtigung abzubrechen.

»Also, ich bin wirklich sehr beeindruckt von deinem Club«, sagte sie und musste mit Erschrecken feststellen, dass das nicht einmal komplett gelogen war. »Ich werde ihn auf jeden Fall unseren Lesern empfehlen und vielleicht sogar persönlich einmal vorbeischauen.« Unbemerkt von Michaels Blick kniff sie Enno in die Seite. »Darf ich dir jetzt noch ein paar Fragen für meinen Artikel stellen?«

»Aber selbstverständlich. Komm, wir setzen uns dafür an die Bar. Möchtet ihr vielleicht etwas trinken?« Mit einer einladenden Handbewegung zeigte Michael ihnen den Weg zur Theke.

Hedda und Enno nahmen auf den davorstehenden Barhockern Platz. Der Clubbesitzer servierte beiden noch ein Sektglas voller Orangensaft, ehe er sich ebenfalls setzte und geduldig Heddas Fragen beantwortete, die sie noch am Vortag schnell aus irgendeinem Interview abgeschrieben hatte, welches im Internet veröffentlicht worden war. Sie hatte die Fragen zur Sicherheit noch leicht abgewandelt, aber diese Mühe hätte sie sich auch sparen können. Michael gehörte eindeutig zu der Sorte Mann, die sich selber gerne sprechen hörte. Nie im Leben hätte er dabei bemerkt, dass dieselben Fragen vor Monaten bereits einem anderen Swingerclub-Betreiber gestellt worden waren.

Hedda war sich sicher, dass er keinerlei Zweifel an der Echtheit des Interviews hatte. Darum stellte sie Michael die finale Frage. »Wie bekommst du eigentlich neue Kunden in den Club? Lebst du auch vom Empfehlungsgeschäft?«

Ihr Gesprächspartner schaute nachdenklich in sein Glas, nahm einen Schluck Orangensaft und leckte sich anschließend die Lippen. »Ich schalte Werbeanzeigen in regionalen Zeitungen. Sicherlich ist auch schon der ein oder andere aufgrund der Empfehlung eines Gastes zu mir gekommen, aber die meisten Besucher sind mehr oder weniger Stammgäste«, antwortete er.

Heddas Muskulatur verkrampfte sich. Leider fiel die Antwort auf ihre Frage nicht so aus, wie sie es sich erhofft hatte. Sie musste jetzt schnell reagieren, um nicht doch noch ihre einzige Chance zu verpassen, den Clubbesitzer nach Dagmar Janssen befragen zu können. »Eigentlich bin ich ja auch nur über die Empfehlung einer deiner Kundinnen auf diesen Club gestoßen«, sagte sie daher schnell.

»Ach ja, wer war es denn?«

»Dagmar Janssen ist eine gute Bekannte von mir.«

Der Inhaber des *Come2Gether* legte sich den Zeigefinger vor die Lippen und kratzte sich gleichzeitig mit dem Mittelfinger der gleichen Hand am Kinn. »Es tut mir leid, aber ich kann mit dem Namen beim besten Willen nichts anfangen«, sagte er schließlich, nach einer kurzen Bedenkzeit.

Jetzt war Hedda mit ihrem Latein am Ende. Während ihr Gegenüber noch über ihre Frage nachgedacht hatte, hatte sie ihn die ganze Zeit genau beobachtet. Sie hatte nicht den Eindruck, dass er sie anlog. Er schien diesen Namen tatsächlich nicht zu kennen.

»Aber sie war doch gerade erst bei dir. Es gibt sogar ein Foto davon auf deiner Homepage«, kam Enno ihr zur Hilfe. Gesa hatte ihn via *WhatsApp* über alles informiert. Er zückte sein Handy aus der Hosentasche, tippte ein paar Male darauf herum und streckte Michael dann das Display entgegen.

Der Clubbesitzer schaute sich das vergrößerte Foto einen Moment lang an. »Hier muss eine Verwechslung vorliegen. Das ist Lola Mathieu, die bekannte Erotik-Autorin. Sie kommt regelmäßig in meinen Club«, erzählte er voller Stolz.

»Bist du sicher? Ich hätte schwören können …«

»Ich bin mir hundertprozentig sicher!«, fiel ihr der Clubbetreiber ins Wort. »Lola und ich haben schon einige Male … na, du weißt schon.« Vielsagend grinste er zunächst Hedda und dann Enno an. »Ich habe sie extra zur Geburtstagsfeier des Clubs eingeladen.«

Der Männergeschmack von Gesas Mutter lässt aber zu wünschen übrig, dachte Hedda geschockt und versuchte, das Bild, das sie von den beiden gerade im Kopf hatte, wieder zu verdrängen.

»Ich habe dir doch gleich gesagt, dass sie das nicht ist«, mischte sich Enno wieder in das Gespräch ein. »Außerdem war ich mir auch sicher, dass sie damals Essen und nicht Esens gesagt hat. Aber du wolltest ja nicht auf mich hören.«

Hedda warf Enno einen wütenden Blick zu. Was sollte das denn? Wollte er ihr alles versauen? »Ich bin doch nicht blöd! Ich weiß ganz genau, dass sie Esens gesagt hat«, gab sie daher wütend zurück.

»Ich glaube nicht, dass es noch einen anderen Club mit diesem Namen in Deutschland gibt«, pflichtete Michael ihr bei.

»Ist doch auch egal.«, wiegelte Enno ab. »Dann war halt alles nur ein blöder Zufall. Hauptsache du hast genug Informationen für deinen Artikel, und wir beide haben einen tollen Club entdeckt, den wir unbedingt noch einmal zu späterer Stunde aufsuchen sollten.« Er legte Hedda seine Hand aufs Knie und drückte auffordernd zu. »Wollen wir dann los? Wir haben schließlich noch einen weiten Weg vor uns.«

Ein tiefer Blick in Ennos blaue Augen reichte Hedda, um zu erkennen, dass er einen Plan hatte. Sie vertraute ihm daher, hüpfte von ihrem Barhocker herunter und bedankte sich bei Michael für das informative Gespräch und die Clubführung.

Wenige Minuten später verließen sie Händchenhaltend den Club. Erst als sie um die nächste Hausecke gebogen waren, riss Hedda sich von Enno los und schnaubte ihn böse an. »Ich hoffe, du hast einen guten Plan. Ansonsten haben wir gerade vollkommen leichtfertig die einzige Spur, die wir von Gesas Mutter hatten, verloren.«

Fassungslos stand Enno vor Hedda und schaute sie kopfschüttelnd an. »Spinnst du eigentlich? Nach allem, was du erst vor ein paar Monaten durchgemacht hast, spielst du jetzt schon wieder die private Ermittlerin? Und zu allem Überfluss begibst du dich auch noch ganz alleine in Gefahr. Zum Glück hat mich deine Freundin gerade noch rechtzeitig in deine Pläne eingeweiht.«

Er hat sich ja wirklich Sorgen um mich gemacht. Wie süß!

»Hedda, das ist keine Krimiserie, in der das Gute immer gewinnt.« Enno packte sie behutsam an beiden Schultern und schüttelte sie leicht.

»Nun komm schon, ich war bei Tageslicht in einem Club, den es schon seit fünf Jahren gibt. Was hätte mir denn schon passieren sollen? Denkst du vielleicht, der Typ hätte mich gepackt und in seinen Darkroom gesperrt?« Provozierend verschränkte sie die Arme vor ihrer Brust.

»Vielleicht, vielleicht aber auch nicht. Unabhängig davon mischst du dich gerade in eine laufende Ermittlung ein. Diese Dagmar

Janssen ist eine Verdächtige in einem Mordfall. Was denkst du, was passiert, wenn sie aufgrund deines Verhaltens fliehen kann?«

»Diese Dagmar Janssen …« wiederholte Hedda und betonte die Worte dabei besonders deutlich. »… ist immerhin die Mutter meiner Freundin. Und sie ist unschuldig!«

»Woher willst du das denn wissen? Du kennst sie doch kaum«, appellierte Enno an ihre Vernunft.

Hedda seufzte laut auf. »Es muss einfach so sein«, sagte sie deutlich kleinlauter als zuvor.

Jetzt entfuhr auch Enno ein leichter Seufzer. »Du bist unvergleichlich, weißt du das eigentlich?« Er legte seine Arme um sie und drückte sie an sich.

Überrascht, aber glücklich über Ennos körperliche Offensive, schmiegte sie sich an seine breite Brust. *Ob die Sorge um mich bei ihm endlich den Knoten gelöst hat?*

»Das war übrigens als Kompliment gemeint«, flüsterte Enno leise.

»Ich weiß«, schmunzelte Hedda, löste sich aus seiner Umarmung, legte ihre Hände auf seine Schultern, stellte sich auf die Zehenspitzen und hauchte ihm einen Kuss auf die Wange.

Enno lief sofort rot an, lächelte aber zufrieden.

»Jetzt musst du mir aber noch erklären, wie wir Gesas Mutter finden sollen?«

»Das erkläre ich dir auf dem Heimweg oder hast du bereits eine andere Mitfahrgelegenheit gefunden?« Grinsend zog Enno einen Autoschlüssel aus seiner Hosentasche, drückte auf die Funkfernbedienung und entsperrte damit einen dunkelblauen VW Polo, der nur wenige Meter entfernt am Straßenrand parkte.

Nachdem sie in das Fahrzeug eingestiegen waren, erklärte Enno ihr, dass er davon überzeugt war, dass der Clubbesitzer Gesas Mutter wirklich nur unter ihrem Pseudonym Lola Mathieu kannte. Er ging fest davon aus, dass Dagmar Janssen tatsächlich unter diesem Namen als Erotik-Autorin auftrat und hielt es daher für sinnlos, weitere Zeit im Swingerclub zu verschwenden. Stattdessen gab er Hedda den Tipp, im Internet weiter zu recherchieren. Bestimmt würde sich dort noch einiges über die Autorin finden lassen.

Während Enno sie nach Hause fuhr, checkte Hedda mit ihrem Smartphone die Interneteinträge, die zu Lola Mathieu zu finden waren. Tatsächlich fand sie in den Shops der diversen Buchhändler mehrere erotische Werke, die unter diesem Pseudonym veröffentlicht worden waren. Auch eine Facebook-Seite sowie eine Homepage der Autorin fand sie, jedoch gab es dort weder ein Impressum noch ein einziges Foto der Schriftstellerin.

»Wie soll ich denn jetzt herausbekommen, ob es sich bei Lola Mathieu wirklich um Gesas Mutter handelt?« Genervt legte sie ihr Smartphone zur Seite und schaute hilfesuchend zu Enno hinüber. Schließlich war doch er hier der Polizist.

Enno versuchte zunächst Heddas Frage zu ignorieren, indem er so tat, als würde er gebannt auf den Straßenverkehr achten. Er wusste ohnehin nicht, wie er sich verhalten sollte. Eigentlich wäre es ihm am liebsten, Hedda würde sich aus der ganzen Sache heraushalten und die Arbeit seinen Kollegen überlassen. Doch er kannte sie bereits gut genug, um zu wissen, dass sie ihm diesen Gefallen nicht tun würde.

»Was würdest du denn an meiner Stelle machen?«

Mit zusammengepressten Lippen schaute Enno kurz zu Hedda hinüber. »Eigentlich müsstest du die Antwort kennen. Schließlich bin ich Polizist«, sagte er in einem Ton, den ansonsten immer nur die Spielverderber benutzten, die sich an alle Regeln hielten.

»Du willst mir also nicht helfen?«, schmollte Hedda und guckte demonstrativ aus dem Seitenfenster.

»Ich kann nicht! Ich weiß, was die Polizei tun wird, um Gesas Mutter zu finden, aber diese Möglichkeiten stehen dir nun mal nicht zur Verfügung. Außerdem willst du sie doch vor ihnen finden, wenn ich dich recht verstanden habe. Darum musst du ohnehin andere Wege gehen, um überhaupt eine Chance zu haben«, verteidigte er sich.

Hedda wandte sich ihm wieder zu. *Er hat recht! Ich darf nicht wie eine Polizistin denken. Ich muss mir etwas einfallen lassen, und vielleicht hat Gesa ja auch noch eine Idee, wie wir ihre Mutter finden können.*

»Immerhin hast du einen Vorsprung. Ich bin mir sicher, dass meine Kollegen noch nicht herausgefunden haben, dass Dagmar Janssen gestern Nacht als Lola Mathieu im Swingerclub war. Eine Handyortung werden sie wahrscheinlich auch noch nicht gemacht haben.«

»Die würde ihnen auch nichts nützen.« Selbstzufrieden grinste Hedda in sich hinein und schaute wieder aus dem Seitenfenster.

»Wie meinst du das?«, fragte Enno irritiert.

»Ach, nicht so wichtig. Ich probiere nur gerade, nicht wie eine Polizistin zu denken.«

***

Nachdem Enno sie bei ihrem Onkel in Neermoor abgesetzt hatte, hatte Hedda sich noch mit einem weiteren Kuss für seine Unterstützung bedankt. Am liebsten hätte sie ihn noch mit rein gebeten, aber sie musste jetzt erst einmal dringend mit Gesa telefonieren. Die Neuigkeit, dass ihre Mutter wahrscheinlich heimlich erotische Romane veröffentlichte, würde sie sicher brennend interessieren. Außerdem hoffte sie, dass sich in der Zwischenzeit auch auf Langeoog spannende Neuigkeiten ergeben hatten.

Sie stürmte ins Haus und rief freudig nach ihrem Onkel. Aber nachdem sie bereits drei Mal seinen Namen gerufen hatte, ohne eine Antwort zu bekommen, nahm sie an, dass er nicht zu Hause war. *Wo der wohl schon wieder steckt?*, fragte sie sich kurz, eilte dann aber in ihr Zimmer hinauf, warf sich aufs Bett und rief Gesa an. Sie platzte vor Neugierde, hatte aber auch noch ein Hühnchen mit ihrer Freundin zu rupfen.

»Hast du Enno von meinem Besuch im Swingerclub erzählt?«, fragte sie vorwurfsvoll, nachdem Gesa das Gespräch angenommen hatte.

»Es tut mir leid! Aber ich habe mir Sorgen gemacht. Wenn dir irgendetwas passiert wäre, hätte ich mir das nie verzeihen können«, begann Gesa sich zu entschuldigen.

»Woher hast du überhaupt seine Nummer?«, fragte Hedda. Sie selbst hatte ihrer Freundin Ennos Handynummer nicht gegeben und persönlich kannten die beiden sich ja noch überhaupt nicht.

Für einen kurzen Moment herrschte absolute Stille in der Leitung.

»Als du mir von deinem Plan erzählt hast, habe ich sie mir heimlich aus deinem Handy herausgesucht«, gestand Gesa schließlich kleinlaut.

»Du warst an meinem Handy?«

»Ich weiß, das hätte ich nicht tun sollen, aber wenn ich dich nach der Nummer gefragt hätte, hättest du sie mir doch bestimmt nicht gegeben. Ich habe es nur ganz kurz genommen, als du unter der

Dusche gestanden hast. Ich habe auch nur im Telefonbuch nachgeschaut und nirgendwo sonst herumgestöbert.«

Während Hedda ihr zuhörte, musste sie die ganze Zeit ein lautes Lachen unterdrücken. Sie war ihrer Freundin nicht wirklich böse. Sie erzählte ihr ohnehin immer alles und hatte daher keine Geheimnisse, die sie vor ihr verstecken musste.

»Bitte, sei mir nicht böse!«, flehte Gesa.

»Als ob ich dir je böse sein könnte«, sagte Hedda und gleichzeitig platzte der lange unterdrückte Lacher aus ihr heraus.

»Oh, du bist gemein!«, spielte jetzt Gesa die Beleidigte. »Wie kannst du mich denn nur so erschrecken?«

»Was glaubst du, wie ich mich erschrocken habe, als Enno plötzlich hinter mir stand und meinen liebestollen Freund gespielt hat?«

»Er hat was?«

Hedda erstattete ihrer Freundin einen detaillierten Bericht über alle Ereignisse, die sich im Swingerclub zugetragen hatten. Als sie ihr dann noch von der vermeintlichen Autorentätigkeit ihrer Mutter erzählte, war Gesa endgültig sprachlos. Um sie ein wenig aufzumuntern, legte Hedda schnell noch ein paar amüsante Anekdoten von Enno nach.

»Und?«, fragte Gesa mit einer hörbaren Prise Übermut in der Stimme. »Hast du deine sexy Jungfrau im Darkroom zum Mann gemacht?«

»Gesa!«, rief Hedda empört. »Du sollst ihn doch nicht so nennen.«

»Ich versuche es. Du musst aber schon zugeben, dass der Spitzname ihn perfekt beschreibt.«

»Ja, tut er!« Jetzt musste auch Hedda grinsen. »Und, was gibt es bei dir Neues?«

»Frag nicht!« Gesas Stimmung kippte urplötzlich. Sie klang bedrückt.

»Ist was passiert?«

»Nicht direkt. Die Polizei war noch mal hier. Sie suchen noch immer nach meiner Mutter. Die haben mir echt viele Fragen gestellt und immer wieder angezweifelt, dass ich ihren Aufenthaltsort nicht kennen würde. Die haben mich echt in die Mangel genommen.«

»Oje«, seufzte Hedda mitleidig.

»Aber das Handy haben sie noch immer nicht gefunden«, sagte Gesa mit leicht triumphierender Stimme. »Du musst es wirklich gut versteckt haben.«

»Du kennst mich doch!«

»Ich habe übrigens auch noch etwas herausgefunden.«

»Was?« Neugierig spitzte Hedda die Ohren.

»Erinnerst du dich noch an Hauke Eckhoff, den Fish-Spa Besitzer, der dich nicht auf die Toilette lassen wollte?«

»Na klar, was ist mit dem?«

»Ein alter Schulfreund von mir arbeitet gelegentlich als Klempner auf der Insel. Ich habe ihn zufällig getroffen und ein wenig ausgefragt. Er war tatsächlich gestern im Fish-Spa und hat die verstopfte Toilette repariert. Hauke scheint also nicht gelogen zu haben.«

Nachdenklich fuhr Hedda mit der Hand durch ihren langen Pony. *Dass er kein Lügner ist, bedeutet ja nicht gleichzeitig, dass er auch kein Mörder ist. Er könnte sich dennoch an Reyk für den Ärger in der Düne 13 und die eingeworfene Scheibe gerächt haben.*

»Hedda?«, ertönte Willms laute Stimme aus dem Erdgeschoss.

»Mein Onkel ist zurück. Ich muss auflegen. Ich melde mich morgen wieder!«

Nachdem Hedda sich von Gesa verabschiedet hatte, stürmte sie die Treppe hinunter und fiel ohne Vorwarnung ihrem Onkel um den Hals. Nachdem sie ihn jetzt mehrere Tage lang nicht gesehen hatte, musste sie sich doch eingestehen, dass sie ihn sehr vermisst hatte. Außerdem hatte sie sich unentwegt Sorgen um ihn gemacht. Sie schloss ihre Arme um seinen Bauch und drückte sich ganz fest an ihn. Dabei realisierte sie, dass er wieder etwas zugenommen zu haben schien und deutete dies als gutes Zeichen.

»Seit wann bist du wieder zurück?«, fragte Willm. »Wenn du vorher was gesagt hättest, wäre ich doch zu Hause gewesen.«

»Das war eine ganz spontane Aktion«, antwortete Hedda wahrheitsgemäß, beschloss aber gleichzeitig, ihrem Onkel nicht alle Details zu erzählen, damit er sich nicht noch mehr sorgte, als er es wahrscheinlich ohnehin schon tat. Sie löste sich aus seiner Umarmung, trat einen Schritt zurück und begutachtete ihn ausgiebig. Er trug seine beste schwarze Jeans, dazu ein graues Hemd und seine Haare sahen aus, als wäre er gerade erst beim Friseur gewesen. *So schick habe ich ihn ja lange schon nicht mehr gesehen*, argwöhnte sie. »Wo warst du eigentlich?«, fragte sie neugierig.

Willm lächelte sie einige Sekunden schweigend an. »Ich war unterwegs«, antwortete er schließlich. Dabei verriet das Funkeln in seinen Augen genau, dass er eigentlich noch viel mehr zu erzählen hatte.

Kapitel 7

Kiek mal

Als Hedda am nächsten Morgen erwachte, rieb sie sich übermüdet die Augen. Es war noch sehr früh, aber sie konnte einfach nicht mehr schlafen. Sie hatte sich am gestrigen Abend noch ein E-Book von Gesas Mutter, alias Lola Mathieu, heruntergeladen und es bis weit nach Mitternacht gelesen. Zunächst hatte sie gehofft, darin irgendwelche Anhaltspunkte über den Aufenthaltsort von Dagmar Janssen zu finden. Sie war sich sicher, dass die Polizei nicht in erotischen Romanen nach dem Verbleib einer gesuchten Person fahnden würde, und schließlich hatte sie ja beschlossen, bei ihrer Suche nach Gesas Mutter andere Wege zu gehen.

Doch mit jeder neuen Seite hatte sie die prickelnde Geschichte immer mehr in ihren Bann gezogen, und sie vergaß schließlich vollkommen, warum sie eigentlich mit dem Lesen begonnen hatte. Wenn Dagmar Janssen wirklich Lola Mathieu war, dann hatte sie ein erstaunliches Talent dafür, die Leserinnen mit ihren Büchern zu fesseln. Hedda fragte sich, ob die Geschichten ausschließlich erfunden waren oder eventuell auch auf eigenen Erfahrungen beruhten. Immerhin war Gesas Mutter ja auch Stammgast in einem frivolen Swingerclub.

Nachdem Hedda dann endlich eingeschlafen war, hatte sie sich sehr bald in einem erotischen Traum mit Enno wiedergefunden. Dabei vermischte ihr Unterbewusstsein gekonnt Ennos coolen Auftritt im Swingerclub mit dem Geschehen in Lola Mathieus Roman und gab zu allem Überfluss auch noch eine Prise Wunschtraum a´ la Hedda dazu. Das Ganze war dabei so real gewesen, dass sie sich auch jetzt noch an jedes Detail des Traumes erinnern konnte.

Sie schwang die Beine aus dem Bett, tapste zur Zimmertür und öffnete sie. Beinahe wäre sie über den Nikolausstiefel gestolpert, der direkt vor ihrer Türschwelle stand. Erst als sie bereits mit dem großen Zeh dagegen gestoßen war, hielt sie inne, bückte sich und hob das Schuhwerk auf. Er war bis oben gefüllt mit Schokolade, Weingummi und selbst gebackenen Keksen.

Willm! Hedda lächelte, stellte den Stiefel neben dem Türrahmen ab und spurtete die Treppenstufen herunter. Sie wollte sich bei ihrem Onkel mit einem leckeren Frühstück revanchieren und hoffte, dass er nicht bereits aufgestanden war.

Doch als sie in die Küche kam, war der Tisch bereits gedeckt, und neben ihrem Brotbrett lag ein kleiner, handgeschriebener Zettel.

Ich habe etwas Wichtiges zu erledigen und kann daher leider nicht mit dir frühstücken. Zum Mittagessen bin ich aber wieder zu Hause. Willm.

Enttäuscht legte Hedda den Zettel zur Seite und starrte aus dem Küchenfenster nach draußen. Doch was war das? War da gerade eine Gestalt in einem roten Mantel vorbeigehuscht? Eilig ging sie auf das Fenster zu, um so einen besseren Blickwinkel zu bekommen. Und tatsächlich, draußen lief ein Mann in einem Nikolauskostüm. Aber es war nicht irgendein Mann. Es war ihr Onkel Willm. Mit der roten Mütze, dem falschen Rauschebart und seinem dicken Bauch, sah er in seiner Verkleidung wirklich wie der Nikolaus aus.

Hedda freute sich. *Dann sollte mich der Zettel wohl nur ablenken, damit er mich als Nikolaus überraschen kann*, dachte sie und setzte sich schnell wieder an den Küchentisch, um ihm die Freude nicht zu verderben. Doch nur wenige Augenblicke später hörte sie draußen den Motor von Willms Wagen aufheulen. Sie sprang auf und eilte erneut zum Fenster, sah aber nur noch, wie der Nikolaus im Auto ihres Onkels davonfuhr.

Traurig schaute Hedda auf den reich gedeckten Frühstückstisch. *Das schaffe ich doch niemals alleine!* In diesem Moment kam ihr eine Idee. *Enno! Ich werde ihn spontan zum Frühstück einladen.* Dieser Einfall beflügelte ihre Fantasie. Sie dachte an den Kuss, den Enno ihr gestern, wenn auch nur zur Unterstützung ihres gemeinsamen Schauspiels, gegeben hatte. Es war endlich an der Zeit, Nägel mit Köpfen zu machen. Da waren ein gemeinsames Frühstück und ein ungestörter Vormittag doch die ideale Grundlage.

Euphorisch griff sie zu ihrem Handy. Als das erste Freizeichen ertönte, schlug Hedda ihr Herz bereits bis zum Hals. Dass sie sich genau in diesem Moment an die heißeste Szene aus ihrem Traum erinnern musste, machte es aber auch nicht gerade leichter für sie. *Nun geh schon ran!*, flehte sie in Gedanken, doch nach dem dritten

Freizeichen war das Gespräch plötzlich unterbrochen. *Hat er mich etwa weggedrückt?*

Das kann nicht sein! Entweder hat er kein Netz oder ich habe ihn bei irgendetwas gestört, überlegte sie und wählte erneut Ennos Nummer. Doch dieses Mal endete die Verbindung bereits nach dem ersten Freizeichen. *Hat er etwa heute Dienst?* Hedda öffnete den Messenger auf ihrem Smartphone und schrieb Enno eine Einladung zum Frühstück, die sie zudem mit einem Kuss-Smiley garnierte. Er sollte ruhig wissen, worauf er sich freuen durfte. Innerhalb weniger Sekunden tauchten zwei blaue Haken hinter der Nachricht auf. *Er hat die Nachricht also gelesen. Dann wird er sich sicher jeden Moment bei mir melden,* war Hedda zuversichtlich.

***

Doch auch nach einer Stunde hatte Enno sich noch immer nicht bei Hedda gemeldet. In dieser Zeit hatte sie noch zwei weitere *WhatsApp*-Nachrichten an ihn geschickt, die er zwar auch gelesen, aber ebenfalls nicht beantwortet hatte. Frustriert schob sie sich deshalb bereits das dritte Croissant des Tages in den Mund. *Wieso antwortet er mir denn nicht?*

Ihr Smartphone klingelte. Es war Gesa. Ihre Stimme klang genauso, wie sich Hedda gerade fühlte.

»Ist alles okay bei dir?«, fragte Hedda.

»Ich muss dir was beichten«, antwortete Gesa mit gequälter Stimme.

»Was ist denn passiert? Nach unserem gestrigen Telefonat müsstest du doch eigentlich wissen, dass ich dir nie böse sein kann«, versuchte Hedda ihrer Freundin die Sorgen zu nehmen. Sie konnte sich wirklich nicht vorstellen, dass Gesa etwas getan haben könnte, was sie wütend machen würde. Andererseits hatte sie das von Vanessa auch einmal gedacht, und dennoch war sie mit ihrem damaligen Freund Jan im Bett gelandet.

»Du weißt doch noch, dass ich Enno über *WhatsApp* geschrieben habe, dass du in den Swingerclub gehen willst, um dort die Spur meiner Mutter zu verfolgen«, druckste sich Gesa um die eigentliche Neuigkeit herum.

»Aber das hatten wir doch schon gestern geklärt. Ich bin dir deshalb nicht böse.«

»Ich weiß, das ist es aber auch nicht …« Gesa seufzte.

Es hat also tatsächlich etwas mit Enno zu tun! Heddas Gehirn hatte in den Ermittlermodus gewechselt. »Nun sag schon, was los ist!«

»Ich habe Enno heute Morgen versehentlich eine weitere Nachricht geschrieben, die eigentlich für dich bestimmt war.«

»Ja, und?« Hedda verstand nicht, wo das Problem lag.

»Warte, ich leite den Text mal an dich weiter.«

Als Heddas Smartphone den Eingang einer Textnachricht signalisierte, nahm sie das Handy vom Ohr und öffnete diese.

Guten Morgen Hedda, ich habe noch mal über deine Pläne mit unserer sexy Jungfrau nachgedacht. Vielleicht ist der Darkroom für Ennos erstes Mal doch eher ungeeignet. Was hältst du stattdessen von dem Frauenarztstuhl? Lieben Gruß. Gesa.

Der grinsende Smiley, den Gesa am Ende des Textes platziert hatte, zeigte zwar deutlich, dass die Nachricht als Scherz gemeint war, trotzdem wurde Hedda schlagartig übel und sie spürte gleichzeitig, wie ihr die Wärme ins Gesicht schoss. Wenn Enno diese Nachricht gelesen hatte, wusste er jetzt nicht nur, dass sie sein intimes Geheimnis an Gesa ausgeplaudert hatte, sondern auch, dass sie darüber nachdachte, Sex mit ihm zu haben.

»Bist du noch dran?«, fragte Gesa und klang dabei, als würde sie jeden Moment damit rechnen, dass ihr Telefon explodieren könnte.

»Hmm«, brummt Hedda nachdenklich. *Ob er deshalb meine Anrufe weggedrückt hat?*

»Es tut mir total leid! Ich chatte zurzeit eigentlich nur mit dir. Darum habe ich einfach den obersten Chat geöffnet und losgeschrieben. Als ich es selbst bemerkt habe, war es leider schon zu spät.«

»Ich weiß doch, dass du das nicht mit Absicht gemacht hast«, versuchte Hedda ihre Freundin zu beruhigen, erwischte sich aber gleichzeitig auch bei dem Gedanken, dass Gesa vielleicht selbst auf Enno stehen könnte und daher vielleicht wirklich probierte, einen Keil zwischen sie zu treiben.

Hedda schüttelte heftig mit dem Kopf. *So etwas würde Gesa nie tun.* Sie musste an Vanessa denken. *Habe ich jetzt etwa ein generelles Vertrauensproblem, nur weil die blöde Schlampe mir Jan ausgespannt hat?* Das durfte sie auf keinen Fall zulassen.

»Ich biege das schon wieder hin, mach dir keine Sorgen!«, sagte sie deshalb. »Am besten, ich fahre gleich mal bei ihm zu Hause vorbei und kläre das persönlich mit ihm.«

»Ich drücke dir ganz fest die Daumen«, sagte Gesa mit zittriger Stimme.

Hedda beendete das Gespräch, machte sich schnell fertig und fuhr dann mit dem Fahrrad zu Enno. Doch leider war er nicht zu Hause. Auch Bento Frerichs wusste nicht, wo sein Sohn steckte. Er lud Hedda aber ein, bei einer Tasse Tee auf seine Rückkehr zu warten. Er wollte ohnehin mit ihr noch ein paar Dinge besprechen, die mit ihrem bald beginnenden Praktikum in seinem Bestattungsinstitut zu tun hatten.

Als Enno aber auch eine Dreiviertelstunde später immer noch nicht wiederaufgetaucht war, verabschiedete Hedda sich von Bento Frerichs und radelte wieder zurück. Als sie gerade an *Brunos Imbiss* vorbeifuhr, klingelte erneut ihr Smartphone. Sie hielt an und nahm das Gespräch entgegen.

»Gesa, ich habe doch gesagt, dass ich dir nicht böse bin!«, schnaufte Hedda ein wenig genervt in den Hörer.

»Darum rufe ich auch nicht an. Konntest du die Sache denn schon mit Enno klären?«

»Ich war gerade bei ihm, aber er war leider nicht zu Hause.«

»Mist!«

»Warum hast du denn dann angerufen?«, fragte Hedda. Sie war jetzt doch neugierig geworden.

»Ich habe eine Nachricht von meiner Mutter bekommen!«

»WAS?« Gesas Antwort kam so überraschend, dass Hedda fast das Gleichgewicht verloren und mit dem Rad zu Boden gestürzt wäre. »Was schreibt sie denn? Geht es ihr gut? Und wo zum Teufel steckt sie überhaupt?«

»Das weiß ich leider nicht. Sie hat nur einen Beitrag auf ihrer Facebook-Seite veröffentlicht.«

»Meinst du die Seite, die du mir gezeigt hast? Die, auf der es um die Bilder deiner Mutter geht?«, fragte Hedda nach.

»Genau die! Aber es ist keiner ihrer üblichen Beiträge, es ist vielmehr eine versteckte Botschaft an mich«, ergänzte Gesa.

»Was meinst du damit?«

»Sie hat keines ihrer Gemälde gepostet, nichts über die Schönheit Ostfrieslands oder etwa über das Malen an sich geschrieben. Sie hat nur einen Satz gepostet, den außer ihr nur ich verstehen kann.«

»Und der wäre?« Hedda platzte fast vor Neugierde.

»Kiek ma, da is he ja.«

»Verstehe ich nicht«, sagte Hedda. »Wer soll wo sein?«

»Das kannst du ja auch nicht verstehen, das ist ein Insider, den meine Mutter, meine Oma und ich des Öfteren verwendet haben.«

»Und warum postet sie so etwas auf ihrer geschäftlichen Facebook-Seite? Das versteht dann doch keiner«, überlegte Hedda laut.

»Ich denke, es sollte eine geheime Botschaft an mich sein.«

»Aber die hätte sie dir doch auch per *WhatsApp* oder meinetwegen auch per SMS schicken können«, frotzelte Hedda verständnislos.

»Aber sie hat ihr Handy doch gar nicht bei sich!«, erinnerte sie Gesa, an das in den Dünen versteckte Mobiltelefon.

»Stimmt ja! Aber sie hätte dich doch auch anrufen können. Festnetztelefone sind ja nun wirklich nicht vom Aussterben bedroht.«

»Da hast du zwar recht, aber was ist, wenn sie mich nicht anrufen konnte. Wenn ihr vielleicht etwas passiert ist?«

»Wenn ihr etwas passiert wäre, dann hätte sie doch auch nicht diesen Beitrag posten können.« Hedda überlegte weiter. *Aber wenn ihr nichts geschehen wäre, hätte sie sicherlich einfach angerufen.*

»Ich habe ihr erst vor ein paar Wochen gezeigt, wie man Beiträge für Facebook-Seiten terminieren kann. Vielleicht hat sie den Beitrag schon hochgeladen, bevor sie aufs Festland gefahren ist. Vielleicht wusste sie ja, dass sie sich in Gefahr begab, und hat deshalb schon vorher diese Nachricht geschrieben und ihren Versand auf den heutigen Tag terminiert.«

»Und wenn alles gut gegangen wäre, hätte sie den Beitrag einfach gelöscht, bevor er veröffentlicht worden wäre«, kombinierte Hedda den Gedanken ihrer Freundin weiter. »Und sie hat dir eine verschlüsselte Botschaft geschickt, weil der Täter die Nachricht sonst auch lesen könnte. Schließlich ist die Seite ihrer Galerie öffentlich und für jedermann einsehbar.«

»Wir sollten die Polizei informieren. Ich glaube, meine Mutter befindet sich in großer Gefahr.« Gesa klang unruhig und nervös.

»Lass mich kurz nachdenken.« Die Erinnerungen der letzten Monate kamen nahezu gleichzeitig in Heddas Gedächtnis zurück. Wäre es damals besser gewesen, noch früher mit der Polizei zu kooperieren? Wäre Brad vielleicht noch am Leben, wenn sie weniger auf eigene Faust ermittelt hätte? Fragen, deren Antworten Hedda niemals bekommen würde. Fragen, die sie bis an ihr Lebensende verfolgen würden.

»Wenn meine Mutter die Polizei gewollt hätte, hätte sie mir keine verschlüsselte Botschaft geschickt«, widersprach sich Gesa plötzlich selbst.

»Da könntest du recht haben.« Hedda war froh, dass Gesa selbst die Entscheidung getroffen hatte, die Polizei vorerst aus der Sache herauszuhalten. Sie war sich nicht sicher, ob sie alleine erneut den Mut gehabt hätte, diesen Weg zu wählen.

»Hedda, du musst unbedingt zum Haus meiner Oma fahren und nachsehen, was meine Mutter gemeint hat!«, sagte Gesa mit einer ungewohnten Entschlossenheit in der Stimme.

»Ich soll was?«, fragte Hedda.

Gesa erklärte ihr, welche ursprüngliche Bedeutung der Ausspruch „Kiek ma, da is he ja" für sie und ihre Familie hatte. Kurz bevor ihre Oma ihr Eigenheim verlassen musste, um ins Pflegeheim umzuziehen, musste ein Klempner bei Gerda Janssen einen verstopften Abfluss reparieren. Dabei fand er im Siphon des Waschbeckens den seit Jahren vermissten Ehering der alten Dame, den sie mit eben diesem Ausspruch zurückbegrüßte.

Nachdem Gesa ihr dann auch noch erklärt hatte, wo genau das Haus ihrer verstorbenen Oma lag, und dass ihre Mutter immer einen Haustürschlüssel im Kiesbeet des Gartens versteckt hatte, um bei ihren regelmäßigen Besuchen nie vor verschlossener Tür stehen zu müssen, wollte Hedda am liebsten sofort aufbrechen. Doch dann schoss ihr ein Gedanke durch den Kopf. *Wie soll ich denn dieses Siphon-Dingsbums öffnen? Dafür braucht man doch bestimmt viel Kraft, und ohne Werkzeug geht das bestimmt auch nicht.*

Ihr erster Impuls ließ sie zum Handy greifen, um Enno anzurufen. Doch der hatte ja bereits den ganzen Vormittag über ihre Nachrichten und Anrufe ignoriert. Sie schaute auf die Uhr. *Erst elf*, stellte sie enttäuscht fest. Es würde also noch etwas dauern, bis Willm wieder zurück sein würde. Hedda überlegte, ob sie noch bis nach dem Mittagessen abwarten konnte. Aber die Sorge um

Dagmar Janssen und ihre eigene Neugierde ließen ihr einfach keine Ruhe. Via *YouTube* Video ließ sie sich von einem gut aussehenden Klempner zeigen, wie man einen Siphon austauschte und welche Materialien man dafür benötigte. Dann wollte sie in den Keller hinunter, um nach Willms Werkzeugkiste zu suchen.

Als sie an der Tür zur Kellertreppe stand, musste sie kurz innehalten. Die schrecklichen Erinnerungen, die sie mit den unterirdischen Räumen verband, legten sich wie eine Schlinge um ihren Hals und ließen sie kaum noch zu Atem kommen. Seit sie hier eingesperrt worden war, hatte sie keinen Fuß mehr in den Keller gesetzt. Sie holte tief Luft und spurtete die Stufen hinunter. Willm hatte seine Werkzeugkiste erst vor einigen Wochen aus dem Schuppen in den Keller verbannt. Daher wusste sie ganz genau, dass sie irgendwo hier unten sein musste.

Beim Suchen verspürte sie einen inneren Fluchtreflex, der sie immer wieder zurück ins Erdgeschoss zwingen wollte. Auch wenn Hedda genau wusste, dass hier unten keine Gefahr mehr auf sie lauerte, ließ sich ihr Unterbewusstsein dennoch nicht so einfach beruhigen. Nachdem sie den Werkzeugkasten endlich gefunden hatte, nahm sie schnell die Rohrzange heraus und eilte die Treppenstufen wieder nach oben. Dann ging sie nach draußen in den Schuppen, schnappte sich ihr Fahrrad und einen Eimer und radelte los.

Das Haus von Gesas Oma lag ganz am Ende der Straße. Man konnte der Immobilie ansehen, dass sie schon seit Längerem unbewohnt war. Die Fenster mussten dringend geputzt werden, und überall wucherte Unkraut. Sie stellte ihr Rad ab, schnappte sich den Eimer mit der Rohrzange und umrundete das Haus. Im Garten entdeckte Hedda sofort das Kiesbeet, das ihr Gesa beschrieben hatte. Der falsche Stein, in dem der Haustürschlüssel versteckt war, war hingegen deutlich schwieriger zu finden.

Nachdem Hedda den Schlüssel endlich in ihren Händen hielt, ging sie zurück zur Vordertür und öffnete sie. Im Haus roch es muffig und der Staub hatte auf den wenigen verbliebenen Möbelstücken teilweise dicke Schichten hinterlassen. *Zum Saubermachen ist Gesas Mutter offensichtlich nicht vorbeigekommen.* Hedda schüttelte den Kopf. *Warum haben sie das Haus eigentlich nicht verkauft, als Gerda Janssen ins Pflegeheim musste?*

Im Wohnzimmer befand sich noch eine in die Jahre gekommene Schrankwand. Verwundert stellte Hedda fest, dass alle Türen und Schubladen geöffnet waren. Vereinzelnd lagen Bücher und einige Unterlagen auf dem Fußboden verstreut. Im Nebenraum sah es nicht besser aus. Sämtliche Küchenschubladen waren herausgerissen und zu Boden geworfen worden.

Hier muss jemand eingebrochen sein. Sie nahm ihr Smartphone zur Hand, machte ein paar Fotos und schickte sie an Gesa. Dann ging sie die Treppenstufen hinauf, um nach dem Badezimmer zu suchen.

Da das Waschbecken schon einige Jahre auf dem Buckel hatte, konnte Hedda den Siphon nicht ohne den Einsatz der Rohrzange lösen. Sie brauchte ein paar Anläufe, aber dann hielt sie das leicht gebogene Rohr endlich in den Händen. Als sie es hin und her neigte, um es genauer zu untersuchen, fiel plötzlich ein metallischer Gegenstand auf die Fliesen. Er war so klein, dass Hedda ihn fast nicht bemerkt hätte. Nur das klirrende Geräusch, dass der Gegenstand beim Auftreffen auf den Boden verursachte, ließ sie aufhorchen.

Sie bückte sich und hob ihn auf. »Ein Schlüssel. Wieso hat Gerda Janssen einen Schlüssel im Siphon versteckt? Oder war es vielleicht Dagmar Janssen? Zumindest hat Gesas Mutter gewusst, dass er hier versteckt ist, und sie wollte, dass wir ihn finden.« Hedda betrachtete den Schlüssel genauer und entdeckte dabei eine kleine Nummer, die auf dem Kopf eingraviert worden war. *Ob der zu einem Schließfach gehört?* Sie machte erneut ein Foto mit ihrem Handy und schickte auch dieses an Gesa.

Nur wenige Sekunden später klingelte ihr Smartphone. Aufgrund der Fotos, die Hedda ihr zugeschickt hatte, war Gesa sehr aufgebracht und begann ohne Begrüßung auf Hedda einzureden.

»Wer sollte denn bei meiner Oma eingebrochen sein? Das Haus war doch quasi leer geräumt. Das hätte doch selbst ein blinder Einbrecher mit einem kurzen Blick durch eines der Fenster erkennen müssen. Und wie ist der überhaupt reingekommen? Hat meine Mutter vielleicht vergessen die Haustür abzuschließen, als sie das letzte Mal da war. Na ja, zuzutrauen wäre es ihr. Sie ist manchmal echt total verpeilt.«

Da Gesa ohne Pause, und scheinbar auch ohne Luft zu holen, redete, schlenderte Hedda durch die einzelnen Räume, während sie versuchte, den Ausführungen ihrer Freundin weiterhin zu folgen. Dabei kam sie auch in einen kleinen, vollkommen unmöblierten Raum, in dem es irgendwie kälter war, als in den übrigen Zimmern. Sie blickte sich um und entdeckte ein Loch in der Fensterscheibe. *Wahrscheinlich hat jemand die Scheibe eingeschlagen und von außen das Fenster geöffnet.*

»Gesa!«, unterbrach sie den Redeschwall ihrer Freundin. »Ich habe ein eingeschlagenes Fenster gefunden. Wahrscheinlich sind die Kerle auf diesem Wege ins Haus gelangt.«

So viel Gesa gerade noch gequasselt hatte, genauso still war sie auf einmal. Sie konnte das alles einfach nicht mehr verstehen. Was war nur los? Vor wenigen Tagen waren sie doch noch eine ganz normale Familie. Und auf einmal passierten nur noch merkwürdige Dinge.

»Glaubst du, der Einbruch und der versteckte Schlüssel hängen zusammen?«, riss Hedda ihre Freundin aus ihren Gedanken.

»Meinst du?«

»Ich denke, das kann kein Zufall sein!«, antwortete Hedda voller Überzeugung. »Zunächst verschwindet deine Mutter, dann bekommen wir den Tipp mit dem Siphon und jetzt noch dieser Einbruch. Wer auch immer hier eingedrungen ist, hat das Gleiche gesucht, wie wir.«

»Du meinst den Schlüssel? Aber was kann an einem doofen Schlüssel schon so besonderes sein?«

»Ich glaube nicht, dass es der Schlüssel ist, sondern vielmehr das, was mit ihm weggeschlossen worden ist.«

V

Der zweite Mord

Gerda Janssen hatte *Fred* nicht die Information gegeben, die er benötigt hatte. Dennoch hatte der unbeabsichtigte Mord an der alten Dame ihn näher an sein Ziel geführt. Nachdem er den ersten Schock verdaut hatte, hatte er ihr die Augen geschlossen und das Kissen wieder sorgsam unter ihren Kopf geschoben. Als er fertig war, sah es so aus, als wäre sie lediglich friedlich eingeschlafen.

Danach musste er nur noch auf ihre Beerdigung warten. Als Friedhofsbesucher getarnt, tat er so, als würde er sich um die

Blumen eines benachbarten Grabes kümmern, während die Trauergemeinde den Sarg zu seiner letzten Ruhestätte geleitete. Aus den Augenwinkeln hatte er sie sofort wiedererkannt, auch wenn sie jetzt natürlich vollkommen anders gekleidet war. Das Gesicht der Person, die ihm sein Leben im Wohlstand ruinieren wollte, würde er wohl sein Leben lang nicht wieder vergessen.

Es war nicht leicht gewesen, sie anschließend unauffällig zu verfolgen. Erst als er am Fährhafen von Bensersiel angekommen war, konnte er wieder ein wenig aufatmen. Selbst wenn er sie jetzt noch aus den Augen verloren hätte, war er sich sicher, dass er sie auf jeden Fall wiedergefunden hätte. Schließlich war Langeoog nur eine kleine ostfriesische Insel.

Auf der Überfahrt hatte er eine Sitzbank gewählt, die weit genug von ihr entfernt lag, ihm aber dennoch erlaubte, sie die ganze Zeit über im Blick zu behalten. Er durfte auf keinen Fall riskieren, dass sie ihn vorzeitig entdeckte.

Aus demselben Grund entschied er sich, nach der Ankunft auf Langeoog, nicht in dem gleichen Waggon der Inselbahn, in dem die Person mit ihrer Begleitung eingestiegen war, Platz zu nehmen. Ein Fehler, der fast dazu geführt hätte, dass er sein Zielobjekt aus den Augen verloren hätte. Denn als die Fahrgäste aus den übrigen Waggons problemlos aussteigen konnten, versperrte ihm eine gehbehinderte Frau den Ausstieg, während der Mittelgang hinter ihm gleichzeitig durch einen fettleibigen Mann blockiert wurde.

Als auch er endlich auf dem Bahnsteig stand, schaute er sich sofort hektisch um. Er wusste nicht, in welche Richtung sie gegangen waren. Unsicher entschied er sich für eine Seite und rannte die Straße entlang. Immer wieder schaute er sich um, blickte in die Gassen und Seitenstraßen hinein, aber die gesuchte Person schien wie vom Erdboden verschluckt zu sein. Als er sich gerade mit dem Gedanken arrangieren wollte, am Bahnhof die falsche Richtung ausgewählt zu haben, sah er die Begleitperson, die er für den Ehemann seines Zielobjektes hielt, gerade in einem Haus verschwinden und die Tür hinter sich zu ziehen.

Im Schutz der Dunkelheit kehrte er zu eben diesem Haus zurück. Es war bereits tiefe Nacht und er hoffte, dass seine Bewohner längst fest schlafen würden. Wenn er Glück hatte, würde er in dem Haus den Beweis finden, mit dem er seit Monaten erpresst wurde. Wenn seine Suche keinen Erfolg haben sollte, würde er ein eindeutiges Zeichen der Drohung hinterlassen. Er war sich sicher, dass die Erpressung schnell aufhören würde, wenn die Person erst wusste, dass er ihre wahre Identität herausgefunden hatte.

Verwundert stellte er fest, dass die Haustür nicht verschlossen war. Leise trat er ein, lehnte die Tür hinter sich nur an, schaltete seine Taschenlampe ein und begann, sich auf die Suche nach einem Computer oder einem Laptop zu machen. Der Lichtkegel glitt langsam durch den ganzen Raum. Staunend betrachtete er die vor ihm liegende Verwüstung. *Ist hier etwa eingebrochen worden?*, war sein erster Gedanke. *Hoffentlich haben die Diebe nicht den PC geklaut*, war sein zweiter.

Er war so damit beschäftigt, keine Geräusche zu machen und dabei gleichzeitig unter den umgekippten Schränken und dem auf dem Boden verstreuten Hausrat nach einem Laptop zu suchen, dass er die Person, die hinter ihm durch die angelehnte Haustür trat, überhaupt nicht bemerkt hatte. Erst als sie ihn laut lallend danach fragte, was er hier zu suchen habe, wirbelte er erschrocken herum.

Ein erster Impuls ließ ihn die Flucht ergreifen. Aber der große kräftige Mann bekam ihn am Handgelenk zu packen und schleuderte ihn zu Boden.

»Du bleibst schön hier, bis ich die Polizei gerufen habe!«, lallte er und verdrehte ihm unsanft den Arm hinter dem Rücken. Dann versuchte er, nach dem schnurlosen Telefon zu greifen, das in seiner unmittelbaren Reichweite auf dem Fußboden lag. »Verdammt, der Akku ist leer!«, fluchte er, warf das Mobilteil gegen die nächste Wand und stand unvermittelt auf. Anscheinend war er so betrunken, dass er für einen Moment vergessen hatte, seinen Gefangenen weiter in Schach zu halten.

Überrascht von seiner plötzlichen Freiheit, sprang er auf die Beine und hastete zur Tür. Doch er kam nur wenige Meter weit, ehe ihn der Hausbesitzer mit einer Blutgrätsche zu Fall brachte. Er spürte eine Hand an seinem Fußgelenk.

»Du entkommst mir nicht, Freundchen!«, lachte der Mann höhnisch auf.

In diesem Moment bekam er einen handgroßen, schweren Gegenstand zu greifen. Er umklammerte ihn, so fest er nur konnte, drehte sich ruckartig um und schlug damit auf seinen Angreifer ein. Wie ein Stein sackte dieser bereits nach dem ersten Schlag leblos zu Boden. Der Griff um seinen Knöchel lockerte sich und er rutschte, den Blick fest auf den am Boden liegenden Hünen gerichtet, auf seinem Hintern Richtung Ausgang.

Als er die Tür erreicht hatte, wurde ihm bewusst, dass er möglicherweise das Leben eines weiteren Menschen auf dem Gewissen hatte. Vorsichtig stieg er über den leblosen Körper hinweg, um die Taschenlampe zu holen, die in der gegenüberliegenden Ecke des Raumes lag und einen umgeworfenen Sessel beleuchtete. Als er den Lichtkegel über die Beine des Mannes zu seinem Kopf hinaufwandern ließ, entdeckte er die riesige Blutlache, die sich direkt daneben gebildet hatte.

Fluchtartig verließ er den Tatort, rannte Richtung Strand und warf den schweren Gegenstand in die nachtschwarze Nordsee. Dann versteckte er sich in der Nähe des Hauses und betete, dass niemand die Leiche finden würde, bevor er am nächsten Morgen mit der Fähre die Insel wieder verlassen konnte.

Kapitel 8

Bankgeschäfte

Angespannt wartete Hedda am Fähranleger von Bensersiel auf eine Nachricht von Gesa. Sie hatte sich den Wagen ihres Onkels geliehen, um ihre Freundin hier abholen zu können. In wenigen Minuten würde die Fähre auf Langeoog ablegen, und noch immer wusste sie nicht, ob Gesa die Insel ungehindert würde verlassen können. Würde die Polizei sie eventuell aufhalten? Durften die Beamten das überhaupt? Fragen, auf die beide keine Antwort wussten. Fest stand lediglich eines: Wenn Gesa es nicht schaffen würde, aufs Festland zu gelangen, dann war der Schlüssel, den Hedda im Haus von Gesas Oma gefunden hatte, zumindest vorübergehend wertlos.

Die beiden Freundinnen hatten gestern noch lange miteinander telefoniert und darüber spekuliert, zu welchem Schloss der gefundene Schlüssel passen könnte und warum Dagmar Janssen sie gerade jetzt auf das Versteck des Schlüssels gestoßen hatte. Zumindest auf die erste Frage hatten sie noch eine Antwort gefunden. Gesa erinnerte sich nämlich während des Telefonates daran, dass ihre Mutter ihr vor einiger Zeit bei ihrer Sparkasse eine Vorsorgevollmacht erteilt hatte, die sie dazu berechtigte, sämtliche Bankgeschäfte, die auf den Namen von Dagmar Janssen liefen, vorzunehmen.

Gesa hatte daraufhin bei der Hausbank ihrer Mutter angerufen und nachgefragt, ob diese dort auch ein Schließfach angemietet hatte. Und tatsächlich, Dagmar Janssen führte bei der Sparkassenfiliale in Esens ein Schrankfach, dessen Nummer mit der auf dem Schlüssel übereistimmte. Sie hatte mit der Kundenberaterin daraufhin sofort einen Termin für den heutigen Tag vereinbart, um den Inhalt in Augenschein zu nehmen.

Heddas Handy piepte. Sie öffnete das Foto, das Gesa ihr geschickt hatte und musste lächeln. Das Selfie zeigte ihre Freundin, wie sie an der Reling der Fähre lehnte und der Kamera die Zunge herausstreckte. Sie hatte es also an Bord geschafft. Jetzt musste sie nur noch etwa 45 Minuten warten, bevor sie Gesa endlich wieder in die Arme schließen und gemeinsam mit ihr zur Bank fahren konnte.

Sie nahm ihr Smartphone zur Hand und öffnete zum wiederholten Male an diesem Tag ihren Messenger. Nachdem alle ihre bisherigen Bemühungen, Enno zu erreichen, gescheitert waren, hatte sie ihm am gestrigen Abend noch eine lange Entschuldigungsnachricht geschickt. Doch die beiden Haken hinter dieser Nachricht wollten sich einfach nicht blau färben. »Ach, Enno«, seufzte sie leise vor sich hin. »Gegen uns hatten es Romeo und Julia doch vergleichsweise leicht.« Sie steckte das Handy wieder ein und schaute nachdenklich auf das Hafenbecken hinaus. Ein paar Möwen trieben auf dem Wasser und ließen sich von den Wellen hin und her schaukeln. Zu gerne hätte Hedda jetzt mit den Vögeln getauscht.

Plötzlich klingelte ihr Handy. *Enno, na endlich!*, dachte sie erleichtert und griff so hektisch nach ihrem Smartphone, dass es ihr beinahe in die Nordsee gefallen wäre.

»Hallo!«, nahm sie das Gespräch voller Vorfreude an.

»Hallo, ich bin es.«

»Gesa, ach du bist es bloß.« Hedda konnte ihre Enttäuschung nicht verbergen.

»Du hast auf Enno gehofft, oder? Hat er deine Nachricht noch immer nicht gelesen?« Gesa war anzuhören, dass sie noch immer ein unendlich schlechtes Gewissen hatte.

»Nö«, antwortete Hedda einsilbig.

»Meine Nachrichten ignoriert er auch. Ich habe ihn gestern bestimmt noch fünfmal angeschrieben«, seufzte jetzt auch Gesa. Auch sie hatte alles probiert, um ihren Fehler wiedergutzumachen.

»Lass uns lieber über etwas anderes reden. Warum rufst du an? Sag nicht, die haben dich doch noch von der Fähre gezerrt.«

»Nein!« Gesa lachte. Die Vorstellung, wie zwei Polizisten sie an den Beinen zogen, während sie sich mit aller Kraft an der Reling festhielt, war einfach zu komisch. »Aber ich habe gerade etwas erfahren, was ich dir unbedingt sofort erzählen muss.«

»Ich bin ganz Ohr. Schieß los!«

»Ich habe auf dem Schiff zufällig schon wieder meinen Klempner-Kumpel getroffen. Du weißt schon, der, der bei Hauke Eckhoff die verstopfte Toilette repariert hat.«

»Ja, und?«, fragte Hedda.

»Er hat mir gerade erzählt, dass Hauke Eckhoff gestern verhaftet worden ist.«

»Was? Warum? Wegen des Mordes an deinem Onkel?« Hedda sprach jetzt so laut, dass sie die Aufmerksamkeit zweier Senioren erregte, die ebenfalls auf die Fähre warteten und jetzt interessiert ihre Ohren spitzen.

»Davon weiß ich nichts. Aber er hat auf jeden Fall Dreck am Stecken. Bei den Reparaturarbeiten hat mein Kumpel nämlich im Abfluss der Toilette ein kleines Tütchen mit weißem Pulver entdeckt und es sofort zur Polizei gebracht. Wahrscheinlich hat Hauke versucht das Zeug die Toilette runterzuspülen, als er Angst bekam, entdeckt zu werden. Mein Kumpel darf eigentlich nicht darüber sprechen, aber weil er von der Sache mit meinem Onkel gehört hat, wollte er mir das unbedingt sagen. Schließlich tuschelt mittlerweile schon die ganze Insel darüber, dass meine Mutter sich durch ihr heimliches Verschwinden nicht gerade entlastet hat.«

»Hat er noch mehr gesagt?« Hedda gab sich jetzt Mühe, deutlich leiser zu sprechen.

»Der Beamte, dem er das Tütchen übergeben hat, hat ihm wohl noch erzählt, dass der Polizei bereits Hinweise vorlagen, wonach Hauke in seinem Fish-Spa für die Mafia Geldwäsche betrieben haben soll. Nach dem Fund ging er jedoch davon aus, dass er zudem auch noch den zentralen Drogenumschlag der Insel geleitet haben könnte.«

»Scheiße!«, entfuhr es Hedda, wiederum deutlich zu laut. *Wenn Reyk genau in dem Moment die Scheibe des Fish-Spas eingeworfen hat, als die Mafiosi gerade eine nächtliche Lieferung verarbeitet haben, haben wir ein echtes Problem!*

»Was ist denn? Das sind doch gute Nachrichten, oder?«, fragte Gesa verunsichert.

Hedda entschied, ihre Mafia-Theorie vorerst für sich zu behalten. Sie wollte zunächst abwarten, was sie im Schließfach finden würden, bevor sie Gesa unnötig beunruhigte.

***

Die Sparkasse in Esens war ein moderner Klinkerbau mit einer großen Glasfront. Nachdem Hedda und Gesa das Gebäude betreten hatten, schauten sie sich zunächst suchend um. Dann steuerte Gesa auf eine Frau mittleren Alters zu, die sie noch von ihrem letzten Besuch in der Sparkasse kannte. Es war dieselbe Mitarbeiterin, bei der sie und ihre Mutter auch die Vorsorgevollmacht unterzeichnet hatten.

»Guten Tag, mein Name ist Gesa Janssen, wir haben gestern telefoniert.«

»Frau Janssen, guten Tag. Mein Name ist Ute Müller. Sie wollen heute an das Schließfach ihrer Mutter? Haben sie ihren Personalausweis dabei?«

Gesa holte ihr Portemonnaie aus der Handtasche, fingerte das gewünschte Dokument aus dem viel zu engen Einsteckfach und reichte es der Angestellten. Nachdem die Sparkassenmitarbeiterin den Ausweis kopiert und irgendetwas in ihrem Computer nachgesehen hatte, bat sie Gesa, ihr zu folgen. Hedda durfte leider nicht mitkommen, da dies angeblich gegen die Vorschriften verstoßen würde. Selbst das ausdrückliche Einverständnis von Gesa konnte die Bankmitarbeiterin in ihrer Haltung nicht umstimmen.

Hedda nahm daher auf der Sitzgruppe Platz, die in der großen Empfangshalle für wartende Kunden reserviert worden war. Gelangweilt nahm sie ihr Smartphone zur Hand und checkte fast schon mechanisch, ob Enno mittlerweile ihre Nachricht gelesen hatte. Überrascht stellte sie fest, dass die Haken zwischenzeitlich tatsächlich blau geworden waren. Sie rief sich die weiteren Informationen zu dieser Nachricht auf. *Was, er hat die Nachricht schon vor einer halben Stunde gelesen und noch immer nicht geantwortet. Ich mag ja einen Fehler gemacht haben, aber so nachtragend darf er doch nun wirklich nicht sein.*

Verärgert wählte sie seine Nummer. *Und wehe, du gehst schon wieder nicht ran!*, drohte sie ihm in Gedanken. Doch bereits nach zwei Freizeichen hörte sie Ennos Stimme am anderen Ende der Leitung. Er klang weder wütend noch sonst irgendwie ablehnend. *Wie soll ich aus diesem Mann nur schlau werden?*

»Hallo Enno, ich bin es, Hedda«, sagte sie verlegen. Ihre Wut war schlagartig verflogen. Irgendwie hatte sie gar nicht damit gerechnet, dass er überhaupt rangehen würde.

»Hallo, ich bin gerade auf dem Weg zu dir«, antwortete Enno.

»Aber ich bin gar nicht zu Hause.«

»Ach so.« Enno klang enttäuscht.

»Was wolltest du denn von mir?«

»Ich wollte mit dir reden.«

Hedda versuchte, aus dem Klang seiner Worte zu deuten, ob er eher ein versöhnendes oder ein klärendes Gespräch beabsichtigte. Im selben Moment sah sie die Sparkassenmitarbeiterin, die mit Gesa zum Schließfach gegangen war, durch die Kundenhalle gehen. In ihren Händen trug sie etwas, was Hedda jedoch nicht genau erkennen konnte.

Die sieht ja aus, als ob der Teufel hinter ihr her wäre, dachte Hedda, als sie die Frau eiligen Schrittes in einem der Büros verschwinden sah.

»Bist du noch dran?«, fragte Enno.

»Was, ja … ich … Du wolltest also mit mir reden.«

»Ja!«, sagte Enno genervt. Er hatte genau gemerkt, dass Hedda von irgendetwas abgelenkt worden war. »Ruf mich am besten an, wenn du wieder zu Hause bist.«

»Okay, mach ich!«, antwortete Hedda, war mit ihren Gedanken aber schon wieder bei der Mitarbeiterin, die sich noch immer in ihrem Büro aufhielt.

Erst zehn Minuten später kam Ute Müller wieder aus der Tür und ging in die Richtung zurück, aus der sie zuvor gekommen war. In ihren Händen trug sie noch immer etwas, aber durch den geänderten Blickwinkel konnte Hedda es dieses Mal besser erkennen. *Sind das DVD-Hüllen?*

Sie musste noch ein paar Minuten angespannt warten, dann kam auch endlich Gesa wieder zurück. In ihrer Hand trug sie mehrere DVD-Hüllen. Sie setzte sich auf den Sessel neben Hedda und schaute sie achselzuckend an. »Ich weiß auch nicht, was da drauf ist.«

»Sind das dieselben, mit der ich Frau Müller gerade noch gesehen habe?«, fragte Hedda.

»Ja, als ich gesagt habe, dass ich die DVDs gerne mitnehmen möchte, hat sie gesagt, sie müsste das dann zu Beweiszwecken dokumentieren. Sie hatte aber den Fotoapparat in ihrem Büro vergessen. Als ob ich meine Mutter beklauen würde.«

Hedda beugte sich vor, nahm die oberste DVD-Hülle in die Hand und betrachtete die handgeschriebene Notiz auf dem Cover. »A. Müller, Bremen«, las sie leise vor. »Wer zur Hölle ist A. Müller aus Bremen?« Sie öffnete die Hülle, fand aber im Inneren nur den erwarteten silbern glänzenden Datenspeicher.

»Ich habe gerade mal schnell im Internet nachgesehen. Unter *Telefonbuch.de* sind alleine 7 Personen aus Bremen als A. Müller registriert. Es gibt aber noch unzählige Leute, die sich mit ihrem vollen Vornamen haben eintragen lassen, und von denen, die überhaupt nicht vermerkt sind, wollen wir gar nicht erst reden. Wie sollen wir da den oder die richtige A. Müller finden?«

Nachdenklich schaute Hedda auf den DVD-Stapel in Gesas Händen. »Und das ist ja auch nur ein Name. Wie viele haben wir insgesamt?«

Laut zählend schob Gesa die DVDs von einer Hand in die andere. »Es sind acht Hüllen mit unterschiedlichen Namen und Orten«, sagte Gesa entmutigt.

»Vielleicht sollten wir erst einmal nachsehen, was auf den DVDs drauf ist?«, schlug Hedda vor.

»Das ist wahrscheinlich eine gute Idee, aber ich habe Angst, dass ich noch mehr Dinge über meine Mutter erfahre, die ich eigentlich gar nicht wissen möchte«, antwortete Gesa.

***

Eine knappe Stunde später waren die beiden jungen Frauen in Neermoor angekommen. Ein Notizzettel auf dem Küchentisch verriet Hedda, dass ihr Onkel schon wieder unterwegs war. Kurz fragte sie sich, wohin er nun schon wieder verschwunden war, doch dann überwog doch die Freude darüber, dass sie den DVD-Player im Wohnzimmer ungestört benutzen konnten.

»Mit welcher wollen wir anfangen?«, fragte Hedda und zeigte auf den Hüllenstapel, den sie auf dem Couchtisch abgelegt hatte.

»Nimm einfach die oberste«, antwortete Gesa und schlug sich ängstlich die Hände vor die Augen. Sie fürchtete sich vor dem, was sie gleich zu sehen bekommen würde.

Hedda legte die ausgewählte CD in den Player ein, schaltete den Fernseher an und setzte sich, bewaffnet mit zwei Fernbedienungen, neben Gesa aufs Sofa. »Bereit?«

Gesa nickte. »Bereit!«

Auf dem Bildschirm erschien das Bild eines dicken, grauhaarigen Mannes. Er lag rücklings auf einem großen Bett. Mit Lederriemen waren seine Hand- und Fußgelenke an den Bettpfosten fixiert worden. Erwartungsvoll reckte er seinen Kopf Richtung Kamera.

Dabei musste er sich sichtlich anstrengen, um über seinen behaarten Bierbauch hinwegsehen zu können. Er war unbekleidet, trug aber glücklicherweise noch seine Unterhose.

Aus dem Off ertönte eine weibliche Stimme, die eindeutig Dagmar Janssen gehörte. »Warst du ein braver Junge?«, fragte sie streng.

Der alte Mann nickte heftig mit dem Kopf und gab dabei Laute von sich, die Hedda ansonsten nur von Hunden kannte.

»Und wieso liegst du dann jetzt hier, du geiler Bock, wo deine treudoofe Ehefrau doch zu Hause hockt und glaubt, du hättest ein geschäftliches Meeting?«

Für einen Moment schaute der Mann irritiert in die Kamera. Mit dieser Frage schien er nicht gerechnet zu haben. »Ich …«, begann er zu antworten, wurde aber sofort im harschen Befehlston von Dagmar Janssen unterbrochen.

»Du bist hier, weil du mal wieder kein braver Junge sein willst, habe ich recht? Du bist hier, weil du mich ficken willst!«

Die Irritation verschwand wieder aus dem Gesicht des Mannes und wich freudiger Erregung. Wieder nickte er heftig mit dem Kopf und imitierte dabei erneut einen hechelnden Hund.

»Kann dir deine Frau so etwas auch bieten?« Aus den Lautsprecherboxen war ein Rascheln zu hören.

Bestimmt zieht sie sich jetzt vor ihm aus, dachte Hedda.

Dieses Mal schüttelte der Mann heftig mit dem Kopf.

»Wenn du die Wahl hättest, mich nur dieses eine Mal ficken zu dürfen und dafür deine Frau nie wieder. Würdest du es tun?«

Mit heraushängender Zunge nickte der Mann derart heftig, dass das Bett unter ihm zu ächzen begann. Seine Erregung war anhand seiner ausgebeulten Unterhose deutlich erkennbar.

»Braver Junge! Dann lass uns anfangen!« Plötzlich trat eine nackte Frau ins Bild, die ihren Kopf unter einer ledernen Maske versteckt hatte. Sie hatte der Kamera den Rücken zugewandt, während sie auf das Bett zu stolzierte. Dann kletterte sie zu dem geifernden Mann aufs Bett, zog ihm mit einem Ruck die Unterhose aus und setzte sich ohne weitere Vorwarnung auf seinen Schoß.

»Mach das aus!«, schrie Gesa. Sie hielt sich eine Hand vors Gesicht und versuchte mit der anderen die Bilder, die via Fernsehmonitor auf sie einprasselten, von sich fernzuhalten.

Hedda stoppte die DVD, auch wenn sie selbst gerne noch gesehen hätte, wie es weiter gegangen wäre. Aber sie konnte ihre Freundin gut verstehen. Immerhin war es ihre Mutter, die dort in eindeutiger Pose auf dem Bildschirm zu sehen gewesen war.

»Oh, das ist mir so peinlich!«, jammerte Gesa. Die ganze Situation war ihr so unangenehm, dass sie es nicht einmal schaffte, Hedda anzusehen.

Hedda versuchte, sie zu beruhigen. Für sie war Sex, auch unter älteren Menschen, eine ganz natürliche Sache. Es war doch schön, dass Dagmar Janssen ihre körperlichen Bedürfnisse, auch nach dem Tod ihres Mannes, noch auslebte. Immerhin schien alles, was sie bisher erfahren und zu sehen bekommen hatten, freiwillig geschehen zu sein.

»Das mag ja sein ...«, stimmte Gesa ihr gequält zu. »... aber warum will sie denn unbedingt, dass ich mir das auch noch ansehen muss?

»Irgendwie haben diese Videos etwas mit ihrem Verschwinden zu tun. Es muss also irgendeinen versteckten Hinweis geben. Vielleicht kommt der ja erst später oder auf einem der anderen Videos«, spekulierte Hedda über Dagmar Janssens Absichten.

»Du glaubst doch wohl nicht, dass ich mir auch nur eine weitere Sekunde davon ...« Gesa zeigte demonstrativ auf den DVD-Stapel auf dem Wohnzimmertisch. »... ansehen werde.«

Nachdenklich schaute Hedda ihre Freundin an. »Soll ich mir die Videos vielleicht lieber alleine ansehen?«

»Würdest du das für mich tun?«

»Für dich würde ich fast alles tun«, sagte Hedda, beugte sich vor und drückte Gesa fest an sich.

Während Gesa sich damit ablenkte, im Internet nach weiteren Informationen über Lola Mathieu zu recherchieren, sichtete Hedda die verbliebenen Videos. Dabei konnte sie kaum Unterschiede zu dem ersten Film erkennen, wenn man mal von den variierenden männlichen Hauptdarstellern absah. Jedes Video begann genau gleich. Ein nackter Mann, der ans Bett gefesselt worden war, wurde von Dagmar Janssen zunächst befragt. Erst danach trat sie mit ihrer ledernen Maske ins Bild und vollzog den Geschlechtsakt mit ihm.

Wieso wollte sie, dass Gesa das sieht? Können uns diese Sexvideos wirklich einen Hinweis auf ihren Aufenthaltsort geben? Wird sie vielleicht gerade von einem der Männer gefangen gehalten? Mit jeder neuen DVD stellte Hedda sich die immer gleichen Fragen. Erst als sie die letzte Silberscheibe in das Abspielgerät steckte und konzentriert der Befragung des Mannes durch Dagmar Janssen lauschte, fiel ihr ein Detail auf, dass alle Männer gemein hatten. *Sie sind alle verheiratet, und diesen Umstand betont Gesas Mutter auch jedes Mal besonders deutlich! Vielleicht hat Dagmar Janssen die Männer ja mit den Aufnahmen erpresst?*

In diesem Moment klingelte ihr Handy. Ein Blick auf das Display ließ Hedda zusammenzucken. *Enno, den habe ich ja total vergessen.*

»Moin Enno ich habe dich total vergessen. Es tut mir so leid! Gesa ist spontan mit zu mir gekommen. Sie ist noch immer total durcheinander, weil doch ihre Mutter verschwunden ist. Außerdem haben wir eine Spur …«

»Was habt ihr rausgefunden?«, unterbrach Enno sie. Er klang schon wieder weder ärgerlich noch schockiert.

Hedda wunderte sich zwar darüber, dass er auf einmal überhaupt nicht mehr wütend zu sein schien, fasste aber dennoch die Ereignisse der letzten eineinhalb Tage für Enno kurz zusammen. Sie erzählte ihm von der versteckten *Facebook*-Botschaft, dem Schließfachschlüssel, den sie im Siphon von Gerda Janssens Haus gefunden hatten, den Einbruchspuren, ihrem Termin bei der Bank und der soeben erst beendeten Sichtung der Videos.

»Ich glaube, dass einer dieser Männer Gesas Mutter in seiner Gewalt hat. Dagmar Janssen hat nämlich jedem von ihnen die gleiche Frage gestellt: „Wenn du die Wahl hättest, mich nur dieses eine Mal ficken zu dürfen und dafür deine Frau nie wieder. Würdest du es tun?"« Hedda machte eine kurze Pause. Es fiel ihr schwer, sich an den Gedanken zu gewöhnen, dass Gesas Mutter eine Erpresserin sein könnte.

»Du glaubst also, sie hat sich die Männer bewusst ausgesucht, damit sie anschließend die heimlich mitgeschnittenen Videos gegen sie verwenden kann?«, fasste Enno das Gehörte zusammen.

»Ich fürchte schon«, bestätigte Hedda. Ihr war ganz unwohl in ihrer Haut. Wie würde Gesa wohl die neuerliche Enthüllung über ihre Mutter verkraften?

»Dann musst du jetzt nur noch herausfinden, wer diese Männer sind«, sagte Enno. »Oder aber endlich zur Polizei gehen.«

»Enno, du weißt, dass ich das nicht kann. Erst recht nicht nach allem, was wir gerade herausgefunden haben. Davon darf die Polizei nichts erfahren. Das können wir Gesa nicht antun.«

»Aber wenn ihr diese Dagmar Janssen wirklich finden solltet, dann erfährt es die Polizei doch sowieso. Oder wollt ihr den Entführer etwa hinterher einfach so davonkommen lassen?«

Damit hat er recht. Vielleicht sollten wir mit unseren Erkenntnissen doch lieber gleich zur Polizei gehen. Hedda wusste nicht mehr, was die richtige Entscheidung war. »Ich werde das gleich mit Gesa besprechen. Versprichst du mir, dass du nichts verrätst, egal wie wir uns entscheiden.«

Enno schwieg einen Augenblick lang. Dann stimmte er Heddas Vorschlag zähneknirschend zu. »Aber nur, wenn du mich über eure weiteren Aktionen ständig auf dem Laufenden hältst«, stellte er eine abschließende Bedingung.

»Einverstanden!« Dieses Wort kam Hedda so überraschend schnell über die Lippen, dass sie über sich selbst erstaunt war. Aber irgendwie war sie sehr erleichtert, bei ihren weiteren Ermittlungen zumindest Enno an ihrer Seite zu wissen.

»Okay, dann rede du jetzt mit Gesa und sag mir Bescheid, für welchen Weg ihr euch entschieden habt.«

»Wird sofort erledigt!«, scherzte Hedda im militärischen Tonfall.

»Aber vergiss mich nicht noch einmal!«

An seinem Tonfall konnte Hedda erkennen, dass Enno ihr wirklich nicht mehr böse zu sein schien. »Das passiert mir nie wieder. Versprochen!«

Nachdem sie das Telefonat mit Enno beendet hatte, ging sie zu Gesa hinauf, die sich in Heddas Zimmer zurückgezogen hatte und gebannt auf den Laptop-Monitor starrte. Neben der Tastatur lag ein handgeschriebener Zettel, auf dem Gesa sich einen Haufen Notizen gemacht hatte.

»Hast du was herausgefunden?«

Erschrocken wirbelte Gesa auf ihrem Schreibtischstuhl herum. Sie presste sich die flache Hand auf die Brust und schaute Hedda aus weit aufgerissenen Augen an. »Willst du mich umbringen? Du hast mich zu Tode erschreckt.«

»Sorry! Ich dachte, du hättest mich reinkommen hören.«

»Schon okay. Schau mal, was ich gefunden habe.« Gesa nahm ihren Notizzettel zur Hand, erhob sich von ihrem Stuhl und ging auf Hedda zu. »Meine Mutter hat insgesamt neun erotische Kurzgeschichten veröffentlicht.«

»Ja, und?«, reagierte Hedda enttäuscht. Sie hatte nun wirklich eine brisantere Neuigkeit erwartet.

»Nun sei doch nicht so ungeduldig. Das Beste kommt ja noch. Schau mal hier!« Gesa zeigte mit ihrem Finger auf eine Stelle auf dem Zettel, die sie mit Kugelschreiber mehrfach umrandet hatte.

»Das sind Vornamen und Berufe. Inwiefern hilft uns das, deine Mutter zu finden?«

»Schau doch mal genauer hin!« Gesa hielt ihr den Zettel noch näher unter dir Nase.

Hedda nahm ihrer Freundin den Zettel aus der Hand. Erst jetzt bemerkte sie, dass jeweils der erste Buchstabe der Vornamen ebenfalls unterstrichen war. Lediglich einen Vornamen hatte Gesa dabei ausgelassen. »Ergeben die Anfangsbuchstaben eine Art Lösungswort?«, begann Hedda zu raten.

»Nein!« Gesa lachte. »Warte kurz!«

Hedda hörte ihre Freundin die Treppenstufen nach unten eilen. Wenige Augenblicke später stand sie wieder im Zimmer und breitete die DVD-Hüllen auf dem Fußboden aus.

»Erkennst du es jetzt?«, fragte sie leicht außer Atem.

Heddas Augen wanderten von Gesas Notizzettel zu den DVDs und wieder zurück. »Die Anfangsbuchstaben der Vornamen stimmen mit den abgekürzten Namen auf den Covern überein. Deshalb warst du vorhin also noch mal unten und hast dir die Hüllen kurz ausgeliehen«, stellte Hedda fest. »Das kann aber auch ein Zufall sein.«

»Das habe ich auch zuerst gedacht. Ich hatte mir die Namen und die Berufe aus den Klappentexten der Bücher herausgesucht. Aber dann bin ich angefangen, in den einzelnen Büchern zu lesen, und habe dabei das hier herausgefunden.« Jetzt zeigte sie auf eine Art Tabelle, die sie am unteren rechten Rand der Seite angelegt hatte. Links standen der Vorname und der Beruf der Romanfigur. Rechts der zum Anfangsbuchstaben passende Nachname und der Ort von der DVD-Hülle. In der Mitte war eine Spalte, die bis auf eine Ausnahme leer war.

»Wieso hast du nur in einer Zeile den Ort eingetragen?«, fragte Hedda verwundert.

»Weil es der einzige Name ist, bei dem der Ort nicht nur auf der Hülle, sondern auch im Roman genannt wird«, erklärte Gesa.

»Woher weißt du das?«

»Ich habe mir alle E-Books meiner Mutter auf den Laptop heruntergeladen und habe anschließend den Text nach den Ortsnamen durchsucht. Das geht mit der Suchfunktion des E-Reader-Programmes kinderleicht. Ich vermute, meine Mutter hat in diesem einen Fall einen Fehler gemacht. Denn eigentlich wohnt die Romanfigur in Emden, nur ein einziges Mal wohnt der Hauptdarsteller plötzlich in Aurich.«

Nachdenklich zwirbelte Hedda mit dem Zeigefinger in ihrem Pony herum. »Du meinst also, die Romanfiguren sind den Kerlen aus den Videos nachempfunden.«

Gesa nickte euphorisch.

»Aber wieso sind es dann nur acht DVDs, wenn wir doch neun Romane haben?«, überlegte Hedda skeptisch.

»Das weiß ich auch noch nicht!«, stöhnte Gesa genervt. »Aber immerhin haben wir einen neuen Ansatzpunkt. Wir wissen jetzt, wo wir einen der Männer finden können, den meine Mutter heimlich gefilmt hat.«

»Du weißt, wo er wohnt?«, fragte Hedda aufgeregt.

»Das nicht, aber ich weiß, wo er arbeitet.« Mit einem stolzen Grinsen im Gesicht ging Gesa zurück zum Laptop und öffnete eines der unzähligen Fenster, das sie zuvor minimiert hatte. Auf dem Monitor war die Homepage einer Anwaltskanzlei zu sehen. »Siehst du!«

Hedda brauchte einen Moment, um den Mann, der ihr jetzt im schicken Anzug seriös entgegenlächelte, wiederzuerkennen. Sie hatte ihn bisher schließlich nur nackt und ans Bett gefesselt gesehen. »Das ist wirklich der Typ vom Video!«, bestätigte sie.

»Wusste ich es doch!«, triumphierte Gesa erneut. »Wir rufen da gleich an und lassen uns einen Termin geben.« Sie hatte ihr Handy bereits in der Hand, als Hedda sie zurückhielt.

»Warte! Wenn der wirklich Anwalt ist, kriegen wir da niemals so kurzfristig einen Termin.«

»Aber was sollen wir denn sonst machen?«, fragte Gesa verzweifelt. »Wir können doch nicht nur rumsitzen und abwarten.«

In Gedanken versunken, begann Hedda erneut damit, mit ihren Haaren zu spielen. »Wir fahren einfach hin und setzen ihm die Pistole auf die Brust«, sagte sie entschlossen.

Kapitel 9

Die Kunst zu Lügen

Nachdem Hedda Gesa von ihrem Verdacht, Dagmar Janssen könnte die Männer mit den Videos erpresst haben, berichtet hatte, hatten die beiden jungen Frauen noch lange darüber diskutiert, ob es nun besser wäre, die Polizei einzuschalten oder nicht. Am Ende war man erneut zu der Überzeugung gelangt, dass Gesas Mutter in diesem Fall ihre Botschaft sicherlich direkt an die Polizei verschickt hätte. Es musste aus ihrer Sicht also einen guten Grund geben, weshalb die Polizei nichts von alledem erfahren sollte.

Wie versprochen, hatte Hedda auch Enno über diese Entscheidung informiert und ihn außerdem auf den neuesten Stand der eigenen Ermittlungen gebracht. Obwohl er es weiterhin für einen Fehler hielt, die Suche nach Gesas Mutter ohne die Unterstützung der Polizei voranzutreiben, hielt er sich an sein Wort und versprach erneut, die Informationen nicht an seine Berufskollegen weiterzugeben. Jedoch bestand er darauf, die Freundinnen bei ihrem unangekündigten Besuch in die Auricher Anwaltskanzlei zu begleiten.

Enno saß am Steuer, Hedda auf dem Beifahrersitz und Gesa auf der Rückbank. Während der halbstündigen Autofahrt schaute Hedda immer wieder verlegen zu Enno hinüber. Am liebsten hätte sie ihm ihre Hand auf den Oberschenkel gelegt, ihm gesagt, wie gerne sie in seiner Nähe war und damit dieses ewige Herumgeeiere zwischen ihnen ein für alle Mal beendet. Auch hätte sie sich gerne auch noch einmal persönlich bei ihm dafür entschuldigt, dass sie sein Jungfrauen-Geheimnis an ihre beste Freundin verraten hatte. Doch die auf der Rückbank sitzende Gesa schien nicht nur sie, sondern auch Enno irgendwie zu hemmen. Denn auch er war unerwartet schweigsam und wirkte zudem äußerst angespannt. Schließlich hatten sich die beiden erst vor wenigen Minuten zum allerersten Mal getroffen.

Sie parkten in der Tiefgarage vom *Carolinenhof*, einem überdachten Einkaufszentrum, in dem es neben einigen Geschäften auch noch ein Fitnessstudio gab. Früher hatte es hier auch noch ein Kino und eine Diskothek gegeben, aber die Betreiber des in die Jahre gekommenen Lichtspielhauses hatten zwischenzeitlich ein neues, moderneres Objekt bezogen, und der Tanztempel war ebenfalls bereits vor längerer Zeit geschlossen worden. Von dem Einkaufszentrum aus gingen sie eine kleine gepflegte Grünanlage, den *Georgswall,* entlang und fanden sich anschließend in der Auricher Fußgängerzone wieder. Über die Marktpassage gelangten sie schließlich zum Marktplatz, wo sich auch die Anwaltskanzlei befand, die sie aufsuchen wollten.

Neben der Eingangstür der Kanzlei war ein großes Messingschild angebracht worden.

Dr. Tjard Saathoff, Rechtsanwalt, Notar, Fachanwalt für Familienrecht, las Hedda die Inschrift. »Da wollen wir doch mal sehen, was der Experte für Familienrecht zu unserem Videomitschnitt zu sagen hat«, versuchte sie, mit einem Witz ihre eigene Anspannung zu verbergen.

»Darf ich die DVD-Hülle noch mal sehen?«, fragte Enno, der immer noch nicht hundertprozentig verstanden hatte, wie Hedda und Gesa den Anwalt ausfindig gemacht hatten.

»Aber sicher!« Gesa holte die besagte DVD aus ihrer Handtasche und reichte sie Enno.

T. Saathoff, Aurich, las Enno die handschriftliche Notiz auf dem Cover.

»Und hier hast du den Ausschnitt aus dem Roman meiner Mutter, in dem sie einmalig Aurich statt Emden geschrieben hat.« Gesa reichte ihm einen bedruckten Zettel, auf dem eine Zeile mit Textmarker gegilbt worden war.

Tjard war nicht nur der erfolgreichste Anwalt in Aurich, sondern auch der attraktivste Mann, den Lola seit Langem gesehen hatte, las Enno die Passage durch. »Die weibliche Hauptfigur in den Romanen heißt auch Lola?«, fragte er amüsiert.

»Ja, aber das ist doch auch vollkommen egal«, antwortete Gesa gereizt. »Entscheidend ist, dass wir nur durch diesen Fehler im Roman die Daten von der DVD-Hülle mit denen aus dem Roman verknüpfen konnten.«

»Das habe ich schon verstanden«, grinste Enno. »Dann lasst uns mal reingehen!«

Das Vorzimmer der Kanzlei war stylish eingerichtet und machte durchaus Eindruck. Jedes Detail schien mit dem Gesamtkonzept des Raumes abgestimmt worden zu sein. Hier passte nicht nur der Teppich zur Tapete und der Schreibtisch zum Aktenschrank, sogar die Vorzimmerdame schien in einem passenden Katalog ausgewählt worden zu sein.

Hedda, Enno und Gesa hatten die Glastür zur Kanzlei gerade geöffnet, da kam die junge Frau auch schon hinter ihrem Schreibtisch hervorgeschossen, um sie mit einem strahlenden Lächeln zu begrüßen. Hedda schätzte, dass die junge Angestellte mit den langen blondgefärbten Haaren, den manikürten Fingernägeln und den falschen Wimpern höchstens ein oder zwei Jahre älter war, als sie selbst. Der perfekte Körper, der pralle Rundungen nur dort aufwies, wo Frau sie sich auch wünschte und die vollmundigen, aber natürlich wirkenden Lippen schienen jedoch ohne chirurgische Unterstützung entstanden zu sein.

Während Ennos Augen bei diesem Anblick zu leuchten begannen, waren Heddas und Gesas Blicke eher von Neid getrübt. Ein kurzer Augenkontakt genügte und beide wussten, was die jeweils andere gerade dachte. Was hingegen Enno sich in diesem Moment vorstellte, wollte Hedda lieber gar nicht wissen. Dabei war sie doch eigentlich überhaupt nicht eifersüchtig. Oder etwa doch? Waren ihre Gefühle für Enno etwa tiefer, als alles, was sie bisher kannte? Sie spürte das ungewohnte Verlangen, der falschen Blondine an die Gurgel zu springen. Zeitgleich fragte sie sich, ob sie Enno zuliebe ihre schwarz gefärbten Haare wieder ihrem natürlichen Blond opfern sollte.

»Guten Tag, wie kann ich Ihnen helfen?«, fragte die Rechtsanwaltsgehilfin freundlich.

»Wir wollen zu Dr. Saathoff«, sagte Hedda entschlossen.

Die junge Frau schaute sie überrascht an. »Haben Sie einen Termin? Dr. Saathoff ist nämlich eigentlich heute nicht mehr zu sprechen.«

»Nein, wir haben keinen Termin, aber wir haben das hier!« Gesa holte aus ihrer Handtasche die DVD-Hülle heraus, in der sich die CD mit der kompromittierenden Aufnahme des Juristen befand.

»Was ist das?«, fragte die junge Angestellte und versuchte zeitgleich, nach der DVD zu greifen.

Reflexartig zog Gesa ihre Hand zurück und verstaute die Hülle wieder in ihrer Handtasche. »Das möchten wir gerne mit Herrn Dr. Saathoff persönlich besprechen«, antwortete sie schnippisch.

An der Bewegung ihrer Augen konnte Hedda erkennen, dass die aufgetakelte Schönheit gerade im Kopf die verschiedenen Optionen abwägte. Sollte sie einen Anschiss von ihrem Chef riskieren, weil sie die vor ihr stehenden Mandanten wegen einer Lappalie zu ihm durchgelassen hatte oder würde sie mehr Ärger bekommen, wenn sie bei ihrer konsequenten Haltung blieb und die unangekündigten Besucher höflich darum bat, sich doch einen Termin in den kommenden Wochen geben zu lassen.

»Glauben Sie mir, er wird das lieber persönlich sehen wollen, bevor wir es ungefragt bei *YouTube* hochladen«, mischte sich jetzt auch Enno in das Gespräch ein.

Seine Stimme und sein sanftes Lächeln wirkten dabei so vertrauenserweckend, dass sich in Hedda schon wieder das kleine Eifersuchtsmonster bemerkbar machte. *Flirtet der jetzt etwa mit ihr?*

»Warten Sie einen Moment, ich werde kurz mit Herrn Dr. Saathoff über Ihr Anliegen sprechen«, seufzte seine Mitarbeiterin. Sie drehte sich um und ging auf den verglasten Raum zu, der sich direkt an ihr Vorzimmer anschloss und nur durch ein paar Lamellen vor eindringenden Blicken geschützt war.

Hedda bemerkte genau, wie Ennos Blick dabei auf ihren wackelnden Rundungen ruhte, die unter einem grenzwertig kurzen Rock versteckt lagen. Sie fand es zwar generell in Ordnung, wenn Frauen ihre Weiblichkeit zeigten und hin und wieder sogar zu ihrem Vorteil einsetzten. Aber dass Enno diese Vorzüge zu gefallen schienen, störte sie doch mehr, als sie erwartet hatte.

»Das nächste Mal nehme ich dich nicht wieder mit«, zischte sie ihn von der Seite aus an, kurz nachdem die junge Frau im Büro ihres Chefs verschwunden war.

»Was, wieso das denn nicht?«, fragte Enno irritiert. Er verstand überhaupt nicht, warum Hedda ihm gegenüber auf einmal so feindselig reagierte.

Gesa grinste. »Lass ihn doch«, flüsterte sie Hedda zu.

»Wovon redet ihr da bitte?« Enno schaute abwechselnd nach links und dann wieder nach rechts. Aber während Heddas Mine versteinert wirkte, schien Gesa von der Situation eher belustigt zu sein.

Im gleichen Moment kam der Anstoß des Ärgers wieder aus dem Büro stolziert. »Herr Dr. Saathoff hat aber wirklich nur ganz kurz Zeit!«, betonte sie und wies Hedda und ihre Begleiter an, sich direkt in das Büro zu begeben.

Dr. Saathoff erhob sich zur Begrüßung aus seinem ledernen Chefsessel und begrüßte jeden mit einem freundlichen Handschlag. »Guten Tag, was kann ich für Sie tun?«

Im Gegensatz zu einigen anderen Männern, die Hedda auf den Videos gesehen hatte, war er durchaus als attraktiv zu beschreiben. Er war von großer, sportlicher Statur, hatte dunkle Haare, die an den Schläfen bereits fast vollständig ergraut waren und machte auch sonst einen gepflegten Eindruck. Sein Anzug war maßgeschneidert, seine Lackschuhe glänzten im Licht der Halogenstrahler und die dunkelblaue Krawatte war aus reiner Seide. Wenn Hedda seinen entspannten Gesichtsausdruck richtig deutete, hatte er keine Ahnung, was gleich auf ihn zukommen würde.

»Wir sind auf der Suche nach meiner Mutter«, platzte es aus Gesa heraus. Aus leicht zusammengekniffenen Augen schaute sie den Anwalt so böse an, als wüsste sie bereits, dass er sie in seiner Gewalt hatte.

»Ihrer Mutter?« In der Hoffnung, im Gesicht seiner Gesprächspartnerin ein Wiedererkennungsmerkmal zu finden, scannten Dr. Saathoffs Augen Gesas Gesicht. »Und wer genau ist Ihre Mutter?«

»Dagmar Janssen«, antwortete Gesa.

»Entschuldigen Sie bitte, müsste ich Ihre Mutter kennen?« Er zuckte unwissend mit den Schultern.

»Sie kennen Sie vielleicht eher unter dem Namen Lola Mathieu«, sprang Hedda ihrer Freundin zur Seite.

Der Jurist schob seine Unterlippe leicht vor und kratzte sich nachdenklich über das glattrasierte Kinn. »Es tut mir leid, aber ich kenne definitiv auch keine Lola Mathieu. An einen derart ausgefallenen Namen könnte ich mich mit Sicherheit erinnern. Bei dem ersten Namen bin ich mir nicht hundertprozentig sicher. Immerhin ist Janssen ein sehr häufiger Nachname in Ostfriesland. Aber auf Anhieb fällt mir dazu einfach kein Gesicht ein.«

»Das mag daran liegen, dass sie bei ihren Treffen immer eine Ledermaske getragen hat« Gesa bedachte den Anwalt mit einem verächtlichen Blick.

Erst riss Dr. Saathoff erschrocken die Augen auf, dann wich die Farbe aus seinem Gesicht. »Wollen wir uns vielleicht lieber setzen?« Er zeigte auf einen runden Tisch mit vier darum angeordneten Stühlen. Sein entspannter Gesichtsausdruck war einer äußerst besorgten Miene gewichen.

Hedda, Enno und Gesa setzten sich, während Dr. Saathoff zu seinem Schreibtisch ging, nach dem Telefonhörer griff und seine Mitarbeiterin darum bat, eine Kanne Kaffee in sein Büro zu bringen und anschließend seine weiteren Termine abzusagen.

Dann setzte er sich auf den verbliebenen freien Stuhl, lehnte sich zurück und verschränkte die Arme vor der Brust. »Also, was soll das hier werden? Wollen sie mich auch erpressen? Habe ich nicht schon genug bezahlt?« Er wirkte plötzlich angriffslustig und überhaupt nicht wie ein Mann, dessen Ehe gerade auf dem Spiel stand. War er vielleicht überhaupt nicht mehr verheiratet?

Hedda schielte möglichst unauffällig auf seine rechte Hand. An seinem Ringfinger trug er einen schlichten weißgoldenen Ring. *Er scheint also immer noch verheiratet zu sein?*

»Was meinen Sie damit, ob wir Sie auch erpressen wollen?«, fragte Enno.

Dr. Saathoff fixierte Enno mit einem stechenden Blick. »Lassen wir doch die Spielchen und reden stattdessen Klartext. Sie sind nicht hier, weil Sie ihre Mutter suchen.« Sein Blick schwenkte kurz zu Gesa hinüber. »Sie sind hier, weil Sie mir noch mehr Geld aus der Tasche ziehen wollen. Was ist passiert? Ist die Kunstmasche Ihrer Klientin …« Er setzte das letzte Wort mit einer symbolischen Handbewegung in Anführungszeichen. »… endlich aufgeflogen?« Angriffslustig schaute er jetzt wieder Enno an. Er schien ihn, wahrscheinlich aufgrund seines Alters, für den Kopf der Gruppe zu halten.

»Wir sind wirklich auf der Suche nach meiner Mutter«, betonte Gesa. Sie klang jetzt eher verzweifelt als anklagend. »Sie ist plötzlich verschwunden, hat uns über *Facebook* aber einen versteckten Hinweis auf das hier gegeben.« Sie zog die DVD-Hülle mit den nicht jugendfreien Aufnahmen des Anwalts heraus und legte sie vor sich auf den Tisch.

Dr. Saathoff wollte sofort danach greifen, aber bevor er das Videomaterial an sich nehmen konnte, hatte Enno es bereits mit seiner flachen Hand gesichert.

»Sie wissen, was auf der DVD zu sehen ist?«, fragte Hedda.

Der Jurist schluckte schwer, nickte und schaute dann betroffen auf die Tischplatte. Er schwieg einen Moment und ordnete seine

Gedanken, bevor er wieder das Wort ergriff. »Ich liebe meine Frau. Wir sind seit der Schulzeit zusammen und haben drei wundervolle Kinder. Ich bin nicht stolz auf das, was damals geschehen ist, aber ich kann es auch nicht mehr rückgängig machen. Ich war sogar in therapeutischer Behandlung wegen meines einmaligen amourösen Abenteuers. Dort hat man mich jedoch davon überzeugt, dass ein Geständnis gegenüber meiner Frau nur egoistisch wäre. Ich würde sie belasten, nur um mein Gewissen zu entlasten. Ich würde ihr die schwerwiegende Entscheidung aufbürden, ob sie mich zur Hölle jagen oder ob sie uns – und damit auch unserer Familie – noch eine Chance geben soll. Das wäre nicht fair gewesen. Darum habe ich mich entschieden, mit meiner Schuld zu leben und mir ebenfalls die Verschwiegenheit der Dame zu erkaufen, die mich in ihre perfide Falle gelockt hat. Seitdem kaufe ich jedes beschissene Gemälde, das sie mir zum Kauf anbietet. Und wissen Sie, was das Schlimmste daran ist?« Er machte eine dramaturgische Pause. »Meine Frau liebt die Bilder sogar. Sie hängen bei uns im ganzen Haus, sogar im Schlafzimmer hängt eines davon. Ich kann also kaum einen Schritt in meinen eigenen vier Wänden machen, ohne immer wieder daran erinnert zu werden, was für ein schwanzgesteuerter Idiot ich gewesen bin.« Er stützte sich mit dem linken Ellenbogen auf der Tischplatte ab und presste seine Stirn gegen seine Fingerkuppen.

Hedda glaubte, in seinen Augen ehrliches Bedauern zu erkennen. Der selbstbewusste Anwalt von eben war jetzt nur noch ein Häufchen Elend. Sie dachte über seine Worte nach. Von dieser Perspektive hatte sie das Ganze noch nie betrachtet. Bis vor wenigen Minuten hätte sie jeden Fremdgeher, der nicht Manns genug war, seine Tat auch einzugestehen, noch auf das Schärfste verurteilt. Aber sie war überzeugt davon, dass Dr. Saathoff wirklich unter seinem Seitensprung litt, und dass seine Entscheidung, seiner Frau nichts davon zu erzählen, in seinem Fall daher nicht auf Feigheit, sondern tatsächlich auf Rücksichtnahme beruhte. Wenn eine Beziehung seit so vielen Jahren Bestand hatte, warum sollte man dann den betrogenen Partner mit der Wahrheit belasten, wenn man doch selbst ohnehin schon genug darunter litt?

»Wie meinen Sie das, Sie haben Ihre Gemälde gekauft?«, fragte Gesa stutzig.

Dr. Saathoff wischte sich eine Träne aus dem Augenwinkel und schaute Gesa direkt an. »Kurz nachdem ihre Mutter und ich …« Er stockte, senkte den Kopf, schaute dann aber wieder zu Gesa auf. »Na, Sie wissen schon. Kurz danach habe ich von ihr eine E-Mail erhalten, in der sie mir ein Bild zum Kauf angeboten hat. Der Preis war aus meiner Sicht vollkommen überzogen und das Gemälde entsprach zudem überhaupt nicht meinem Geschmack. Außerdem wollte ich lieber jeglichen Kontakt zu dieser Frau abbrechen. Ich hatte zu der Zeit ohnehin schon genug damit zu tun, mit meinem Fehltritt zurechtzukommen. Darum habe ich ihr Angebot zunächst höflich abgelehnt.«

»Aber damit hat sie sich nicht zufriedengegeben, stimmts?«, fragte Enno.

»Das stimmt. Kurz darauf bekam ich eine weitere E-Mail. Im Anhang fand ich den Videomitschnitt.« Dr. Saathoff zeigte auf die DVD, die immer noch unter Ennos flacher Hand lag. »Sie schrieb mir, wie sehr sie die Zeit mit mir genossen hätte, und dass sie am liebsten der ganzen Welt von unserem unglaublichen Sex erzählen möchte. In diesem Moment wurde mir klar, dass sie das alles von vornherein so geplant haben musste.«

»Wie haben Sie Dagmar Janssen denn überhaupt kennengelernt?«, fragte Hedda neugierig.

»Ich hatte einen Kongress in Hamburg. Da die Veranstaltung viel länger gedauert hatte, als geplant, habe ich spontan entschieden, die Nacht in einem Hotel zu verbringen. Der Haussegen hing bei uns ohnehin gerade schief, da meine Frau und ich uns häufiger über die Kindererziehung gestritten hatten. Mich zog es daher zu diesem Zeitpunkt nicht unbedingt nach Hause und so verbrachte ich den Abend mit zwei Kollegen an der Bar eines noblen Hotels. Ihre Mutter war mir sofort aufgefallen, als sie den Raum betrat. In ihrem atemberaubenden Kleid zog sie sofort die Blicke aller Männer auf sich. Sie setzte sich direkt neben mich und im Laufe des Abends kamen wir ins Gespräch. Als meine Kollegen sich längst verabschiedet hatten, saßen wir noch immer an der Theke, tranken und lachten zusammen. Mit der Zeit wurden die Witze schlüpfriger, die Blicke tiefer und es kam auch zu den ersten zaghaften Berührungen. Trotzdem glaubte ich zu diesem Zeitpunkt, immer noch die Kontrolle zu haben. Ein kleiner Flirt wird ja wohl noch erlaubt sein, hatte ich mich immer wieder selbst beruhigt. Doch

plötzlich fand ich mich in ihrem Hotelzimmer wieder und dann ...
nun ja ... den Rest kennen Sie ja.«

Hedda, Enno und Gesa tauschten stumme Blicke miteinander aus.
Sie hatten genug gehört, verabschiedeten sich von dem Anwalt und
versprachen, das Video zu vernichten, sobald sie Dagmar Janssen
gefunden hatten. Auf dem Rückweg zur Tiefgarage tauschten sie
sich über ihre Eindrücke und das weitere Vorgehen aus. Sie
glaubten Dr. Saathoff, dass er nichts mit dem Verschwinden von
Gesas Mutter zu tun hatte.

Der Anwalt hatte ihnen viele neue Informationen geliefert. So
wussten sie jetzt immerhin, dass sie mit ihrem Verdacht, Dagmar
Janssen könnte die Videos benutzt haben, um die Männer zu
erpressen, richtig lagen. Mehr noch, sie kannten jetzt zudem die
Vorgehensweise, mit der Gesas Mutter die Straftaten zu vertuschen
versuchte.

*Eigentlich ganz schön clever, die Erpressungsgelder als legalen
Kunstkauf darzustellen*, dachte Hedda, sagte aber lieber nichts.
Gesa schien schon genug unter der Gesamtsituation zu leiden.

»Wir sollten noch einmal zur Sparkasse gehen und uns die
Kontoauszüge ansehen«, schlug Enno vor.

»Was soll das denn bringen?«, fragte Gesa. »Wir haben doch
schon die Namen der Männer. Jetzt wo wir wissen, dass die Orte
auf den DVD-Covern richtig und die in den Romanen nur
ausgedacht sind, müssen wir doch nur die Informationen
kombinieren und im Internet recherchieren. Genauso, wie wir es bei
Dr. Saathoff auch getan haben.«

»Nein Gesa, ich glaube, Enno hat recht«, gab Hedda zu bedenken.
»Einige Anfangsbuchstaben waren ja auch doppelt vorhanden. Da
wird es schwierig, den richtigen Vornamen aus dem richtigen
Roman zuzuordnen. Wenn wir nach den betreffenden
Geldeingängen suchen, können wir über die Bankleitzahl des
Zahlers eventuell auch Rückschlüsse auf seinen Wohnort ziehen.
So kommen wir vielleicht schneller auf die Spur der verbliebenen
sieben Verdächtigen.«

»Sieben?«, fragte Enno. »Ich dachte, es wären insgesamt neun
Männer gewesen. Wir müssen also noch ganze acht ausfindig
machen.«

»Nein!«, erklärte Gesa ihm. »Es waren neun Bücher, aber nur acht
DVDs.«

»Merkwürdig! Wieso sollte deine Mutter jedes ihrer Opfer in einem Roman verarbeitet haben, nur den einen nicht?« Enno schaute Gesa fragend an.

»Keine Ahnung!«, reagierte Gesa genervt. »Vielleicht ist die Videoaufnahme nicht gelungen oder meine Mutter mochte diesen Mann wirklich. Vielleicht hat sie aber auch zur Abwechslung einfach mal ein Buch geschrieben, ohne vorher irgendeinen abgewrackten Kerl mit seinen erbärmlichen Bildaufnahmen zu erpressen. Was weiß denn ich.«

In diesem Moment kehrte eine Erinnerung in Heddas Gedächtnis zurück, die sie in der ganzen Hektik vollkommen vergessen hatte.

»Oder irgendjemand hat dafür gesorgt, dass wir die neunte DVD nicht in die Hände bekommen.«

»Wie meinst du das?«, fragte Enno.

»Als wir beim letzten Mal in der Bank waren, ist die Mitarbeiterin alleine mit Gesa zum Schließfach gegangen. Ich durfte nicht mitkommen, obwohl Gesa sogar darum gebeten hatte. Das fand ich schon irgendwie merkwürdig. Noch seltsamer fand ich jedoch, dass sie mit dem Inhalt des Schließfaches in ihrem Büro verschwunden ist, um ihn zu dokumentieren. Davon habe ich noch nie etwas gehört.«

»Du meinst, sie könnte heimlich eine der DVDs entwendet haben?« Enno schaute Hedda fragend an.

»Sie hat gesagt, sie müsse den Inhalt dokumentieren, weil sie meiner Mutter gegebenenfalls nachweisen muss, was ich aus dem Schrankfach entnommen habe. Ich fand die Begründung durchaus einleuchtend. Ich könnte ja ansonsten einfach das Fach leerräumen und hinterher behaupten, ich wäre es nicht gewesen«, wendete Gesa ein.

»Das sollten wir unbedingt überprüfen!«, sagte Enno entschlossen.

***

Nach einer halbstündigen Autofahrt standen sie wieder in der Filiale der Sparkasse in Esens. Die Mitarbeiterin, die sie beim letzten Mal bedient hatte, war angeblich bis zum Ende der kommenden Woche krankgeschrieben. Aber ihr Vertreter, ein junger gut aussehender Anzugträger, gab sich große Mühe, den

Wünschen und Fragen der beiden Freundinnen gerecht zu werden. Enno hingegen beachtete er kaum, er war viel zu sehr damit beschäftigt, mit Hedda und Gesa zu flirten. Aufgrund seines Aussehens schätzte Hedda, dass es sich wahrscheinlich um einen Auszubildenden handelte.

Zufrieden nahm Hedda aus dem Augenwinkel wahr, dass Enno das offenkundige Interesse des Sparkassenmitarbeiters überhaupt nicht zu gefallen schien. *Geschieht dir ganz recht!*, dachte sie. *Jetzt weißt du mal, wie ich mich gefühlt habe, als du der blonden Anwaltstussi auf den Hintern geglotzt hast.*

»Hier haben Sie die Umsatzliste der letzten zwölf Monate«, sagte der junge Mann und legte einen Stapel Ausdrucke auf den Tisch. »Eigentlich darf ich Ihnen die gar nicht so ausdrucken.« Er zeigte mit dem Finger auf eine Zeile, die am unteren Rand der Seite angedruckt worden war.

Nur zur internen Verwendung, las Hedda.

»Aber hier finden Sie alles, was Sie an Informationen brauchen, inklusive der Bankleitzahl der Zahlungsempfänger und Absender.«, erklärte er weiter. »Und zwei so nette Ladys werden doch sicherlich nicht rumerzählen, dass ich ihnen einen Gefallen getan habe, oder?« Er zwinkerte den Freundinnen zu.

»Selbstverständlich nicht«, antwortete Hedda und setzte dabei absichtlich den Unterton ein, denn sie ansonsten nur beim gelegentlichen Flirten verwendete. Es machte ihr richtig Spaß, Enno ein bisschen zu ärgern.

»Eine Frage habe ich noch«, mischte sich Enno in das Gespräch ein. Seine Stimme klang so bestimmend und fordernd, dass der junge Mann vor Schreck kurz zusammenzuckte. »Wenn ein Bevollmächtigter an ein Schließfach möchte, wird dann dokumentiert, was er herausgenommen hat?«

Der Sparkassenmitarbeiter schaute Enno stutzig an. Er ahnte, dass sein Gesprächspartner die Frage nicht nur aus bloßer Neugierde gestellt hatte. »Eigentlich nicht«, antwortete er zögerlich. »Wieso fragen Sie?«

»Ach, nur so«, winkte Enno ab und stand auf. »Vielen Dank für Ihre Hilfe!« Er reichte dem jungen Mann die Hand und verabschiedete sich. Gesa und Hedda taten es ihm gleich und folgten Enno nach draußen.

»Meinst du, es stimmt, was er gesagt hat? Der sah so verdammt jung aus. Als Auszubildender weiß er es vielleicht nicht genau. Er wirkte bei der Frage auch ein wenig nervös«, sprach Hedda ihre Gedanken laut aus.

»Also, wenn den etwas unruhig gemacht hat, dann nur die Anwesenheit von euch beiden«, antwortete Enno.

Hedda und Gesa grinsten sich vielsagend an.

»Ich glaube, er war sich nur unsicher, warum ich ihn gefragt habe. Fachlich schien er mir sehr kompetent zu sein. Manchmal wissen es die jungen Leute viel besser als die Alteingesessenen. Schließlich haben sie alles gerade erst frisch gelernt«, kam Enno auf den Ernst der Lage zurück. »Ich gehe derzeit davon aus, dass die Mitarbeiterin die fehlende DVD hat. Wir sollten uns daher auf den Mann aus dem neunten Roman konzentrieren.«

»Aber wie sollen wir ihn denn finden?«, fragte Gesa. »In dem Roman stehen doch nur sein Vorname und der Beruf. Uns fehlen die Informationen von der DVD-Hülle. Da können wir besser probieren, diese Mitarbeiterin ausfindig zu machen und die Wahrheit aus ihr herauszuquetschen.«

»Wir haben viel mehr, als nur das«, sagte Hedda und wedelte mit den Ausdrucken herum, die sie eben erst bekommen hatten. »Wenn er in den vergangenen zwölf Monaten ein Bild von deiner Mutter gekauft hat, haben wir auch seinen Nachnamen.«

VI
Die Entführung

Fred hatte es geschafft, die Insel ohne Probleme wieder zu verlassen. Dabei hatte er sich während des langen Weges vom Inselbahnhof bis zum Fähranleger in Bensersiel andauernd beobachtet gefühlt. Jede einzelne Sekunde hatte er damit gerechnet, dass man ihn zu Boden werfen und ihm Handschellen anlegen würde.

Doch so kam es nicht. Als er endlich wieder in seinem Auto saß und sich auf den Rückweg machte, konnte er zum ersten Mal ein wenig durchatmen. Doch sein eigentliches Problem hatte er noch immer nicht gelöst. Und es kam noch schlimmer. Als er den Wagen auf der Einfahrt seines Hauses zum Stehen brachte, wurde er bereits von seiner Ehefrau erwartet. Die tagelange Observation hatte sie ohnehin schon mehr als stutzig gemacht, dass er jetzt auch noch über Nacht weggeblieben war, hatte bei ihr endgültig das Fass zum Überlaufen gebracht.

Kochend vor Eifersucht lehnte sie im Türrahmen und schaute ihn missbilligend an. Er wusste genau, dass sie ihm seine gestrige Ausrede nicht abgekauft hatte. Kaum hatte er das Haus betreten, knallte sie die Tür hinter ihm zu und stellte ihn lautstark zur Rede.

»Du sagst mir jetzt sofort, wo du die ganze Nacht gewesen bist. Und wage es ja nicht, mir wieder die Geschichte von dem Kunden zu erzählen, mit dem du angeblich versackt bist«, schrie sie ihn wütend an.

»Aber Prinzessin, bitte glaube mir, ich kann es dir wirklich nicht sagen, aber ...«

»Du sagst mir jetzt sofort, welche Schlampe du letzte Nacht gefickt hast!«

»Ich schwöre dir, ich habe mit keiner anderen ... Ich liebe doch nur dich!«

»Ich glaube dir kein Wort!« Wütend stampfte sie die Treppenstufen hinauf, stürmte ins Schlafzimmer, riss die Türen des gemeinsamen Kleiderschrankes auf und schleuderte den Großteil seiner Sachen auf den Fußboden.

»Aber Prinzessin, bitte, hör mir doch zu.« Wie ein reumütiger Hund war er ihr gefolgt und stand jetzt hilflos neben ihr.

»Ich wüsste nicht, was du mir noch zu sagen hättest!«, schrie sie ihn an, machte zwei Schritte auf ihn zu und erhob ihre Hand zum Schlag.

Ängstlich zog er den Kopf ein und hielt seine Hand schützend vor sein Gesicht. Es wäre nicht das erste Mal, dass sie ihn während eines Eifersuchtsanfalls geschlagen hätte. »Ich wollte dich doch eigentlich überraschen«, rief er, zog einen Flyer aus seiner Gesäßtasche und hielt ihn seiner Frau entgegen. Er hatte den Prospekt zufällig auf der Insel entdeckt und ihn genau für diesen Fall eingesteckt.

»Trauringe schmieden auf Langeoog«, las seine Frau den fett gedruckten Text laut vor. Sie ließ ihre Hand sinken und studierte den weiteren Inhalt des Faltblattes. »Was willst du mir damit sagen?« Ihre Stimme klang immer noch ernst, aber bei Weitem nicht mehr so bedrohlich.

»Du hast mir doch schon öfter gesagt, dass du mit deinem Ehering nicht so glücklich bist. Als ich letztens zufällig von dieser Möglichkeit gehört habe, wollte ich dich mit einem romantischen Wochenende inklusive Trauringkurs überraschen. Ich wollte unbedingt über unseren Hochzeitstag mit dir dorthin fahren. Aber sämtliche Kurstermine und Hotels sind zu dieser Zeit leider ausgebucht. Darum bin ich persönlich auf die Insel gefahren, um einige Leute mit überzeugenden Argumenten dazu zu überreden, dass wir an diesem Wochenende doch noch einen Kurs sowie eine Übernachtungsmöglichkeit bekommen.«

»Du hast was?« Ihre Augen glänzten vor Freude. Sie liebte es, wenn ihr Mann sich derart für sie ins Zeug legte.

»Ich habe die bestochen, damit wir an unserem Hochzeitstag ein romantisches Wochenende verbringen können und du endlich genau den Ring bekommst, den du dir schon so lange wünschst. Leider habe ich dabei vollkommen die Zeit aus den Augen verloren und so die letzte Fähre verpasst. Ich musste die ganze Nacht am Bahnhof ausharren. Tut mir total leid, dass ich dich angelogen habe, aber ich wollte dich doch so gerne überraschen.« Scheinbar reumütig senkte er den Blick zu Boden und presste die Lippen fest aufeinander.

»Mir tut es leid!«, sie legte ihre Arme über seine Schultern, zog ihn zu sich herunter und küsste ihn leidenschaftlich. Dann warf sie ihn mit einer schwungvollen Bewegung aufs Bett, riss ihm die Klamotten vom Leib und fiel stürmisch über ihn her.

Wirklich erschöpft, aber auch irgendwie erleichtert, lag er hinterher neben seiner Frau und starrte gedankenverloren an die Zimmerdecke. So berechnend und abgezockt sie auch sein mochte, auf eines konnte er sich immer verlassen. Seine Ehefrau wollte einfach glauben, dass zwischen ihnen tatsächlich wahre Romantik herrschte. Und dieser Umstand machte es ihm immer wieder möglich, das Offensichtliche zu seinen Gunsten zu verändern.

»Ich muss jetzt ins Büro. Bleib du doch heute einfach mal zu Hause. Du bist doch sicherlich noch total erschöpft von der letzten Nacht«, sagte sie zu ihm.

Er traute seinen Ohren nicht. Das lief ja noch besser, als er sich erhofft hatte. »Und die letzten 15 Minuten waren auch nicht gerade erholsam«, sagte er und zwinkerte ihr frech zu.

»Du Lümmel!« Sie lachte wie ein Teenager, war aber körperlich leider Welten von eben diesem Zustand entfernt.

Nachdem sie sich angezogen und das Haus verlassen hatte, sprang er aus dem Bett, schnappte sich seinen Laptop und öffnete sein Postfach. Bisher hatte er mit der gesuchten Person nur über diesen Weg Kontakt gehabt, wenn man von ihrem einzigen persönlichen Treffen absah, das ihn in eben diese missliche Lage gebracht hatte.

Er öffnete die letzte Nachricht, die er vor einigen Wochen von ihr bekommen hatte. Wie üblich hatte sie ihm darin wieder einmal eines ihrer hässlichen Kunstwerke zu einem vollkommen überzogenen Preis angeboten. Selbstverständlich hatte sie es dabei tunlichst vermieden, über das gemeinsame Video zu schreiben oder die offensichtliche Drohung, das pikante Filmchen zu veröffentlichen, auszuformulieren. Doch was sie konnte, das konnte er schon lange.

Er drückte auf den Antworten-Button und schrieb ihr folgende Nachricht:

Hochverehrte Künstlerin,

leider konnte ich sie gestern nicht persönlich antreffen. Ich hoffe, Ihr Mann hat Ihnen meine Mitteilung übergeben?

Ich muss Sie unbedingt treffen, um mich mit Ihnen über unsere zukünftige Geschäftsbeziehung auszutauschen. Ich schlage Ihnen daher vor, dass wir uns übermorgen um 20:00 Uhr dort treffen, wo wir uns auch zum allerersten Mal begegnet sind.

Hochachtungsvoll!

Ihr größter Bewunderer.

Kapitel 10

Drei Tatverdächtige

Die Auswertung der Kontoumsätze hatte einige Zeit gedauert. Sie hatten sich die Kaufpreiszahlungen herausgesucht, die weit oberhalb der normalen Gemäldepreise lagen, und konnten so letztlich Gesas Liste vervollständigen. Zu allen neun Männern, von denen Dagmar Janssen heimlich Filmaufnahmen gemacht hatte, lagen ihnen jetzt der komplette Name, der Wohnort und der Beruf vor.

Auch von dem Hauptverdächtigen, dem Mann, dessen Video ihnen als einziges nicht vorlag, konnten sie unter Zuhilfenahme der Kontoumsätze den vollständigen Namen ermitteln. Er hieß Manfred Becker und war, sofern sie den Angaben in Lola Mathieus Roman glauben durften, als Immobilienmakler tätig. Eine schnelle Abfrage im Internet ergab jedoch, dass es im Bundesgebiet alleine sechs Männer mit diesem Namen gab, die sich auf die Vermittlung von Immobilien spezialisiert hatten.

Glücklicherweise hatte sich Hedda wieder daran erinnert, dass man eventuell auch aus der Bankleitzahl des Zahlungspflichtigen einen Rückschluss auf dessen Wohnort ziehen könnte. Sie hatte daher erneut die Umsatzliste zur Hand genommen, sich die letzte Kaufpreiszahlung von Manfred Becker herausgesucht und die dazugehörige Bankleitzahl ebenfalls im Internet überprüft.

»Bingo!«, triumphierte Hedda. »Die Bankleitzahl gehört zur Sparkasse Emden. Sie ist eine der wenigen Stadtsparkassen und hat daher ein begrenztes Geschäftsgebiet. Wir können also davon ausgehen, dass unser gesuchter Mann ebenfalls aus Emden kommt.«

Sofort kontrollierte Enno die Liste der Immobilienmakler, die sie sich ausgedruckt hatten. »Volltreffer!«, triumphierte jetzt auch er. »Es gibt einen Manfred Becker, der als Immobilienmakler in Emden tätig ist. Das muss unser Mann sein!«

»Aber wie wollen wir vorgehen?«, fragte Gesa beunruhigt. »Wir haben doch dieses Mal kein Video, das wir ihm unter die Nase halten können. Wenn wir dort einfach auftauchen, ohne jegliches Druckmittel, wird er meiner Mutter vielleicht etwas antun oder sie gar beseitigen, wenn er es nicht schon längst getan hat.« Gesa schluchzte und brach dann in Tränen aus.

Hedda zog sie an sich heran und drückte den Kopf ihrer Freundin an ihre Brust. Während sie sanft Gesas Haare streichelte, versuchte sie, mit beruhigenden Worten auf sie einzuwirken. »Wir könnten doch einfach so tun, als ob wir das Video haben. Wir nehmen einfach eine der anderen DVDs.«

»Das sollten wir lieber nicht machen«, gab Enno zu bedenken. »Wenn die Sparkassenmitarbeiterin wirklich die DVD entwendet hat, müssen wir davon ausgehen, dass sie mit unserem Verdächtigen unter einer Decke steckt. In diesem Fall wird er wissen, dass wir nur bluffen.«

Im selben Moment klingelte Ennos Smartphone. »Das ist mein Kollege, könnte wichtig sein!«, sagte er und nahm das Gespräch entgegen.

Gebannt lauschten Hedda und Gesa dem Telefonat und versuchten, die Zusammenhänge zu verstehen. Da Enno aber hauptsächlich als Zuhörer fungierte, bekamen sie kaum etwas von dem Gesagten mit.

»Was hat er gesagt?«, fielen die beiden im Chor über Enno her, nachdem er das Telefonat beendet hatte.

»Das war mein Arbeitskollege. Ich hatte ihn gebeten, mich zu informieren, wenn es im Fall deiner Mutter etwas Neues gibt«, sagte er zu Gesa.

»Haben sie meine Mutter gefunden?«, fragte Gesa voller Hoffnung.

»Das leider nicht!« Enno presste verlegen die Lippen aufeinander. »Aber Hauke Eckhoff hat ein Geständnis abgelegt.«

»Also ist er doch der Mörder von Gesas Onkel?«, fiel ihm Hedda ins Wort.

»Nun lasst mich doch bitte mal ausreden! Er hat lediglich zugegeben, dass er in seinen Geschäften Geldwäsche für die Mafia betrieben hat. Als das Syndikat von seinen Plänen, gemeinsam mit Reyk Janssen ein Fish-Spa zu eröffnen, erfuhr, hat man ihn unter Druck gesetzt. Er sollte zukünftig nicht nur weiter illegales Geld reinwaschen, sondern auch den kompletten Drogenhandel auf der Insel organisieren. Um seinen Freund aus diesen gefährlichen Kreisen herauszuhalten, hat er dann entschieden, den Laden alleine zu eröffnen.« Enno schaute Gesa mitleidig an. »Er hat also die

Freundschaft zu deinem Onkel nur aufgegeben, um ihn nicht in Gefahr zu bringen.«

Nachdenklich schaute Gesa aus dem Fenster. »Und deine Kollegen glauben ihm diese Räuberpistole?« Wenn Hauke Eckhoff wirklich als Verdächtiger entlastet wäre, stiege damit automatisch die Wahrscheinlichkeit, dass Reyk eventuell doch von ihrer Mutter ermordet worden war. Und dieser Gedanke gefiel Gesa ganz und gar nicht. »Dass er für die Mafia gearbeitet hat, bedeutet aber ja noch lange nicht, dass er nicht trotzdem der Mörder gewesen sein kann«, sagte sie schließlich trotzig.

Enno neigte seinen Kopf zur Seite und schaute Gesa nachdenklich an. Er dachte darüber nach, ob er ihr sagen sollte, was er gerade noch von seinem Kollegen über Marten Smid erfahren hatte, entschied sich aber vorerst dagegen. Er wusste nicht, ob die Nachricht Gesa eher beruhigen oder vielleicht sogar belasten würde. Daher beschloss er, die Sache bei der nächsten Gelegenheit zunächst einmal mit Hedda zu besprechen.

»Wir beide könnten diesem Manfred Becker doch mal auf den Zahn fühlen«, sagte Hedda und knuffte Enno in die Seite. »Uns erkennt er doch auf keinen Fall.«

»Besser nicht! Vielleicht hat die Bankmitarbeiterin ihm auch von dir erzählt. Wenn überhaupt, dann könnte ich zu ihm gehen. Aber wonach soll ich ihn fragen? Ich kann ja wohl schlecht sagen: ›Moin, haben Sie zufällig Dagmar Janssen in Ihrer Gewalt?‹ Das ist jetzt eindeutig ein Job für meine Kollegen aus Emden.«

»KEINE POLIZEI!«, fuhr Gesa ihn an. Sie war mit ihren Nerven vollkommen am Ende.

Enno wich erschrocken einen Schritt zurück und hob wie ein ertappter Verbrecher die Hände neben den Kopf. »Ist ja schon gut«, versuchte er, sie zu beschwichtigen.

»Wie wäre es, wenn wir ihn einfach beschatten? Wenn er deine Mutter wirklich irgendwo gefangen hält, muss er sie ja irgendwann auch einmal aufsuchen«, schlug Hedda vor.

Mangels weiterer Alternativen, wurde ihr Vorschlag angenommen. Hedda und Gesa fuhren in einem Auto, während Enno ihnen in seinem dunkelblauen VW Polo folgte. Über die A31 benötigten sie nur 20 Minuten nach Emden. Sie hatten die Autobahn gerade verlassen und folgten der *Petkumer Straße* in Richtung Innenstadt, als Gesa plötzlich aufschrie und Hedda gleichzeitig so fest am Arm zog, dass sie fast in den Gegenverkehr geraten wäre.

»Spinnst du?«, schrie Hedda ihre Freundin an. »Das hätte auch schiefgehen können!«

»Tut mir leid, aber hast du das riesige Werbeplakat gerade eben gesehen?«

Hedda warf einen prüfenden Blick in den Rückspiegel. »Nein, welches meinst du?«

»Da war die Fratze von diesem Immobilienheini drauf.«

»Aber das ist doch kein Grund, uns beide umzubringen.«

»Da!« Mit ausgestrecktem Arm zeigte Gesa auf den Straßenrand. »Da ist noch eines. Halt mal an!«

Hedda setzte den Blinker und parkte das Auto neben dem Fahrradweg. Noch ehe sie etwas sagen konnte, hatte Gesa das Fahrzeug schon verlassen und ging direkt auf das Reklameschild zu.

Verwundert hatte auch Enno seinen Wagen abgestellt, stieg aus und ging den Freundinnen hinterher, die jetzt direkt unter der riesigen Werbetafel standen und ihre Köpfe in den Nacken gelegt hatten. »Sucht ihr nach etwas Bestimmten?«

Schulterzuckend schaute Hedda zu ihm hinüber. »Ich weiß auch nicht, warum wir hier anhalten mussten«, flüsterte sie ihm zu.

Gesa hingegen schien gerade in einer ganz anderen Welt zu sein. Wie in Trance schaute sie auf das Konterfei des Mannes, der eventuell ihre Mutter entführt haben könnte. Auch als Hedda sie direkt fragte, ob sie nun weiterfahren könnten, reagierte sie nicht.

Sie scheint mit der Situation wirklich vollkommen überfordert zu sein, dachte Enno und fühlte sich in seiner Entscheidung bestätigt, ihr noch nicht die Neuigkeiten über Marten Smid erzählt zu haben.

»Entschuldigen Sie bitte!« Gesa hatte sich aus ihrer Starre gelöst und ging auf einen älteren Mann zu, der ihnen auf seinem Fahrrad entgegengefahren kam.

Sichtlich überrascht bremste der Mann. Als er direkt neben Gesa zum Stehen gekommen war, lächelte er sie an und begrüßte sie freundlich. »Moin!«

»Darf ich Sie kurz etwas fragen?«

Der Alte nickte erfreut. Er schien keine Eile zu haben.

»Kennen Sie den Mann auf dem Plakat? Ich möchte demnächst nach Emden ziehen und habe mich gefragt, ob ich ihn mit der Suche meiner Traumimmobilie beauftragen sollte.«

Die freundliche Mine des Mannes verfinsterte sich schlagartig, nachdem er einen prüfenden Blick auf die Werbetafel geworfen hatte. »Mein Sohn hat bis vor Kurzem noch mit diesem Mann zusammengearbeitet. Wenn ich Ihnen einen guten Rat geben darf, dann suchen Sie sich lieber einen anderen Immobilienmakler«, sagte er mit kühler, ablehnender Stimme. Dann holte er Schwung und setzte zum Weiterfahren an.

»Warten Sie!« Gesa hielt ihn am Unterarm fest. »Können Sie mir nicht wenigstens verraten, warum Sie mir zu einem anderen Makler raten?«

Der alte Mann seufzte schwer. »Manfred Becker ist ein wichtiger Mann in dieser Stadt. Nun ja, eigentlich ist er nur ein Niemand, der aber unter kühler Berechnung eine Ehe mit einer der einflussreichsten Frauen der Stadt eingegangen ist. Wegen ihm hat mein Sohn seinen Job verloren. Von seinem Beruf mag er ja vielleicht durchaus etwas verstehen, aber rein menschlich kann ich Sie nur warnen: Der Mann geht für seine Ziele über Leichen.«

»Dankeschön!«, sagte Gesa. Erst jetzt ließ sie den Arm des Mannes los.

Er nickte ihr mit zusammengepressten Lippen zu und radelte anschließend davon.

»Was sollte das denn jetzt?«, fragte Hedda. Sie konnte nicht verstehen, inwiefern sie diese Aktion weiterbringen würde.

»Ich weiß es selbst nicht!«, antwortete Gesa und schüttelte kaum merklich den Kopf. Sie fühlte sich, als wäre sie gerade aus einem tagelangen Tiefschlaf erwacht. Plötzlich sah sie alles wieder klar. »Ich bin mir jetzt ganz sicher, dass der Typ da …« Sie zeigte auf das Porträt von Manfred Becker. »… meine Mutter hat.« Entschlossen ging sie zurück zum Auto und setzte sich auf den Beifahrersitz.

Hedda und Enno folgten ihr nur langsam. Als Gesa die Fahrzeugtür hinter sich zugezogen hatte, hielt Enno Hedda am Handgelenk fest, sodass sie stehen bleiben musste.

»Ich glaube, sie dreht langsam durch! Bitte passt gut auf euch auf«, sagte er und schaute Hedda dabei tief in die Augen.

Das tiefe Blau seiner Iris ließ Heddas Gedanken davonschweifen. Auch wenn sie wusste, dass dieser Augenblick mehr als unpassend war, wünschte sie sich gerade nichts sehnlicher, als einen einzigen innigen Kuss von ihm. Gedankenverloren schloss sie die Augen. Ihr Kopf neigte sich wie von selbst zur Seite und ihre Lippen öffneten sich leicht.

»Hedda, alles okay mit dir?« Enno packte sie an den Schultern und schüttelte sie sanft. Er war viel zu angespannt, um ihre ausgesandten Signale richtig zu deuten.

Erschrocken riss Hedda die Augen auf. Sie fühlte sich, als habe Enno sie gerade aus einem Sekundenschlaf gerissen. »Ich werde gut auf sie achtgeben«, versprach sie ihm.

»Auf dich bitte auch!«, bat Enno sie eindringlich.

»Versprochen!« Hedda schenkte ihm ein müdes Lächeln, dann stieg sie zu Gesa ins Auto.

Wie vereinbart parkten sie ihre Autos direkt vor dem repräsentativen Bürokomplex, in dem die Immobilienfirma von Manfred Beckers Frau ihren Sitz hatte. Dabei hatten Hedda und Gesa genau auf der gegenüberliegenden Straßenseite geparkt, während Enno sein Auto quasi direkt vor dem Haupteingang zum Stehen gebracht hatte. Sie gingen davon aus, dass der Wagen des Verdächtigen in der Tiefgarage des Gebäudes stand. Sollte er plötzlich davonfahren, konnte ihm auf jeden Fall eines der Fahrzeuge folgen, ohne zunächst auf der engen, zugeparkten Straße wenden zu müssen.

Gebannt starrten alle drei abwechselnd auf den Haupteingang und dann wieder auf die Ausfahrt der Tiefgarage. Es war Mittagszeit und Hedda hoffte, dass Manfred Becker seine Pause eventuell dazu nutzen würde, um nach seinem Entführungsopfer zu sehen.

»Da, das ist er!«, schrie Gesa und zeigte auf die Ausfahrt der Tiefgarage, von wo aus gerade ein schwarzer, teuer aussehender BMW auf die Straße abbog. »Schnell, hinterher!«

Reflexartig startete Hedda den Motor, tauschte noch einen kurzen Blick mit Enno aus, der auf der anderen Straßenseite wartete und scherte dann in den Verkehr ein. Sie folgten der schwarzen Limousine stadtauswärts. Im Stadtteil Barenburg parkte der Wagen schließlich vor einem Reihenendhaus. Um nicht aufzufallen, fuhren Hedda und Gesa zunächst vorbei, verlangsamten anschließend aber das Tempo, sodass Gesa im Seitenspiegel erkennen konnte, in welches Haus Manfred Becker ging.

»Meinst du, er wohnt da?«, fragte Gesa.

»Das glaube ich nicht. Das scheint mir hier nicht gerade der nobelste Stadtteil zu sein. Und wenn der Radfahrer recht hatte, ist ein Reihenendhaus auch sicherlich keine angemessene Unterkunft für eine der einflussreichsten Frauen der Stadt.«

»Vielleicht macht er auch nur eine Besichtigung«, spekulierte Gesa weiter.

»Kann schon sein.« Hedda zuckte mit den Achseln. »Wir müssen geduldig bleiben.«

Plötzlich wurde eine der hinteren Fahrzeugtüren aufgerissen und eine Gestalt schwang sich blitzschnell auf die Rückbank. Überrascht zuckten Hedda und Gesa zusammen. Ihnen wäre vor Schreck fast das Herz stehen geblieben.

»Habt ihr gesehen, wo er hin ist?«, fragte Enno, leicht außer Atem.

»Du hast uns einen Mordsschrecken eingejagt«, schimpfte Hedda. »Wo kommst du denn so plötzlich her?«

»Sorry! Ich bin euch gefolgt und habe da vorne in einer Seitenstraße geparkt. Von dort aus konnte ich das Haus aber nicht mehr sehen. Ist er da rein?«

»Ja, etwa vor fünf Minuten«, antwortete Gesa.

»Moment mal, da tut sich was!« Gebannt schaute Hedda in den Rückspiegel, und auch Gesa und Enno versuchten, über einen der Fahrzeugspiegel etwas zu erkennen.

»Das ist doch …« Gesa blieb vor Staunen der Mund offenstehen.

»Die Frau aus der Sparkasse. Also krank sieht die ganz und gar nicht aus.«, stellte Hedda fest.

»Meint ihr die Frau mit dem kurzen Rock und den hochhackigen Schuhen?«, fragte Enno. »Ist das die Angestellte, die euch die DVD entwendet hat?«

Hedda und Gesa nickten. »Genau das ist sie!«, antworteten sie im Chor.

***

Zwanzig Minuten später verließ die Frau das Reihenendhaus wieder, setzte sich in ihr Auto und fuhr davon. Die Warterei hatte

Hedda und Gesa fast wahnsinnig gemacht, da hatten auch ihre Spekulationen über das, was der Immobilienmakler und die Sparkassenangestellte wohl hinter verschlossener Tür miteinander treiben mochten, nur wenig geholfen. In einem Punkt waren sie sich jedoch einig, eine normale Hausbesichtigung war das nicht gewesen. So viele Zufälle konnte es gar nicht geben.

Hedda griff zu ihrem Smartphone und informierte Enno, der zwischenzeitlich zu seinem Auto zurückgeschlichen war, über die neuesten Entwicklungen. »Sollen wir ihr hinterherfahren?«, fragte sie ihn unsicher.

Enno überlegte kurz. Er war sich selbst unschlüssig, welche Entscheidung die richtige war. Wenn er Hedda und Gesa der Frau hinterherschickte, war die Gefahr größer, dass Manfred Becker ihn im Straßenverkehr abhängen konnte. Andererseits mussten sie davon ausgehen, dass die Sparkassenmitarbeiterin mit dem Immobilienmakler unter einer Decke steckte. Es war also auch durchaus denkbar, dass sie diejenige war, die Dagmar Janssen gefangen hielt.

»Folgt ihr! Ich kümmere mich um ihren Komplizen«, sagte er schließlich und wunderte sich selbst darüber, wie überzeugt er nicht nur von der Täterschaft der beiden war, sondern auch, wie sehr ihn das Ermitteln auf eigene Faust plötzlich mitriss. Er verschwendete kaum noch einen Gedanken daran, dass es falsch sein könnte, die Polizei nicht zur Hilfe zu rufen.

Enno wendete seinen Wagen, um ihn von der Nebenstraße auf die Straße vor dem Reihenendhaus umzuparken. Schließlich musste er jetzt den Hauseingang im Auge behalten, wo doch Hedda und Gesa diese Aufgabe nicht mehr übernehmen konnten. Doch kaum hatte er die Kreuzung erreicht und den Blinker gesetzt, sah er Manfred Beckers schwarzen BMW an sich vorbeifahren.

Das nenne ich mal Glück!, dachte er, wartete noch zwei Sekunden und nahm dann die Verfolgung auf.

Manfred Becker fuhr über den Ortsteil Harsweg nach Hinte, und von dort aus über Westerhusen und Gross Midlum, bis nach Freepsum, einem kleinen Dorf in der Gemeinde Krummhörn. Von der Hauptstraße bog er in einen lang gezogenen Feldweg ein. Ihm hier entlang zu folgen, ohne dabei aufzufallen, war nahezu unmöglich. Kurzentschlossen parkte Enno seinen Polo am

Straßenrand, eilte zu Fuß zur Kreuzung zurück und versuchte, die Limousine von hier aus im Auge zu behalten.

Glück gehabt, dachte er, als er den schwarzen BMW etwa dreihundert Meter weiter in die Auffahrt eines alten Bauernhofes einbiegen sah. *Was mache ich jetzt nur?* Nervös pendelte er zwischen dem Feldweg und seinem Auto hin und her. Sollte er versuchen, sich zu Fuß an das Gebäude heranzupirschen oder doch lieber das Auto nehmen? Oder war es doch besser, das weitere Geschehen aus der sicheren Entfernung zu beobachten?

Dann hatte Enno den rettenden Einfall. Er stürzte zu seinem Wagen zurück, startete den Motor und bog ebenfalls in den Feldweg ein. Ab hier ließ er sich im Schritttempo vorwärtsrollen. Er wollte exakt zu dem Zeitpunkt an dem Bauernhof ankommen, an dem der Immobilienmakler das Gebäude wieder verlassen würde.

Als er die Auffahrt zum Hof passierte, warf er einen prüfenden Blick zur Seite. Der BMW stand noch immer da, aber von Manfred Becker war weit und breit nichts zu sehen. Kurzentschlossen änderte er seinen Plan, lenkte seinen Polo ebenfalls auf die Auffahrt und parkte ihn direkt neben der schwarzen Limousine des Immobilienmaklers.

Noch bevor Enno ausgestiegen war, öffnete sich die Haustür des heruntergekommenen Bauernhofes und Manfred Becker trat heraus. Er wirkte angespannt und nervös. Enno war sich sicher, dass er irgendetwas zu verbergen hatte. Der Immobilienmakler kam direkt auf ihn zu.

Enno versuchte ein freundliches Lächeln aufzusetzen. »Moin!«, begrüßte er ihn so höflich wie möglich.

»Moin!«, erwiderte Manfred Becker seinen Gruß. »Was wollen Sie hier?« Es war offensichtlich, dass er sich nicht über den unangekündigten Besuch freute.

»Entschuldigen Sie bitte, meine Frau und ich sind auf der Suche nach einem neuen Zuhause. Sie träumt schon seit Jahren davon, in einem alten Bauernhof zu leben, in dem sie auch ihre Pferde unterbringen kann. Ich habe gehört, dieses Objekt wäre zu verkaufen, darum wollte ich es mir einmal genauer ansehen.«

»Da haben Sie leider etwas Falsches gehört.« Mit seinen kurzgehaltenen Antworten und seiner ablehnenden Körpersprache zeigte Manfred Becker mehr als deutlich, dass er gerade keine Lust auf ein längeres Gespräch hatte.

Aber so leicht wollte Enno sich nicht abwimmeln lassen. Er kniff die Augen zusammen und schaute seinen Gesprächspartner herausfordernd an. »Sind Sie nicht dieser Immobilienmakler, von dem überall die Plakate in der ganzen Stadt hängen?«

Manfred Becker seufzte genervt. »Ja, und?«

Enno legte seine Stirn in Falten. »Ein heruntergekommener Bauernhof, der angeblich zum Verkauf stehen soll. Ein Immobilienmakler, der gerade noch im Haus gewesen ist. Und Sie wollen mir weismachen, der Hof stünde nicht zum Verkauf?« Er zwinkerte Manfred Becker verschwörerisch zu. »Wenn das hier nur eine Frage des Geldes ist, soll das kein Problem sein. Um meiner Frau ihren größten Wunsch zu erfüllen, bin ich bereit, an meine absolute Schmerzgrenze zu gehen.«

»Hören Sie, ich sage das jetzt noch einmal: Der Hof steht nicht zum Verkauf. Verstanden?«

Nachdenklich ließ Enno die Luft aus seinen gespitzten Lippen entweichen. »Sie sind ein ausgekochtes Schlitzohr. Sie wissen, wie man den Preis in die Höhe treibt. Ich sage Ihnen was, lassen sie mich kurz das Innere ansehen, und ich mache Ihnen ein Angebot, zu dem Sie nicht Nein sagen können.« Er ging an Manfred Becker vorbei, steuerte auf die Haustür zu und streckte seine Hand nach der Türklinke aus.

Mit einer blitzschnellen Reaktion packte ihn der Immobilienmakler so heftig an der Schulter, dass Enno fast zu Boden fiel. »Ich sage das jetzt zum letzten Mal!«, zischte er aus zusammengepressten Zähnen hervor. »Dieser Hof steht nicht zum Verkauf! Und wenn Sie nicht augenblicklich hier verschwinden, dann …«

Enno mimte einen erschrockenen Gesichtsausdruck. »Dann rufen Sie die Polizei?«, fragte er mit gespieltem Entsetzen und fügte in Gedanken hinzu: *Ich bin gespannt, ob du dich das traust!*

»So habe ich das nicht gemeint. Ich hatte einen anstrengenden Tag, tut mir leid!«, relativierte Manfred Becker plötzlich seine Drohung mit besänftigender Stimme. Dabei sah sein Gesicht aber noch genauso wütend aus, wie zuvor.

Enno legte eine Hand auf seine schmerzende Schulter. »Wenn der Hof nicht zu verkaufen ist, was haben Sie denn dann mit dem Objekt vor?«

Manfred Becker verschränkte die Arme vor der Brust und schaute seinen hartnäckigen Gesprächspartner skeptisch an. »Sie geben keine Ruhe, bis ich es Ihnen gesagt habe, oder?«

Grinsend schüttelte Enno den Kopf.

»Nun gut, aber verraten Sie es keinem!« Verschwörerisch legte Manfred Becker seinen Arm um Ennos Hals und zog ihn mit sich. »Diese Gegend hier wird in einigen Jahren wahrscheinlich als Baugebiet erschlossen. Die Grundstückspreise werden explodieren. Dann werde ich diesen maroden Hof abreißen und stattdessen hochwertige Mehrfamilienhäuser errichten lassen.«

»Ah, jetzt verstehe ich!« Enno tat so, als wäre bei ihm endlich der Groschen gefallen, dabei glaubte er dem Immobilienmakler kein Wort. Er kannte die Gegend zwar nicht besonders gut, aber dass ein derart abgelegener Ort, plötzlich Mehrfamilienhäuser brauchen könnte, kam ihm doch sehr verdächtig vor. Seiner Einschätzung nach hatte Freepsum maximal 500 Einwohner. Und auch die Lage – irgendwo zwischen Emden und Greetsiel – sprach nicht gerade für ein expansives Bevölkerungswachstum in der näheren Zukunft.

»Aber behalten Sie das ja für sich!« Manfred Becker legte seinen Zeigefinger vor die Lippen und zwinkerte Enno verschwörerisch zu.

»Keine Sorge!«, lachte Enno. »Ich suche wirklich nur nach einem Bauernhof für meine Frau und mich. Ich habe keine Ambitionen ins Maklerbusiness einzusteigen.«

»Dann ist es ja gut!« Kumpelhaft klopfte der Immobilienmakler Enno auf den Rücken. »Ich muss jetzt auch weiter, die Arbeit ruft. Hat mich gefreut, Sie kennenzulernen«, sagte er, ging zu seinem Wagen und hob zum Abschied die Hand.

»Mich auch!«, sagte Enno, und ging ebenfalls zu seinem Auto zurück.

Nach einigen Kilometern Landstraße stoppte Enno seinen VW Polo in Gross Midlum, holte sein Handy heraus und wählte Heddas Nummer. Nachdem Hedda ihm gebeichtet hatte, dass Gesa und sie die Bankmitarbeiterin an einem Bahnübergang aus den Augen verloren hatten, erzählte er ihr von seinem Zusammentreffen mit Manfred Becker.

»Mit dem Typ stimmt definitiv etwas nicht!«, bestätigte Hedda Ennos Gefühl. »Wir müssen unbedingt in dieses Bauernhaus und uns darin umsehen.«

»Du willst da einbrechen?«, fragte Enno entsetzt.

»Stell dir mal vor, der Typ hält Gesas Mutter wirklich darin gefangen. Dann zählt doch jede Sekunde! Oder hast du vielleicht eine bessere Idee?«

»Vielleicht könnten wir einen Durchsuchungsbefehl …«, begann Enno laut nachzudenken. Der Polizist in ihm war anscheinend doch noch nicht vollständig zum Schweigen gebracht worden.

»Keine Polizei, schon vergessen!«, erinnerte ihn Hedda jedoch sofort.

Zähneknirschend stimmte Enno Heddas Plan zu. »Ich muss aber noch etwas anderes mit dir besprechen!«

»Was denn?«, fragte Hedda verwundert. Für sie zählte in diesem Moment nur noch eines, nämlich so schnell wie möglich in dem alten Bauernhof nach Gesas Mutter zu suchen.

»Mein Kollege hat mir auch noch Informationen über diesen Marten Smid gegeben, und ich war mir nicht sicher, ob Gesa dies schon verkraften würde. Sie wirkt so … angeschlagen.«

»Was hat er denn gesagt?« Enno hatte jetzt doch Heddas Neugierde geweckt.

»Die Spurensicherung hat am Tatort Fingerabdrücke und andere Spuren von Marten Smid gefunden. Es ist davon auszugehen, dass er das Haus von Gesas Onkel verwüstet hat.«

»Und dass er Reyk Janssen ermordet hat«, ergänzte Hedda.

»Wahrscheinlich auch das. Seine Frau hat auch schon ihr Alibi widerrufen. Es sieht alles danach aus, als hätten sie den Mörder von Gesas Onkel gefunden. Die Kollegen warten nur noch auf sein Geständnis.«

»Aber der Feigling versucht sich herauszuwinden, stimmts?«

»Nicht ganz! Er gibt an, einen Filmriss zu haben. Nach dem Streit in der *Düne 13* kann er sich demnach an nichts mehr erinnern.«

VII
Zwei Frauen zu viel

Fred parkte seinen schwarzen BMW vor einem in die Jahre gekommenen Reihenendhaus im Stadtteil Barenburg. Das Objekt gehörte schon seit einigen Jahren zum Immobilienportfolio der Firma, ließ sich aber einfach nicht gewinnbringend veräußern. Die Kundschaft wünschte sich einfach mehr Luxus, und der ursprüngliche Plan, die Immobilie als Vermietungsobjekt zu verkaufen, schlug leider fehl.

Ihn wunderte das schon lange nicht mehr. Er hatte ja bereits Bedenken, seinen auf Hochglanz polierten Wagen unbewacht vor dem Haus stehen zu lassen. Die Nachbarschaft gefiel ihm überhaupt nicht. Dennoch schloss er die Haustür auf und ging hinein. Nachdenklich schritt er durch die leer stehenden Räume. *Wird sie mir die DVD wirklich einfach so geben? Ob sie sich den Film vorher angesehen hat?*

Vor Nervosität begann er zu schwitzen. Bisher hatte ihm seine Affäre bedingungslos vertraut und sogar ihren Job für ihn riskiert, indem sie das Bankgeheimnis für ihn gebrochen hatte. Aber als er ihr gestehen musste, dass er die Adresse der Künstlerin nur deshalb von ihr haben wollte, weil sie ihn mit einem Sex-Video erpresste, hatte er zum ersten Mal so etwas wie Zweifel in ihrem Gesichtsausdruck erkannt. Schließlich musste sie schon damit klarkommen, dass ihr, neben seiner Ehefrau, aktuell nur die Rolle der Geliebten blieb. Und jetzt auch noch das.

Aber er hatte keine andere Wahl gehabt. Er wusste einfach nicht mehr, was er noch tun sollte. Er hatte eine Affäre begonnen, zwei Menschen getötet und letztlich auch die Frau, die ihn erpresste, in seine Gewalt gebracht. Doch das Beweismittel hielt er noch immer nicht in seinen Händen. Die Worte seiner Erpresserin hallten noch immer in seinen Ohren: *Du wirst das Video niemals finden. Außerdem habe ich dafür gesorgt, dass der Film veröffentlicht wird, sollte ich von unserem Treffen nicht wohlbehalten zurückkehren.*

Damals war er sich nicht sicher, ob sie nur geblufft hatte. Er wusste nur eines: Wenn er sie wieder gehen gelassen hätte, hätte er so sein einziges Druckmittel verloren. Die hinterlistige Künstlerin hatte ihm zwar angeboten, auf zukünftige Geldforderungen zu verzichten, aber zur Herausgabe des Videos war sie dennoch nicht bereit gewesen. *Sobald du es hast, wirst du mich doch genauso kaltblütig umbringen wie meinen Schwager,* hatte sie gesagt und dabei beteuert, das Video zukünftig ausschließlich zu ihrem Schutz behalten zu wollen.

Dass der Mann, den er im Affekt erschlagen hatte, überhaupt nicht ihr Ehemann gewesen sein sollte, hatte ihn sehr irritiert. War auch das nur ein Bluff gewesen? Gehörte auch das zu ihrem Plan?

Aber auch er hatte einen Plan. Sie hatte sich sicher gefühlt, inmitten der ganzen Gäste, die ebenfalls in der Hotelbar saßen. Aber nur ein kleiner Augenblick der Unachtsamkeit hatte genügt und er hatte ihr das Pulver in den Drink geschüttet, das sie bereits wenige Minuten später außer Gefecht gesetzt hatte. Danach brauchte er nur noch den verständnisvollen Ehemann zu spielen, der seine betrunkene Frau zum Auto geleitete.

Nachdem er seine attraktive Erpresserin sicher verwahrt hatte, dachte er nach. *Wo kann nur dieses verdammte Video stecken und wie zum Teufel hat sie dafür gesorgt, dass es veröffentlicht wird, wenn sie nicht wieder nach Hause kommt?* Ihm fielen unendlich viele Möglichkeiten ein, aber nur eine, die er noch unter seine Kontrolle bringen konnte. Seine Affäre hatte ihm verraten, dass die Künstlerin auch ein Schließfach in der Bankfiliale besaß. *Wenn das Video da drin liegt, müsste bereits in wenigen Tagen jemand vorbeikommen, um es abzuholen,* hatte er daher kombiniert.

Es war seine einzige Chance. Darum gestand er der Bankmitarbeiterin auch, dass er nicht ganz ehrlich zu ihr gewesen war, als er sie um die Adresse gebeten hatte. Er wollte die Information nur haben, um ein klärendes Gespräch mit dieser Frau führen zu können. Dann erzählte er ihr auch von dem Sex-Video, das heimlich von ihm gemacht wurde und dem Ehevertrag, den seine Frau ihm aufgezwungen hatte. Es war das erste Mal, dass er wirklich ehrlich zu ihr war.

Die Klingel riss ihn aus seinen Gedanken. Er eilte zur Tür und öffnete sie. Vor ihm stand seine Geliebte. In ihren hochhackigen Schuhen und dem kurzen Rock sah sie gar nicht so übel aus.

»Moin, komm schnell rein!«, begrüßte er sie. Er wollte auf keinen Fall, dass irgendjemand sie beobachten konnte. »Hast du wirklich die DVD dabei?«

Sie klopfte auf ihre Handtasche, um zu signalisieren, dass sie den Film bei sich trug.

»Zeig mal her!« Hektisch griff er nach ihrer Tasche.

Doch sie drehte sich weg und sein Griff ging ins Leere.

»Was ist los?«, fragte er irritiert.

»Ich habe mich gefragt, ob du es wirklich ernst mit mir meinst«, sagte sie mit leicht gebrochener Stimme und schaute ihn traurig an.

»Aber Schatz, wie kommst du denn darauf?« Er ging auf sie zu und nahm sie vorsichtig in den Arm. »Du weißt doch, dass ich nur noch etwas Zeit brauche, bis ich meine Frau endlich verlassen kann.«

»Aber wenn du sowieso mit ihr Schluss machen willst, warum soll sie dann dieses Video nicht sehen? Vielleicht beschleunigt das die Sache ja sogar und wir können endlich richtig zusammen sein.« Sie löste sich aus seiner Umarmung und stieß ihn halbherzig von sich.

»Aber ich habe dir doch erklärt, dass ich alles verlieren werde, wenn sie dieses Video zu sehen bekommt. Diese Hexe hat mir damals einen echt fiesen Ehevertrag aufgezwungen. Ich muss nur noch ein paar Monate den treuen Partner an ihrer Seite spielen, dann bin ich endlich frei für dich.« Er drückte sie erneut an sich, dann nahm er ihren Kopf zwischen seine Hände und küsste sie – erst zärtlich, dann leidenschaftlich.

»Ach Manni, wie soll ich es nur ertragen, dich noch einige Monate mit dieser alten Schachtel teilen zu müssen?«, seufzte und stöhnte sie zeitgleich.

Er antwortete ihr nicht, küsste stattdessen zärtlich ihren Hals und ließ seine Hand unter ihren Rock wandern. Wenn er eines von seiner alten Ehefrau gelernt hatte, dann das, dass Frauen sich manchmal eher durch Taten, denn durch Worte überzeugen ließen.

Zwanzig Minuten später hatte er es geschafft. Er hielt endlich die Beweis-DVD in seinen Händen. Alles war genauso gekommen, wie er es gehofft hatte. Die Künstlerin hatte nicht gebluff und tatsächlich jemandem verraten, wo sie die Beweise versteckt hielt. Aber dadurch, dass seine Affäre die DVD verschwinden lassen konnte, ohne dass die Tochter seiner Erpresserin etwas davon mitbekam, hatte er tatsächlich das Gefühl, die Gefahr ein für alle Mal gebannt zu haben. Zumal er ja jetzt auch wusste, dass es noch andere Männer gab, mit denen sie genau dasselbe Spielchen getrieben hatte. Bei der Suche nach der verschwundenen Malerin würde man sich also mit Sicherheit auf diese Verdächtigen konzentrieren, die im Prinzip alle dasselbe Motiv hatten wie er.

Jetzt musste er eigentlich nur noch die Affäre mit der Bankmitarbeiterin möglichst geräuschlos beenden und irgendwie die Künstlerin loswerden, die er in einer seiner unverkäuflichen Immobilien gefangen hielt. Doch im selben Moment kamen ihm bereits wieder Zweifel an seinem Plan. Er dachte an die attraktive Malerin und den Moment, in dem das Video entstanden war. Er spürte, wie das Blut zwischen seinen Beinen, trotz des gerade erst abgehaltenen Schäferstündchens, schon wieder in Wallung geriet. *Vielleicht kann sie mir lebendig ja noch ganz nützlich sein*, dachte er und freute sich regelrecht darauf, ihr gleich einen Besuch abzustatten.

Kapitel 11

+

VIII

Konfrontation

Mit zittrigen Knien stand Gesa vor dem alten Bauernhaus. In ihren Händen hielt sie eine Brechstange, die Enno ihr geliehen hatte. Bis zum Schluss hatte er darauf bestanden, selbst in das alte Gebäude einzubrechen und dabei auf seine Körperkraft und sein Grundwissen im Bezug auf Wohnungseinbrüche verwiesen. Aber das konnte sie auf keinen Fall zulassen. Wenn sie mit ihrem Verdacht doch daneben lagen, würde Enno für diese Straftat mit Sicherheit seinen Job bei der Polizei verlieren.

Auch Hedda hatte sich angeboten, nachdem sie gemerkt hatte, wie unsicher ihre Freundin sich fühlte. Aber auch das kam für Gesa nicht infrage. Es war schließlich ihre Mutter, die sich – nicht gerade unverschuldet – in Gefahr gebracht hatte. Außerdem war Hedda doch erst vor einigen Monaten im Keller ihres Onkels eingesperrt und fast getötet worden. Sie hatte schon mehr als genug für sie getan, nun war sie selbst einmal an der Reihe.

Sie warf einen letzten prüfenden Blick auf ihr Smartphone. Dass Hedda und Enno die Zuwegung zum Hof jeweils von einer Seite bewachten, beruhigte sie zumindest ein bisschen. Würde sich der Immobilienmakler oder irgendjemand anderes dem abgelegenen Grundstück nähern, würde sie sofort einen Anruf von einem der beiden erhalten.

Sie setzte die Brechstange an der Hintertür an, genauso wie Enno es ihr gezeigt hatte. Aber die Spitze der schweren Eisenstange fand einfach keinen Halt und rutschte immer wieder ab. »Verdammter Mist!«, fluchte sie. *Da hilft wohl nur noch Plan B.* Suchend schaute sie sich auf dem Grundstück um und entdeckte eine alte Schubkarre, die an einem Apfelbaum lehnte. Sie stellte sie direkt unter eines der Fenster und kletterte selbst hinein. Dann holte sie mit der Brechstange aus und ließ sie mit voller Wucht gegen die Scheibe knallen. Es klirrte laut, und unzählige Glassplitter flogen umher. Instinktiv duckte Gesa sich weg und hielt sich dabei schützend den Arm vor das Gesicht.

Nachdem sie sich umgeschaut und auch noch einmal ihr Handy überprüft hatte, machte sie sich daran, mit der Brechstange die spitzen Glasscherben zu entfernen, die noch immer im unteren Teil des Fensterrahmens steckten. Erst danach umfasste sie mit beiden Händen den hölzernen Rahmen und kletterte ins Haus.

Drinnen bot sich ihr das Bild, das sie erwartet hatte. Die Räume waren nahezu unmöbliert, verstaubt und mit Spinnenweben durchsetzt. Hier schien wirklich seit einer Ewigkeit niemand mehr gewohnt zu haben. Vorsichtig schritt sie durch die einzelnen Zimmer. Am liebsten hätte sie laut nach ihrer Mutter gerufen, aber ein unbekannter Instinkt riet ihr, möglichst leise zu sein, auch wenn definitiv niemand anderes sie würde hören können.

Am Ende des schmalen Flures lag ein kleiner Raum, der ursprünglich mal als Küche fungiert haben musste. Die Hängeschränke hingen noch immer an der Wand, ein Elektroherd stand in der Ecke und ein kleiner Kühlschrank brummte leise vor sich hin.

Wieso ist der Kühlschrank denn an?, wunderte Gesa sich. *Normalerweise werden Kühlgeräte bei längerer Nichtnutzung doch abgetaut und ausgestellt.* Sie ging auf das weiße Gerät zu, packte den Griff und zog die Tür vorsichtig auf. Die Lampe im Kühlschrank leuchtete auf. Auf dem mittleren Gitterrost fand sie ein Glas Marmelade, mehrere in Folie verpackte Käsescheiben, etwas Quark und einige Joghurtbecher. Sie nahm die Lebensmittel nach und nach heraus und überprüfte deren Verfallsdatum. Nicht eines von ihnen war abgelaufen. *Wieso lagert man frische Lebensmittel in einem seit Ewigkeiten leer stehenden Bauernhaus?*

***

Der Alarm an seinem Handy ließ *Fred* erschrocken zusammenzucken. »Entschuldigen Sie bitte, ein sehr wichtiger Anruf«, sagte er zu dem wohlhabenden Geschäftsmann und dessen Ehefrau, denen er eigentlich gerade eine Penthouse-Wohnung direkt am Emder Delft zeigen wollte. »Schauen Sie sich doch ruhig schon mal ein wenig um!« Er zog sich ein paar Schritte zurück und zückte sein Smartphone aus der Innentasche seines Jacketts. *Verdammt, ist da etwa wirklich jemand im Haus?* Einer der Bewegungsmelder, die er in dem alten Bauernhaus angebracht hatte, hatte Alarm geschlagen. War es nur eine Fehlfunktion, hatte sich vielleicht eine Ratte Zugang zum Objekt verschafft, oder war wirklich jemand in den alten Hof eingedrungen?

Er durfte kein Risiko eingehen. »Entschuldigen Sie, ein dringender Notfall. Hier!« Er reichte dem Interessenten einen Schlüssel. »Sehen Sie sich ruhig schon mal in Ruhe um. Ich schicke Ihnen sofort einen Kollegen vorbei!«, rief er, während er bereits aufgeregt zu seinem Wagen zurückeilte.

***

Gesa hatte bereits jeden Raum des Hauses durchsucht, aber keinerlei Anzeichen dafür gefunden, dass sich aktuell jemand hier aufhielt. Mit jedem weiteren Schritt lauschte sie in die Stille. Wenn ihre Mutter wirklich hier war, würde sie sich doch mit Sicherheit irgendwie bemerkbar machen. Aber sie hörte nichts, außer das Klopfen ihres Herzens und das Rauschen des Blutes hinter ihren Ohren. *Hier muss es doch irgendwo einen Keller oder einen Dachboden geben*, überlegte sie. Sie wollte die Hoffnung einfach noch nicht aufgeben. Wenn ihre Mutter nicht hier war, müssten sie nämlich mit ihrer Suche wieder komplett von vorne anfangen.

Wieder schlich sie durch das komplette Haus, konzentrierte sich dieses Mal aber hauptsächlich auf die Decken und Fußböden. Irgendwo musste es doch eine Art Luke geben. In einem der Räume stand ein alter Sekretär, der auf einem grob gewebten Teppichboden platziert worden war. Beim ersten Mal hatte sie lediglich die Schubladen des alten Schreibtisches untersucht, dabei aber festgestellt, dass er vollkommen leer war. Dieses Mal jedoch bückte sie sich, hob den Teppichboden an und spähte darunter. *Eine Kellerluke!* Euphorisch ballte sie ihre Hand zur Faust. In diesem Moment war sie sich sicher, das Gefängnis ihrer Mutter gefunden zu haben.

Plötzlich vibrierte das Handy in ihrer Hosentasche. Vor Schreck wäre ihr fast das Herz stehen geblieben. Sie hielt sich das Smartphone ans Ohr, deckte das Mikrofon mit einer Hand ab und flüsterte: »Was ist?«

»Ich bin es, Hedda.« Sie flüsterte ebenfalls. »Du bist schon so lange da drin, ich musste einfach wissen, ob es dir gut geht.«

»Bei mir ist alles okay!«, log Gesa. In Wirklichkeit war ihr speiübel. »Ich habe das ganze Haus abgesucht, aber bisher noch nichts gefunden. Der Kühlschrank ist aber voller Lebensmittel. Es muss also jemand hier sein! Gerade eben habe ich eine Kellerluke entdeckt, aber da steht ein großer Schreibtisch drauf. Ich weiß nicht, ob ich den alleine bewegen kann.«

»Warte, ich komme zu dir und helfe dir!«

Noch ehe Gesa widersprechen konnte, hatte Hedda das Telefonat bereits beendet. Kurz dachte sie darüber nach, ihre Freundin zurückzurufen und ihr das Ganze auszureden, doch ein weiterer Blick auf das massive Möbelstück genügte, und sie wusste, dass sie es wahrscheinlich nicht alleine und vor allem nicht geräuschlos würde bewegen können.

Nur fünf Minuten später stand Hedda neben ihr. »Ich nehme die linke und du die rechte Seite, okay?«

Gesa nickte, stellte sich an ihre Seite des Sekretärs und packte mit beiden Händen nach der leicht überstehenden Tischplatte.

»Auf drei! Eins, zwei …«

»Warte mal!«, unterbrach Gesa den Countdown. »Was ist eigentlich, wenn der Typ jetzt von der anderen Straßenseite kommt?«

»Keine Sorge!«, flüsterte Hedda ihr zu. »Ich habe Enno Bescheid gesagt. Er hockt jetzt in einem Gebüsch direkt vor dem Hof und hält zu beiden Seiten Ausschau.«

Gesa atmete geräuschvoll aus. »Und du meinst, das reicht aus?«

»Na klar! Der Typ kommt bestimmt nicht so schnell zurück. Der war doch gerade erst hier. Wir gehen jetzt da runter, befreien deine Mutter und dann verschwinden wir so schnell wie möglich.«

»Okay!« Gesa nickte ihrer Freundin entschlossen zu.

»Also, eins, zwei, drei!«

Mit einem Ruck hoben die beiden Frauen das schwere Möbelstück an, machten ein paar Schritte zur Seite und stellten es so geräuschlos wie möglich wieder auf dem hölzernen Fußboden ab.

***

Mittlerweile war er sich ganz sicher, dass irgendjemand im Haus war. Niemals könnte eine Ratte für den Alarm gleich mehrerer Bewegungsmelder auf verschiedenen Stockwerken verantwortlich sein. Schon oft hatte er genau diesen Notfall in seinem Kopf durchgespielt, aber jetzt, da er tatsächlich eingetreten war, hätte er am liebsten alle Vorsichtsmaßnahmen über Bord geworfen.

Mit quietschenden Reifen brachte er seinen Wagen an einer großen Weide zum Stehen. Er war die etwa zwölf Kilometer von Emden bis hierher quasi geflogen. So schnell er konnte, rannte er in geduckter Haltung über die unebene Wiese, hinüber zu dem kleinen Graben, der parallel zur Hauptstraße direkt zum alten Bauernhaus führte. Er machte einen beherzten Satz und spurtete dann den Graben entlang. Von hier aus waren es sicherlich noch gute vierhundert Meter bis zu seinem Hof.

Als er direkt am Grundstück des alten Bauernhofes angekommen war, stoppte er, schnappte nach Luft und schaute auf sein Smartphone. *Der Bewegungssensor im Keller hat noch nicht angeschlagen*, stellte er erleichtert fest. Dann kämpfte er sich die Böschung des Grabens hinauf und schlüpfte durch den kaum zu erkennenden Fluchttunnel, den er zwischen den wild wachsenden Sträuchern und Büschen angelegt hatte, welche ansonsten die Rückseite des Grundstückes vor neugierigen Blicken schützten. Das Loch in der Fensterscheibe und die davorstehende Schubkarre fielen ihm sofort ins Auge.

Die Polizei würde niemals so in ein Haus einsteigen, war er sich sicher. In diesem Moment vibrierte sein Handy. Es war der Alarm aus dem Keller.

***

Die Luft im Keller war feucht und modrig. Hedda und Gesa konnten sich nur in gebeugter Körperhaltung fortbewegen, da die Deckenhöhe enorm niedrig war. Wenigstens funktionierte der Lichtschalter, der direkt am Anfang des langen Tunnels angebracht worden war. Mehrere Lampen erleuchteten einen Gang, von dem aus einige kleine Räume betreten werden konnten.

Hedda ging voraus und spähte in den ersten Raum hinein. Es gab keine Tür, dennoch reichte das schwache Licht der Lampen im Tunnel nicht aus, um wirklich etwas erkennen zu können. Vorsichtig tastete sie hinter dem Türbogen nach einem weiteren Lichtschalter und betätigte ihn, nachdem sie ihn gefunden hatte. Eine Lampe in der Mitte des Raumes begann zu flackern. Die

149

Deckenhöhe war viel größer als in dem beengten Gang. Dennoch war der Raum vollkommen leer.

Das gleiche Spiel wiederholten sie beim zweiten und dritten Raum. Aber auch diese waren beide unbenutzt. Der vierte und letzte Raum lag ganz am Ende des unterirdischen Korridors. Doch im Gegensatz zu allen anderen, war dieser durch eine massive Holztür versperrt, die zudem auch noch mit einem Vorhängeschloss gesichert worden war.

»Wie sollen wir da nur reinkommen?«, fragte Hedda ihre Freundin und nahm das dicke Vorhängeschloss in die Hand.

Plötzlich hörten sie aus dem Raum eine Art Stöhnen. Sofort presste Gesa ihr Ohr an die Holztür und lauschte. »Mama? Mama, bist du da drin?«

Wieder hörten sie ein kaum wahrnehmbares Geräusch.

»Sie ist da drin!«, schrie Gesa aufgeregt. Dann schaute sie sich suchend um. »Die Brechstange, ich habe sie oben gelassen. Damit kriegen wir das Schloss bestimmt auf!« Ohne auf eine Reaktion von Hedda zu warten, rannte sie den Gang entlang und kletterte die Treppe hinauf.

***

Die Schritte, die aus der Kellerluke nach oben hallten, wurden immer schneller und lauter. Hastig nahm er die Eisenstange, die er beim Betreten des Hauses gefunden hatte und versteckte sich hinter dem Türrahmen im Nachbarzimmer. *Egal wer durch diese Tür kommt, den haue ich um!*, schwor er sich innerlich auf die kommende Situation ein. Wie ein Baseballspieler hielt er die Brechstange in beiden Händen, bereit, jederzeit den entscheidenden Schlag auszuführen. Dass er mit dieser Aktion eventuell bereits den dritten Namen auf seiner Todesliste würde setzen können, war ihm dabei vollkommen egal. Für ihn zählte nur, dass seine Frau nichts von dem Video erfahren durfte und dass niemand herausfinden konnte, dass er ein Mörder war.

Als er die Schritte hörte, die direkt auf ihn zukamen, kam er blitzschnell aus seinem Versteck hervor, holte mit der Brechstange aus und wollte gerade zum Schlag ansetzen, als er im letzten Moment doch innehielt. Vor ihm stand eine bildhübsche junge Frau, die ihn aus schreckgeweiteten Augen anstarrte und dabei zu einer Art Salzsäule erstarrt zu sein schien. Die Ähnlichkeit zu ihrer Mutter war unverkennbar.

Mutter und Tochter zusammen in einem Keller, ließ er seinen schmutzigen Gedanken freien Lauf. *Das könnte mir sehr viel Freude bereiten!*

»Zurück in den Keller, oder ich erschlage dich genauso, wie deinen Onkel!«, drohte er Gesa.

»Sie ... Sie haben meinen Onkel erschlagen? Wieso?« Sie hatte den Mann, den sie schon einmal auf dem Plakat in der Innenstadt gesehen hatte, sofort erkannt. Es war Manfred Becker, der Immobilienmakler.

»Ach, ich dachte, es wäre dein Vater. Eigentlich war ich ja auch nur hinter deiner Mutter her. Konnte ja nicht ahnen ... Wieso erzähle ich dir das überhaupt?«

Gesa nahm all ihren Mut zusammen. »Meine Mutter? Was haben Sie mit meiner Mutter gemacht?«, schrie sie ihn wütend an.

»Das wirst du gleich sehen. Und jetzt ab in den Keller!« Drohend hob er die Eisenstange empor.

***

»Meine Mutter? Was haben Sie mit meiner Mutter gemacht?«

Hedda erkannte sofort die Furcht in Gesas Stimme. Mit wem auch immer sie sich da oben gerade unterhielt, es war mit Sicherheit niemand, der ihnen helfen würde, Dagmar Janssen aus diesem Kellerloch zu befreien.

Instinktiv eilte sie – so geräuschlos wie möglich – den Gang entlang und versteckte sich in einem der leer stehenden Kellerräume. Sie konnte nur hoffen, dass Gesas Angreifer nicht beim Vorbeilaufen hineinsehen würde. Denn wirkliche Versteckmöglichkeiten gab es in den Räumen einfach nicht. Hektisch zog sie ihr Handy aus der Tasche. Sie musste unbedingt Enno informieren, dass sie in Gefahr waren. *Enno!* Der Gedanke traf sie wie ein Blitz. *Hoffentlich hat der Typ ihm nichts getan!*

Sie wischte über das Display und tippte lediglich die Buchstaben „S-O-S" in das Chatfenster ein. Dann beeilte sie sich, auf den Absende-Button zu drücken. Gebannt starrte sie auf das Uhren-Symbol hinter ihrem Hilferuf. *Wieso geht meine Nachricht nicht raus?* Verzweifelt prüfte sie die Netzqualität. *Verdammte Scheiße, ich habe in diesem Kellerloch kein Netz!*

***

»Was haben Sie mit mir vor?« Gesa spürte die Spitze der Eisenstange in ihrem Kreuz. Gleichzeitig versuchte sie, nach Hedda Ausschau zu halten, konnte sie aber nirgends entdecken. Wenn sie es schaffen würde, ihren Angreifer abzulenken, könnte Hedda vielleicht nach draußen fliehen und Enno zur Hilfe holen.

»Ich habe doch gesagt, ich bringe dich zu deiner Mutter. Ihr werdet für eine sehr lange Zeit zusammen sein.« Sein Lachen glich eher einem dreckigen Grunzen.

Vor dem verschlossenen Kellerraum blieb Gesa stehen. Dann hörte sie plötzlich ein klirrendes Geräusch neben ihren Füßen.

»Los, aufschließen!«, befahl Manfred Becker ihr.

Gesa bückte sich, um den Schlüssel aufzuheben. Ihre Knie waren weich und ihre Arme zitterten. Nur mit großer Konzentration schaffte sie es, den kleinen Schlüssel in das Vorhängeschloss zu schieben. Der Metallbügel schnappte auf, und Gesa konnte das Schloss mühelos entfernen.

»Aufmachen!«

Ängstlich öffnete sie die Tür. Ob es ihrer Mutter den Umständen entsprechend gut ging? Ob er sie geschlagen oder andersartig misshandelt hatte. Instinktiv kniff sie die Augen zusammen, als die Tür langsam aufschwang. Erst als sie einen erneuten Stoß mit der Eisenstange bekam, öffnete sie die Augen wieder und machte einen Schritt nach vorne. Direkt vor ihr lag ihre vollkommen unbekleidete Mutter auf einer alten, schmutzigen Matratze, die lieblos auf den nackten Betonboden geworfen worden war. Ihre Hände waren hinter ihrem Rücken zusammengebunden. Am Kopfende war eine Metallöse mit der Wand verschraubt worden, an der wiederum eine Eisenkette hing. Das Halsband am anderen Ende dieser Eisenkette spannte sich um den Hals ihrer Mutter, die sofort versuchte aufzustehen, nachdem sie ihre Tochter erkannt hatte. Aber die Kette war so kurz, dass dieses Unterfangen einfach unmöglich war. Daher kniete Dagmar Janssen sich hin, starrte ihre Tochter erschrocken an und versuchte, durch den Knebel in ihrem Mund hindurch, etwas zu ihr zu sagen.

»Ich werde eine zweite Matratze brauchen«, lachte Manfred Becker verächtlich. Doch mitten im Lachen wurde er plötzlich ganz still.

***

Auf Zehenspitzen schlich Hedda Richtung Kellerluke. Es waren nur noch wenige Meter, trotzdem achtete sie darauf, keine unbedachte Bewegung zu machen. Nur ein Geräusch und ihr könnten am Ende die entscheidenden Zentimeter zur Flucht fehlen.

»Ich werde eine zweite Matratze brauchen«, hörte sie Manfred Becker am anderen Ende des Korridors verächtlich lachen. Dann wurde er plötzlich ganz still.

Irgendetwas stimmt da nicht!, dachte Hedda und blieb stehen, um das Geschehen im Kellerverlies besser belauschen zu können.

»Woher weißt du eigentlich, dass deine Mutter hier ist?«, hörte sie wieder die Stimme des Immobilienmaklers. Er klang jetzt sehr aufgebracht.

»Ich … ich …«, hörte sie Gesa leise winseln. Wenn ihr jetzt keine gute Ausrede einfiel, würde die Sache kein gutes Ende für sie nehmen.

Den Blick Richtung Kellerverlies gerichtet, ging Hedda rückwärts auf die Luke zu. Sie brauchte jetzt unbedingt Ennos Hilfe.

»Dass ich da nicht gleich draufgekommen bin! Du steckst mit diesem Penner unter einer Decke, der mich heute vor dem Haus angequatscht hast.« Der harte Aufprall der Eisenstange auf dem nackten Beton hallte durch das ganze Kellergewölbe. »Du miese Fotze, ich bringe dich um!«

Der Hass in seiner Stimme ließ Hedda keinen Augenblick lang daran zweifeln, dass Manfred Becker seiner Drohung auch Taten folgen lassen würde. So schnell sie konnte, rannte sie zurück. Als sie die Kellertür erreicht hatte, konnte sie gerade noch sehen, wie er die Eisenstange hinter seinem Kopf hielt und zum finalen Schlag auf die vor ihm kauernde Gesa ausholen wollte. Ohne zu zögern packte Hedda nach dem hinteren Ende der Brechstange.

Erschrocken drehte sich Manfred Becker zu ihr um. »Wo kommst du denn jetzt her?« Mit einer ruckartigen Bewegung riss er Hedda die Stange wieder aus den Händen. Sie hatte keine Chance gegen seine ungezügelte Kraft. Nachdem er die Brechstange wieder unter seine Kontrolle gebracht hatte, begann er damit, unkontrolliert um sich zu schlagen.

Hedda und Gesa bückten sich zeitgleich und verhinderten so gerade noch rechtzeitig, dass er sie mit der massiven Eisenstange am Kopf traf. Dann schlüpften sie aus dem Kellerraum hinaus und spurteten auf den rettenden Ausgang zu.

»Ich werde deiner Mutter den Schädel zerschmettern, wenn ihr nicht sofort stehen bleibt!«, rief Manfred Becker ihnen, mit erschreckend fröhlicher Stimme, hinterher.

Die Freundinnen wurden langsamer, blieben schließlich stehen und schauten sich unsicher an.

»Ich werde zurückgehen«, sagte Gesa.

»Wenn du gehst, gehe ich auch!«, antwortete Hedda entschlossen.

»Aber, du kannst doch nicht …«, versuchte Gesa, ihre Freundin doch noch zur Flucht zu bewegen.

»Ich lasse dich nicht alleine!«, betonte Hedda noch einmal ihre Entschlossenheit.

»Ihr seid auch nicht alleine!«, rief ihnen plötzlich eine vertraute Stimme aus Richtung der Kellerluke zu. Es war Enno. Langsam stieg er die Treppenstufen hinab.

»Enno!«, riefen Hedda und Gesa im Chor. Die Erleichterung war beiden deutlich anzuhören.

»Na, auf dich habe ich gerade noch gewartet. Dann habe ich ja wohl jetzt alle, die von meinem kleinen Geheimnis wissen, hier im Keller beisammen«, lachte der Immobilienmakler siegessicher.

»Nicht ganz!«, entgegnete Enno.

»Du willst mich doch nur reinlegen. Ihr drei schwingt jetzt sofort eure Ärsche da rein oder ich verarbeite die Schlampe da drinnen zu Hackfleisch!« Er deutete mit der Eisenstange in den Raum, in dem er immer noch Dagmar Janssen gefangen hielt.

»Ich habe bereits vor einigen Minuten die Polizei gerufen. Die Kollegen müssten jeden Moment hier sein!«

Im selben Moment hörten sie von oben das Geräusch einer Polizeisirene. Manfred Beckers Gesichtszüge erstarrten. Er schaute immer wieder zwischen Dagmar Janssen und der Kellertreppe hin und her. Dann rannte er plötzlich entschlossen auf Hedda, Gesa und Enno zu. »Aus dem Weg oder ich schlage euch alle tot!«, schrie er mit wutverzerrtem Gesicht und fuchtelte dabei mit der Brechstange herum. Der schmale Kellergang und die niedrige Deckenhöhe ließen dabei aber kaum kontrollierte Schläge zu.

Dennoch wichen die drei Freunde in einen der leer stehenden Kellerräume zurück und gaben so den Fluchtweg für ihn frei.

»Schnell raus hier, bevor er noch etwas merkt!«, gab Enno das Kommando, kurz nachdem der Immobilienmakler den Keller verlassen hatte.

»Bevor er was merkt?«, fragte Hedda, während sie Enno bereits folgte.

»Na, dass die Polizei überhaupt nicht hier ist!«, antwortete Enno.

»Du hast überhaupt nicht deine Kollegen angerufen?«, fragte Gesa ungläubig. Sie wusste nicht, ob sie sich über diese neue Information wirklich freuen sollte.

»Psst!« Enno legte den Zeigefinger vor seine Lippen und deutete den Freundinnen an, ihm zu folgen. Nachdem er das Erdgeschoss einmal komplett durchquert, und die verschlossene Vordertür kontrolliert hatte, ging er davon aus, dass Manfred Becker durch das eingeschlagene Fenster geflohen sein musste. Alles war genauso gelaufen, wie er es sich erhofft hatte.

»Willst du uns jetzt vielleicht endlich mal verraten, was hier eigentlich los ist?«, fragte Hedda ungeduldig.

Enno ging zur Treppe, die hinauf ins Obergeschoss führte und griff mit seiner Hand nach einem kleinen schwarzen Kasten. »Ich habe mein Handy hier versteckt und den Wecker so eingestellt, dass es genau dann klingelt, wenn ich gerade bei euch im Keller bin. Als Klingelton habe ich eine Polizeisirene eingestellt. Ich hatte gehofft, dass ihn das Geräusch so nervös machen würde, dass er nur noch an eine Flucht denken konnte.«

»Aber woher wusstest du denn, dass wir …«

»Ich wusste es nicht. Aber ihr wart schon so lange da drinnen, dass ich befürchtet habe, dass ihr vielleicht Hilfe benötigt. Darum bin ich euch irgendwann einfach gefolgt. Als ich ins Haus eingestiegen war, habe ich dann die Stimmen aus dem Keller gehört. Da wusste ich, dass ich schnell handeln musste.«

»Ach, Enno!« Hedda sprang auf, schlang ihre Arme um seinen Hals und küsste ihn leidenschaftlich auf den Mund.

Gesa räusperte sich lautstark. »Ich störe das junge Glück ja nur ungern, aber meine Mutter ist noch immer da unten, und wir wissen nicht, ob der Psychopath noch einmal zurückkommt.«

Hedda löste sich von Enno, schaute ihm noch einmal verträumt in die Augen und stellte dabei zufrieden fest, dass er zum wiederholten Male knallrot angelaufen war. »Geh du in den Keller und befreie deine Mutter, Enno und ich passen hier oben auf, falls er doch noch wieder zurückkommt.«

»Ich beeile mich!« Gesa spurtete die Treppenstufen hinab. Dann rannte sie in das Gefängnis ihrer Mutter, entfernte den Knebel und das Lederhalsband und half ihr anschließend beim Aufstehen. In der Ecke des Raumes lagen die Klamotten, die sie bei ihrer Entführung getragen hatte. Hastig streifte sie ihr die Hose über die Beine und legte ihr die Jacke über die Schultern, um so zumindest einigermaßen ihre Blöße zu bedecken. Die Kabelbinder, mit denen Dagmar Janssens Hände hinter ihrem Rücken gefesselt worden waren, konnte sie jedoch nicht durchtrennen.

Als sie mit ihrer Mutter das Erdgeschoß erreicht hatte, sah Gesa, dass Enno plötzlich ein Messer in der Hand hielt. »Wo hast du das denn her?«

»Habe ich in der Küche gefunden.« Enno ging behutsam auf Dagmar Janssen zu, stellte sich seitlich neben sie und durchtrennte dann den Kabelbinder.

»Ihr müsst sofort die Polizei verständigen!«, sagte Dagmar Janssen erschöpft. Sie sah aus, als würde sie jeden Moment das Bewusstsein verlieren.

»Aber Mama, dann kommst du doch auch ins Gefängnis«, gab Gesa verzweifelt zu bedenken.

Kapitel 12

Und noch ein Geheimnis

Nervös stand Hedda vor dem Badezimmerspiegel und versuchte, die Herpesbläschen zu kaschieren, die sich über Nacht an ihrer Unterlippe gebildet hatten. Warum musste diese lästige Viruserkrankung auch gerade jetzt wieder ausbrechen? Natürlich war ihr bewusst, dass die gestrige Befreiungsaktion ihren Körper mit Stresshormonen regelrecht geflutet haben musste und der Ausbruch der Symptome daher durchaus nachvollziehbar war. Trotzdem war der Zeitpunkt mehr als unglücklich. Schließlich war sie seit gestern endlich mit Enno zusammen. Sie wollte ihn doch auch heute so gerne wieder küssen, zumal er das wirklich wahnsinnig gut konnte. In Gedanken verfluchte sie ihren Ex-Freund Jan, dem sie diese lästige Krankheit zu verdanken hatte. Selbst jetzt noch funkte er also in ihrem Liebesleben herum.

Es klingelte. *Das ist bestimmt Enno*, dachte Hedda aufgeregt. *Er ist viel zu früh dran!* Sie spurtete die Treppenstufen herunter und riss die Haustür auf. Doch draußen stand nicht Enno, sondern eine Frau, die Hedda irgendwie bekannt vorkam.

»Moin, ich bin Doris. Ist dein Onkel da?« Sie reichte Hedda zur Begrüßung die Hand.

»Ja, er müsste eigentlich …«, begann Hedda irritiert zu antworten.

»Bin gleich fertig!«, hörte sie ihren Onkel aus dem Badezimmer im Erdgeschoss rufen. Seine Stimme klang ungewohnt fröhlich – irgendwie glücklich.

»Kommen Sie doch herein!«, sagte Hedda höflich und trat einen Schritt zurück, um den Weg frei zu machen.

»Du kannst ruhig du zu mir sagen.« Doris lachte so freundlich, dass sie Hedda gleich noch sympathischer war.

»Alles klar!« Hedda lächelte zurück. »Möchtest du einen Tee, während du auf meinen Onkel wartest?«

»Vielen Dank, mir reicht ein Glas Wasser«, antwortete Doris und setzte sich auf einen der Küchenstühle.

Hedda nahm ein Glas und eine Wasserflasche von der Küchenablage und schenkte Doris etwas ein. Während ihr Gast einen ersten Schluck zu sich nahm, beäugte Hedda die Besucherin genau. Sie war ein wenig mollig, aber dennoch sehr weiblich. Ihre Haare sahen aus, als wäre sie gerade noch beim Friseur gewesen. Sie trug ein modisches Oberteil und eine stylishe blaue Jeans. Ihre Schuhe waren flach, aber dennoch schick. Sie schätzte sie auf Mitte 40.

»Ist alles okay?«, fragte Doris. Ihr waren Heddas prüfende Blicke natürlich nicht entgangen.

Ertappt lief Hedda rot an. »Ja, alles bestens. Ich habe mich gerade nur gefragt, ob ich dich irgendwo her kenne.«

Doris setzte wieder ein herzerwärmendes Lächeln auf. »Als du mich beim letzten Mal gesehen hast, sah ich ganz anders aus.«

»Wusste ich es doch, ich kenne dich irgendwoher!«

»Du hast vor einigen Monaten mit Enno in Brunos Imbiss gegessen. Ich arbeite dort!«

Hedda erinnerte sich noch gut an ihr erstes Treffen mit Enno. In Gedanken versuchte sie, sich an die Situation von damals zurückzuerinnern. »Stimmt, ich erinnere mich wieder! Aber irgendwie sahst du damals viel älter aus!« Erschrocken schlug sich Hedda die Hand vor den Mund. Wieder einmal hatte sie gesprochen, bevor sie richtig nachgedacht hatte. »Tschuldigung, so war das nicht gemeint«, murmelte sie verlegen.

Doris lachte laut auf. Es war ein herzliches, ehrliches Lachen. »Kein Problem. Im Imbiss bin ich natürlich nicht so zurechtgemacht. Außerdem hatte ich damals gerade wirklich eine schwierige Zeit. Aber das ist ja jetzt zum Glück vorbei.« Sie strahlte über das ganze Gesicht, als Willm zur Tür hereinkam.

»Hallo mein Schatz«, begrüßte er sie, beugte sich zu ihr herunter und gab ihr einen langen Kuss.

Mit offenstehendem Mund betrachtete Hedda die beiden. Damit hatte sie nun wirklich nicht gerechnet.

»Alles okay mit dir?«, scherzte Willm und wandte sich seiner Nichte zu.

»Nichts ist okay!«, tat Hedda so, als wäre sie böse. Doch bereits im nächsten Moment musste sie ihr Schauspiel einem breiten Grinsen opfern. »Wann hattest du denn vor, mir von euch beiden zu erzählen?« Sie freute sich wahnsinnig, dass ihr Onkel nach dem traumatischen Erlebnis mit Sarinya ein neues Glück gefunden zu haben schien.

»Wir treffen uns schon eine ganze Weile, aber wir wollten beide erst einmal abwarten, wie sich die Sache zwischen uns entwickelt, bevor wir es öffentlich machen.«

Hedda erinnerte sich an die vielen Momente in der letzten Zeit, in denen sich ihr Onkel merkwürdig verhalten hatte. »Jetzt wird mir so einiges klar!«, lachte sie. »Darum bist du vor einigen Tagen auch als Nikolaus aus dem Haus gegangen.«

In diesem Moment klingelte es wieder an der Tür. Hedda öffnete erneut. Dieses Mal war es Enno. Sein Kopf war hinter einem riesigen Blumenstrauß versteckt. Er neigte ihn zur Seite und lächelte Hedda glücklich an. »Ich wollte bei meinem ersten offiziellen Besuch als dein Freund nicht ohne ein Geschenk aufkreuzen.«

»Du bist so süß!« Sie fiel ihm um den Hals, erinnerte sich aber gerade noch rechtzeitig daran, dass sie ihn heute ja leider nicht küssen durfte.

»Ist alles okay?«, fragte Enno irritiert. Er hatte fest mit einem Begrüßungskuss gerechnet.

»Ich habe da leider etwas, weshalb wir heute auf das Küssen verzichten müssen.« Sie zeigte auf die kleinen Bläschen unterhalb ihrer Lippe. »Aber uns fällt sicher auch noch etwas anderes ein«, versuchte sie eigentlich nur die Situation zu überspielen, merkte aber an Ennos spitzbübischen Grinsen schnell, dass man ihre Worte auch anders interpretieren konnte. »Enno!«, sagte sie daher mit gespielter Empörung. Dabei wollte sie überhaupt nicht ausschließen, schon sehr bald mit ihm den nächsten Schritt zu machen.

»Moin Enno!« Willm klopfte ihm freundschaftlich auf die Schulter. Er hatte sich sehr gefreut, als Hedda ihm von ihrer jungen Liebe berichtet hatte.

»Moin Willm! Moin Doris!« Enno schien von dem Anblick des neuen Pärchens überhaupt nicht irritiert zu sein.

Hedda erinnerte sich in diesem Moment an den Abschiedskuss, auf den Enno einst verzichtet hatte, weil er ihr nicht verraten wollte, was Willm aus dem Auto heraus zu ihm gesagt hatte. »Du hast das die ganze Zeit über gewusst, oder?«, fragte sie ihn.

»Das kann Enno dir ja gleich alles in Ruhe erklären«, sagte Willm augenzwinkernd. »Wir müssen los, sonst fängt der Film noch ohne uns an.«

Nachdem Willm und Doris das Haus verlassen hatten, gestand Enno, dass er bereits seit etwa zwei Wochen wusste, dass die beiden sich regelmäßig miteinander trafen. Gleichzeitig betonte er aber auch, dass er sowohl Doris, als auch Willm versprechen musste, niemandem etwas davon zu erzählen.

Hedda dachte kurz darüber nach, ob sie Enno für seine Verschwiegenheit böse sein konnte, kam aber sofort zu dem Entschluss, dass seine Loyalität nur eine weitere positive Eigenschaft war, die ihn noch liebenswerter machte. Im Gegensatz zu ihr konnte er nämlich ein Geheimnis selbst gegenüber seinen besten Freunden bewahren. »Wir haben noch gar nicht darüber gesprochen, wie scheiße es von mir war, dass ich Gesa das mit deiner Jungfräulichkeit erzählt habe«, sagte sie betreten.

»Du hast dich doch schon mehrfach schriftlich entschuldigt«, wollte Enno das Thema sofort wieder beenden.

»Ja, das schon. Aber du warst wütend und verletzt. Und ich habe noch gar nicht …«

»Manchmal brauche ich ein oder zwei Tage, um mir darüber klar zu werden, was im Leben wirklich wichtig ist. Ich war hauptsächlich wütend, weil mir die Angelegenheit irgendwie peinlich war. Mir ist aber klar geworden, dass es da nichts gibt, was mir unangenehm sein müsste. Darum: Schwamm drüber!«

»Aber mir ist es wichtig, dass …«

Enno unterbrach sie erneut. »Auch wenn mir klar geworden ist, dass mir meine Jungfräulichkeit nicht peinlich sein muss, rede ich trotzdem nicht so gerne darüber. Also können wir das Thema jetzt abhaken oder muss ich dich doch mit einem Kuss zum Schweigen bringen?«

»Das wäre wirklich schön!«, seufzte Hedda und verfluchte erneut die Herpesbläschen unter ihrer Lippe. »Gibt es eigentlich etwas Neues in unserem Fall?«, probierte sie es mit einem Themenwechsel.

Gegen ihren Widerstand hatte Dagmar Janssen sie am Vortag dazu gedrängt, doch die Polizei zu rufen. Anfänglich hatte Gesas Mutter tatsächlich gehofft, Manfred Becker mit der Rückzahlung seines Kapitals ruhigstellen und somit auch einer eigenen Gefängnisstrafe wegen räuberischer Erpressung entgehen zu können. Aber nach den Morden an ihrer Schwiegermutter und ihrem Schwager, sowie ihrer eigenen Entführung, wusste sie, dass es an der Zeit war, die Verantwortung für ihre Handlungen zu übernehmen. Hätte sie das leer stehende Haus von Gerda Janssen nicht benutzt, um ihren eigentlichen Wohnort zu schützen, wären ihre Schwiegermutter und ihr Schwager schließlich jetzt noch am Leben.

Manfred Becker wurde noch am selben Abend von der Polizei in seiner Privatvilla gefasst. Er war gerade dabei, seine Sachen für einen längeren Auslandsaufenthalt zu packen. Die Aussagen von Dagmar Janssen, Gesa und Hedda belasteten ihn ohnehin schon schwer. Auch seine eigene Ehefrau hatte bei der Polizei ausgesagt und wahrheitsgemäß berichtet, dass ihr Mann ihr gegenüber behauptet hatte, wegen eines Trauringkurses auf Langeoog gewesen zu sein. Eine Aussage, deren Wahrheitsgehalt sich relativ einfach überprüfen ließ. Als dann aber auch noch seine Geliebte im polizeilichen Verhör zusammengebrochen war und sowohl ihren Verstoß gegen das Bankgeheimnis als auch den Diebstahl der DVD zugegeben hatte, war auch der Immobilienmakler schließlich unter dem Druck der Ermittlungen eingeknickt. Er gab gegenüber den Beamten nicht nur die Entführung und den sexuellen Missbrauch von Dagmar Janssen zu, sondern gestand auch die vorherigen Morde an Gerda Janssen und ihrem Sohn Reyk.

Ennos Anwesenheit am Tatort hatten Hedda und Gesa einheitlich mit dem Hilferuf, den Hedda ihm aufs Handy gesendet hatte, erklärt. Die Freundinnen wollten beide nicht, dass er ihretwegen Ärger mit seinem Arbeitgeber bekam. Durch die GPS-Funktion und eine dazu passende Ortungsapp auf seinem Smartphone, hatte er sie angeblich schnell gefunden. Da Enno Polizist war, überprüften seine Kollegen die Angaben zum Glück nur grob.

»Ich habe Neuigkeiten zu diesem Marten Smid.«

»Erzähl!«, forderte Hedda neugierig. Sie konnte noch immer nicht verstehen, warum man seine DNA und unzählige Fingerabdrücke im Haus ihres Onkels gefunden hatte, wenn er doch nicht der Mörder war. Und warum hatte seine Frau das Alibi für ihn zurückgezogen?

»Er konnte sich plötzlich wieder erinnern«, begann Enno zu erzählen. »Nach dem Streit in der *Düne 13*, hat er sich auf dem Heimweg auch noch heftig mit seiner Frau gestritten. Er ist daraufhin zum Haus von Reyk Janssen hinüber gegangen und hatte in seiner Wut alles verwüstet. Seine Frau hatte ihn ja zunächst mit einem Alibi gedeckt, dieses dann aber doch noch widerrufen, da selbst sie ihrem Mann zugetraut hatte, Reyk Janssen in seiner Eifersucht erschlagen zu haben. Schließlich hatte sie in dieser Nacht mit eigenen Augen gesehen, wie ihr Mann im Nachbarhaus verschwunden ist. Wusstest du eigentlich, dass viele Insulaner ihre Häuser nicht abschließen?«

»Das dürfte sich zumindest auf Langeoog jetzt geändert haben«, seufzte Hedda traurig. Sie hatte das Vertrauen in das Gute der Menschen in den letzten Monaten wahrlich eingebüßt.

Epilog

Ein neuer Fall

Auf diese Woche hatte sich Hedda schon seit Monaten gefreut. Bereits zu Weihnachten hatte Enno ihr einen gemeinsamen Urlaub in Norddeich geschenkt.

7 Tage lang nur wir zwei, dachte Hedda glücklich und schaute verliebt zu Enno hinüber, der ihre Hand hielt und mit ihr gemeinsam über den Deich spazierte. Von hier aus hatte man eine traumhafte Aussicht auf die Nordsee, aber auch die Inseln Norderney und Juist konnte man gut erkennen. Auf der großen Rasenfläche, die Deich und Nordsee voneinander trennten, tummelten sich unzählige Touristen. An diesem Wochenende war wieder einmal *Internationales Drachenfest* in Norddeich und unter dem wolkenfreien blauen Himmel schwebten unzählige farbenfrohe Drachen in allen Größen und Formen herum.

»Schau mal, die riesige Krake oder das coole Krokodil da hinten!« Begeistert scannten Ennos Augen das bunte Treiben am Himmel. Immer wenn er dabei etwas Besonderes entdeckte, wies er mit ausgestrecktem Arm darauf, um es auch Hedda zu zeigen.

Aber Hedda hatte zwischenzeitlich etwas ganz anderes entdeckt. Etwa drei Meter von ihr entfernt stand eine junge Frau, die sie mit absoluter Sicherheit noch nie gesehen hatte. Wie die Umherstehenden hatte auch sie den Blick zum Himmel gerichtet, sah dabei aber – anders als alle anderen – sehr traurig aus. Hedda verspürte plötzlich in ihrem Inneren einen unbändigen Drang, auf sie zuzugehen und mit ihr zu sprechen. Dabei wusste sie nicht einmal, worüber sie sich mit der fremden Person unterhalten sollte.

Dieses eigenartige, aber bestimmende Gefühl hatte sie bisher nur ein einziges Mal verspürt. Das war vor etwa eineinhalb Wochen gewesen, als sie mit Bento Frerichs neben der Leiche einer jungen Frau gestanden hatte, die er zuvor aus der Gerichtsmedizin in Oldenburg überführt hatte. Die Eltern der Toten wollten ihre Tochter bei sich in Neermoor beerdigen lassen. Sie war das Opfer einer Vergewaltigung mit anschließender Strangulation geworden. Der Mord war ebenfalls in Norddeich geschehen. Konnte das ein Zufall sein?

Als Hedda zum ersten Mal neben dem Leichnam gestanden und behutsam ihre Hand auf die Schulter der Verstorbenen gelegt hatte, überkam sie genau dasselbe Gefühl, wie jetzt. »Ich komme gleich wieder«, sagte sie zu Enno und ging auf die junge Frau zu. Als sie noch einen guten Meter von ihr entfernt war, senkte die unbekannte Person plötzlich den Kopf und schaute ihr direkt in die Augen. Im selben Moment verstärkte sich Heddas seltsames Gefühl um ein Vielfaches.

Auch bei der jungen Frau schien Heddas Anblick etwas ausgelöst zu haben. Sie wandte sich in die Richtung, aus der Hedda auf sie zugekommen war und starrte sie aus großen Augen ungläubig an.

»Kennen wir uns?«, fragte Hedda und vergaß über ihre Verwunderung vollkommen eine freundliche Begrüßung vorwegzuschicken.

»Ich … ich weiß nicht«, stammelte ihre Gesprächspartnerin. »Sie kommen mir eigentlich nicht bekannt vor, aber irgendwie …«

»Aber irgendwie ist da so ein Gefühl, stimmts?«, setzte Hedda ihren Satz fort.

Die junge Frau nickte. »Ich heiße Okka«, sagte sie und streckte Hedda die Hand entgegen.

»Hedda«, stellte sich nun auch Hedda vor und griff nach der dargebotenen Hand.

Als ihre Hände sich berührten, durchzuckte beide Frauen eine Art elektrischer Schlag. Es fühlte sich allerdings viel intensiver an, als die Sorte Entladung, die man zu spüren bekam, wenn sich einer der Gesprächspartner zuvor irgendwie elektrisch aufgeladen hatte.

»Kennst du zufällig eine Elske Husmann?« Hedda versuchte den Namen so beiläufig auszusprechen, als würde es sich nicht um das Mordopfer handeln, dessen Beerdigung sie vor wenigen Tagen noch begleitet hatte.

»Nicht wirklich«, antwortete Okka zögerlich. »Aber ihr Mann und ich sind seit kurzem ein Paar.«

»Ihr Mann und du?«, fragte Hedda verwundert nach.

»Er hat sich erst vor einigen Wochen von seiner Frau getrennt.« Betreten schaute Okka zu Boden.

»Ach so! Ist er auch hier?«, fragte Hedda und schaute sich suchend um. Es konnte kein Zufall sein, dass sie damals und heute dieses starke Gefühl gespürt hatte, und es in beiden Fällen eine Verbindung zu der Toten gab. Sie musste unbedingt mit ihm sprechen. Vielleicht gab es da etwas, was an dem Mord noch nicht aufgeklärt worden war.

»Er … er ist … « Okka brach in Tränen aus.

Tröstend legte Hedda ihr eine Hand auf die Schulter.

»Ist er etwa auch ermordet worden?«, fragte sie betroffen. Ihr kriminalistischer Instinkt lief bereits auf Hochtouren.

Okka blickte wieder auf und schaute sie aus verweinten Augen traurig an. »Er sitzt in Untersuchungshaft. Er soll seine Ex ermordet haben, aber er war es nicht. Er war es ganz sicher nicht! Du glaubst mir doch, oder?«

ENDE

Ostfrieslandkrimi-Empfehlungen
des Klarant Verlages

Kennen Sie schon Band 1 der Ostfrieslandkrimi-Serie **„Hedda Böttcher ermittelt"** von Thorsten Siemens?

„Tod in Neermoor", Band 1
Taschenbuch ISBN: 978-3-95573-782-5
eBook ISBN: 978-3-95573-783-2

Im beschaulichen Neermoor wird eine grausam verstümmelte Leiche gefunden. Hedda Böttchers kriminalistischer Spürsinn wird geweckt und hartnäckig macht sie sich auf Spurensuche. Als kurz darauf ein weiteres Mordopfer gefunden wird, liegt der Verdacht nahe, dass man es mit einem Serienkiller zu tun hat. Aber welche Verbindung gibt es zwischen den Opfern? Die Polizei tappt im Dunkeln und auch Hedda kommt mit ihren Ermittlungen nicht wirklich weiter. So ist das sportliche Großereignis in Neermoor, die Ostfriesland-Olympiade, eine willkommene Abwechslung. Doch dann schlägt der Täter ein drittes Mal zu und Hedda gerät in tödliche Gefahr ...

Klarant Verlag

Lernen Sie die Ostfrieslandkrimi-Titel des Klarant Verlages kennen und besuchen Sie uns im Internet unter:

www.ostfrieslandkrimi.de

und

www.klarant.de

Sie können dort Näheres über unsere Autoren erfahren, viele weitere interessante Bücher und eBooks finden und Leseproben herunterladen. Mit dem kostenlosen Newsletter auf

www.ostfrieslandkrimi-lesen.de

erhalten Sie aktuelle Informationen rund um das Verlagsprogramm, wie beispielsweise spannende Neuerscheinungen und Gewinnspiele.